Le paranormal

Du même auteur

La Mystérieuse Pyramide de Falicon
France-Empire, 1976
coll. « Les premiers matins du monde »

Mécanique. Statique et dynamique des fluides
(en collaboration avec D. Vasilescu)
Bréal, 1977

Le Paranormal
Seuil, coll. « Science ouverte », 1985

en préparation :
Voyage zététique au cœur de l'extra-ordinaire

Henri Broch

Le paranormal

Ses documents, ses hommes, ses méthodes

nouvelle édition

Éditions du Seuil

En couverture : *Le Magnétisme dévoilé,* gravure. BN, Paris.

ISBN 2-02-010725-2
(ISBN 1re publication : 2-02-008742-1)

Avant-propos

— Esprit, es-tu là ?

… La pénombre règne dans la pièce. Les mains forment la chaîne sacrée sur la table et toute l'assemblée est suspendue aux lèvres du médium :

— Si oui, frappe un coup ; si non, frappe deux coups.

Le plaisir que j'ai éprouvé, lors de telles séances, à me laisser prendre par leur ambiance est réel et je l'ai savouré sans contrainte. C'est pourquoi je suis le premier à proclamer haut et fort le droit à la liberté de penser, le droit au rêve, le droit de s'intéresser à tout ce qui touche au « paranormal ». Mais qu'on ne cesse pas pour autant de s'interroger — par exemple ici — sur la très curieuse logique de la seconde demande du médium, je veux parler de l'esprit absent mais frappeur…

Cet ouvrage voudrait ainsi allier le plaisir de l'insolite avec l'attrait du scepticisme. Après une *introduction* qui tente de situer le problème dans son contexte global, seront examinés quelques *documents, hommes* et *méthodes* typiques du domaine paranormal ; tout cela de manière non exhaustive mais à partir d'exemples caractéristiques des différents cas « méthodologiques » qui peuvent se présenter.

Les *réflexions* finales chercheront à définir une démarche, un état d'esprit. Elles veulent inciter au questionnement : « Comment peut-on se faire *soi-même* une idée ? Comment peut-on tester la validité d'une affirmation, la fiabilité d'une déclaration ? »

Dans notre monde, acquérir ou développer un comportement impartial vis-à-vis du déluge d'informations me semble être une capacité essentielle ; la dernière partie, présentant une *documentation thématique* d'un point de vue critique, devrait permettre de se procurer rapidement des éléments essentiels mais souvent écartés du débat et des controverses et vous fera peut-être découvrir le service universitaire Minitel ZET consacré au « paranormal ».

Le but de cet ouvrage n'est pas de chercher à nous interdire les séductions du « paranormal », mais simplement de nous convaincre que le droit au rêve a pour pendant le devoir de vigilance.

Et si, un jour, nous sommes réunis autour d'un guéridon à trois pieds et que nos mains forment la chaîne, n'oublions pas de (nous) poser la question.

« Esprit (critique) es-tu là ? »

Introduction

Le philodendron télépathe

« James Lincoln Collier (...) se rendit dans le bureau de Backster où trônait un philodendron sagement installé dans son pot en compagnie d'un détecteur de mensonges.

L'expérimentateur, ayant branché l'appareil sur le philodendron, posa quelques questions au journaliste :

— Quand êtes-vous né ?

— En 1931, répondit-il.

L'aiguille de l'appareil oscilla.

— La plante dit que vous mentez, lança Backster.

Et c'était vrai [1]* ... »

Ce que vous venez de lire n'est pas extrait d'une œuvre de science-fiction, mais d'un reportage qui se serait voulu sérieux dans un quotidien à fort tirage.

La « perception primaire » des plantes a été découverte par Cleve Backster en 1966 et cela a changé sa vie comme nous le dit Lyall Watson qui nous décrit au fil des pages les expériences faites sur des plantes [2]. Ce même auteur nous précise que, depuis lors, les expériences ont été répétées de *nombreuses* fois et dans de *nombreux* laboratoires.

* Les notes appelées par un chiffre sont groupées en fin de chaque chapitre, sous la rubrique « références ».

Backster a fait, par exemple, l'« expérience » qui consiste à jeter des crevettes vivantes une à une dans de l'eau bouillante et à observer les réactions de son philodendron chéri...

A l'époque de sa découverte, Backster, un « spécialiste de l'interrogation », venait de quitter la CIA pour un travail dans une école de New York consistant à initier des policiers aux techniques du détecteur de mensonges. Il sera plus tard promu, sous la plume de Serghei Ivanov, en « chercheur américain (qui) s'employa à perfectionner l'enregistreur électronique de réactions cutigalvaniques, qui servent d'indice de changements dans le domaine affectif [3] ». A la suite de quoi, ce dernier auteur nous livre un chapitre entier sur les « émotions du philodendron » !

Mais Robert Charroux, notre spécialiste national, dépasse largement tous les auteurs précédents lorsqu'il nous fait part des travaux du « psychologue américain Cleve Backster » :

« ...Ce n'était pas encore une preuve décisive, mais déjà se dessinaient des notions de biologie végétale qui allaient révolutionner le monde dit savant...

« A dater de ce jour, toute une équipe de chercheurs se mit à étudier l'effet Backster...

« C'était un fait incontestable dont témoignaient les appareils enregistreurs de tous les laboratoires et on l'attribua à une faculté extrasensorielle analogue à l'instinct, à la voyance ou à la prémonition.

« Car expérimentalement, c'était vrai : le dracéna, l'oignon et le citronnier devinaient et expertisaient les pensées humaines [4]. »

Et tout le reste à l'avenant ! En fait, ces élucubrations, dont je n'ai rapporté ici qu'un petit échantillon, ont pour source *unique* la parution du reportage (car il ne s'agit pas d'un travail scientifique) de Backster. Ce compte rendu fut publié dans un journal dont le moins que l'on puisse dire est qu'il n'est pas spécialement connu pour ses critères scientifiques : *International Journal of... Parapsychology* [5] !

En revanche, une étude publiée par la revue *Science,* menée de manière sérieuse dans les mêmes conditions d'expérience que Backster, n'a pas mis en évidence de perception primaire chez les plantes [6].

Pour résumer : le « fait *incontestable* dont témoignent les appareils enregistreurs de *tous* les laboratoires... » est le fruit de l'imagination intéressée de certains auteurs et *aucun* travail ne soutient les données de Backster... à part celui du policier Backster, bien sûr !

L'histoire du philodendron télépathe illustre assez bien une partie du propos que je désire développer ici.

Elle nous fait, par exemple, toucher du doigt le danger de ce que l'on peut appeler l'effet « boule de neige », effet dans lequel chaque « rapporteur » ajoute un embellissement entièrement personnel au « fait » qui sert de point de départ.

Mais ceci relève déjà de l'analyse que j'espère bien faire partager au lecteur ; dans cette introduction, je voudrais simplement donner quelques premiers éléments de réflexion.

Les envahisseurs existent vraiment !

L'époque actuelle est caractérisée par une gigantesque expansion des moyens d'information, moyens qui nous submergent continuellement de déclarations compétitives, sinon contradictoires. Dans ce cadre il est très important, sinon vital, que soit développée chez les sujets qui subissent cette avalanche d'informations la compréhension des critères effectifs leur permettant de juger la validité de ces déclarations. Apprendre à s'orienter dans la Galaxie Gutenberg est un impératif de notre époque.

Tous les domaines sont touchés, et personne n'est à l'abri. L'affaire Uri Geller (le célèbre tordeur de petites cuillères dont je reparlerai dans le chapitre « Le projet Alpha ») a montré de manière éclatante que l'on peut avoir (ou penser avoir) l'esprit scientifique et se laisser duper. Elle a soulevé également un problème, à savoir l'incroyable légèreté des expériences menées sur « l'effet Geller » et sur tout effet sortant *apparemment* du cadre des lois connues. Les préconceptions psychoénergétiques du monde que certains scientifiques ont montrées lors de ces expériences trahissent un véritable aveuglement. Cet aveuglement n'est certainement pas irrémédiable, mais est, tout de même, l'expression concrète d'un certain malaise.

Car tel est le paradoxe : en cette fin du XXe siècle, au moment où s'accélère le développement scientifique et technique, la science doit être défendue, alors que l'obscurantisme et les idéologies millénaristes de fin du monde connaissent une diffusion sans précédent.

La presse à grand tirage, la télévision, la radio et le livre se sont très souvent faits l'écho de thèses qui désignent le progrès scientifique comme le responsable du « malaise » de notre civilisation.

Le « vieil esprit logique » et la « science matérialiste officielle » seraient en faillite. Aux quatre coins du monde se manifesteraient le « surhumain, le surnaturel, l'inconnaissable, l'ailleurs »... en un mot le « paranormal ». On assiste ainsi à un déferlement, à un envahissement d'articles sur les extra-terrestres ayant colonisé l'Amérique précolombienne ou construit les pyramides d'Égypte, d'horoscopes établis par ordinateur (progrès oblige !) et de meetings tenus par des gourous milliardaires...

Contrairement à ceux qui descendent des ovoïdes engins peuplant nos cieux, ces « envahisseurs » existent vraiment et s'insinuent partout, dans le moindre recoin disponible de l'espace et des cerveaux.

La vague d'obscurantisme que nous subissons n'est évidemment pas un phénomène nouveau ; ce qui est nouveau et qui augmente la gravité de cette vague est le relais, la caisse de résonance, qu'elle a trouvé au sein des médias.

En effet, comme l'a fort justement souligné Michel Rouzé, contrairement à l'écho qu'il reçoit au sein des médias, le corpus des phénomènes « paranormaux » est allé en se rétrécissant avec le temps et l'on a assisté au cours des âges à un appauvrissement des faits, allant de pair avec la sophistication accrue des moyens de contrôle.

On peut aussi remarquer qu'en plus de la diminution du nombre des phénomènes « paranormaux », les « faits » en eux-mêmes ont perdu de leur intensité au cours des âges (toujours parallèlement à la sophistica-

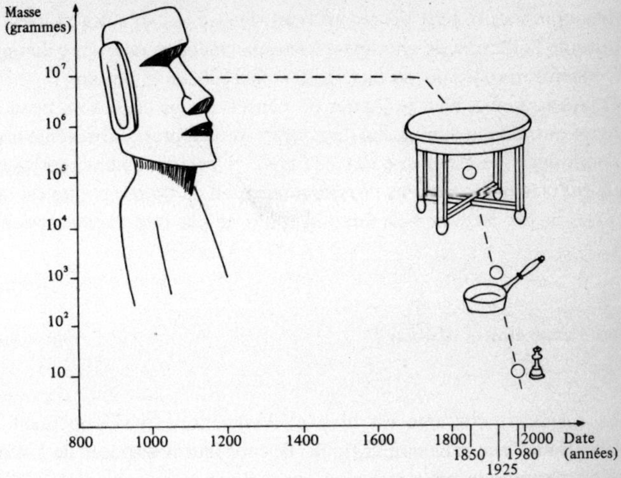

1. La « psychokinèse » (PK ou le déplacement des objets par le simple pouvoir de l'esprit) au cours des âges. En ordonnée, la masse (en grammes) des objets prétendument déplacés par effet PK ; en abscisse, la date (en années) de leur « déplacement ». L'évolution est caractéristique, surtout si l'on songe qu'il s'agit bien des revendications du *même* phénomène !

tion accrue des moyens de contrôle, il faut le souligner). Un exemple fera peut-être mieux percevoir ma pensée : la télékinèse, ou psychokinèse, ou art de déplacer les objets par le pouvoir de l'esprit.

Le « mana » est censé avoir déplacé, il y a plusieurs siècles, des objets de plusieurs tonnes, comme les statues de l'île de Pâques d'environ 10 tonnes ; vers les années 1850, le *même* phénomène intervenait dans le déplacement de lourdes tables de bois massif d'environ 100 kilogrammes (soit une masse cent fois plus petite) ; quelques décennies plus tard, le *même* pouvoir déplaçait des casseroles de 1 kilo ; et dans les années 1970 le *même* don ne revendiquait plus que le déplacement de minuscules objets comme un petit dé ou un bout de papier, soit des masses de l'ordre de la dizaine de grammes. Le *même phénomène* a donc diminué (cf. illustration *1*) dans un facteur de 1 000 000 au fil des ans !

Il faut toutefois bien se garder de penser que ce corpus en peau de chagrin entraîne la diminution du nombre des adeptes... De même pour la diminution de l'intensité des « faits »... L'accroissement prodigieux de la puissance des moyens de communication de notre époque est une des raisons de cette non-diminution (pour ne pas dire augmentation).

Jules Verne était-il tibétain ?

La meilleure thérapie est bien évidemment le développement et l'utilisation d'une réflexion critique. Encore faut-il disposer de l'information permettant cette réflexion, car l'esprit critique s'exerce à vide lorsqu'il n'est pas suffisamment informé, et informé de façon suffisamment objective. A cet égard, il faut rectifier les nombreuses affirmations sur lesquelles repose en partie le « paranormal » ; dans ce domaine, il n'en est aucune de négligeable.

Examinons rapidement un exemple, le problème de... la nationalité de Jules Verne !

— En effet, pour être un « visionnaire » à succès il faut (semble-t-il) être tibétain,

— or, Jules Verne était (semble-t-il) un visionnaire à succès,

— donc...

Mais voyons cela de plus près.

En 1956 parut en Grande-Bretagne un ouvrage intitulé *The Third Eye* (le Troisième Œil [7]) dont l'auteur, qui signait Lobsang Rampa et prétendait être un lama du Tibet, racontait les exploits quasi surnaturels des moines de ce lointain pays. Avec cet auteur, nous assistions enfin aux secrètes épreuves qui font les initiés et, surtout, à la plus extraordinaire de toutes, celle qui confère à l'initié son « troisième œil », l'œil qui lit à l'intérieur des êtres et des choses, dans l'espace et dans le temps, l'œil qui permet de devenir un « visionnaire »... D'autres ouvrages du même personnage qui se prétendait également issu de parents appartenant à l'aristocratie tibétaine (le père faisait même partie du gouvernement du dalaï-lama, à Lhassa) suivirent, sur le même sujet, et eurent un succès retentissant (plusieurs millions d'exemplaires !). Des adolescents, des adultes s'en inspirèrent et suivirent parfois à la lettre le contenu de ces ouvrages avec quelquefois de tragiques conséquences.

Or, en 1958, des journalistes du *Times* découvrirent que Lobsang Rampa se nommait en réalité Cyril Henry Hoskins, qu'il était né dans le Devonshire d'un père qui exerçait la profession de plombier-zingueur à Londres. Qui plus est, M. Hoskins n'avait jamais (en 1958) quitté la Grande-Bretagne.

Désirant alléger quelque peu ce qu'il devait au fisc anglais, notre homme quitta l'Angleterre en 1958 pour la république d'Irlande, puis pour le Canada où il s'installa avec sa femme. Citoyen canadien depuis 1973, ce célèbre « lama tibétain » est mort d'une crise cardiaque dans un hôpital de Calgary en Alberta, en janvier 1981 [8, 9].

En résumé, Lobsang Rampa, le célèbre moine tibétain qui livra à des millions de lecteurs les secrets de l'initiation qu'il vécut au Tibet, n'était pas lama ! Il n'était pas même tibétain... et pourtant, plus de vingt-cinq ans après la découverte de la mystification, ses ouvrages, *toujours* présentés comme ceux d'un vrai lama tibétain, continuent d'inspirer des lecteurs un peu partout dans le monde.

Dans plusieurs ouvrages et revues, quelquefois même de très bonnes revues (ce qui n'en est que plus grave), on assiste à la présentation de Jules Verne comme un « savant universel », un « extraordinaire voyant » qui a anticipé de nombreuses réalisations du génie humain. Des « soucoupistes » convaincus n'hésitent pas à le mettre à contribution :

« Les auteurs sont en quelque sorte les “ médiums ” et les interprètes de forces cachées qui cherchent à communiquer avec nous par des systèmes qui ne tombent pas sous nos sens habituels. Ces informations,

Jules Verne, Jonathan Swift et Robert Graves les ont reçues. Ils ont écrit des messages venant d'ailleurs, ou tout simplement ont été en contact avec des êtres venus d'un autre monde.

« Tout le monde s'accorde actuellement pour dire que Jules Verne fut un extraordinaire voyant. Son œuvre renferme de nombreuses anticipations que le génie humain réalisa depuis. L'homme dans l'espace, la conquête de la Lune, le sous-marin..., il avait tout prévu, tout deviné [10]. »

Or, il faut tout de même ramener les choses à leur réalité. Jules Verne fut un excellent romancier pour jeunes et c'est là sa gloire. Jules Verne n'a rien d'un « voyant » ou d'un « visionnaire » ! Écoutons le Dr Heuvelmans : « Se donne-t-on la peine de consulter la littérature scientifique qui existait à l'époque où Verne écrivit ses *Voyages extraordinaires,* on s'aperçoit que le romancier n'a vraiment rien inventé et que ses vues d'avenir ne sont que de naïves extrapolations, presque toujours irréalisables [11]. »

Prenons comme exemple une de ses plus célèbres « voyances » : le sous-marin.

Jules Verne a écrit *Vingt Mille Lieues sous les mers* vers 1867-1868. Or, en 1863 fut lancé à Rochefort le sous-marin *le Plongeur*, conçu par le capitaine de vaisseau Siméon Bourgeois et le polytechnicien Charles Brun, submersible qui effectua avec succès plusieurs plongées. Cet engin fonctionnait à l'air comprimé, mais peu auparavant un professeur de la faculté des sciences de Montpellier avait construit une maquette de sous-marin avec moteur électrique, tout comme le *Nautilus* de notre grand visionnaire.

Pour être même un peu plus précis, l'ancêtre des submersibles, le premier sous-marin que l'on sache avoir été réellement construit, a pris forme en... 1624, à la cour de Jacques Ier d'Angleterre, soit environ *deux siècles et demi* avant la parution de l'œuvre de Jules Verne !

La *Tortue* de David Bushnell, premier sous-marin de poche dans l'histoire de la navigation, vit le jour, elle, en 1777 pendant la guerre d'indépendance américaine. Depuis cette date, le sous-marin est véritablement entré dans l'histoire.

Le nom même de *Nautilus* n'est pas sorti du cerveau de celui que certains présentent comme un « visionnaire ». Nautilus est en effet le nom du prototype de sous-marin imaginé en 1798 et construit en 1800 (plus d'*un demi-siècle* avant *Vingt Mille Lieues sous les mers*) par l'Américain Fulton. Ce pionnier méconnu (modèle du capitaine Nemo) construisit ses Nautilus à Rouen et à Brest puis fut congédié par le premier consul Bonaparte qui déclara que M. Fulton était un extravagant imbécile...

A la lecture des lignes qui précèdent on voit que la « récupération » de Jules Verne dans le domaine « para » est totalement abusive et si j'ai insisté quelque peu sur cet exemple, c'était pour attirer l'attention sur le fait que les « impostures » ne sont pas seulement limitées aux ouvrages reconnus comme traitant du domaine paranormal puisqu'une présentation de Verne visionnaire a malheureusement été donnée dans une très bonne revue [12].

Ces deux exemples, pris parmi des quantités d'autres, nous font toucher du doigt, entre autres, l'importance d'une information rigoureuse non déformée, l'importance d'une recherche et d'une vulgarisation en histoire des sciences et des techniques, et l'importance de la diffusion d'une documentation « para-critique ».

Il semble donc nécessaire de développer tous les moyens qui peuvent permettre de se faire une opinion sur un sujet donné, y compris lorsque cette opinion consiste à suspendre son jugement jusqu'à plus ample information.

Il faut de même apprendre à se méfier des assimilations rapides sous prétexte qu'elles relèvent de l'évidence. Afin d'illustrer encore une fois mon propos, je prendrai un exemple.

2. « Champignon de pierre » maya. De nombreuses pierres sculptées en forme de « champignon » ont été trouvées en Amérique centrale et ont fait « conclure » à un culte du dieu-champignon...

Les mystérieuses « pierres-champignons » mayas

Entièrement consacrée au problème crucial des drogues, une revue s'ouvre sur une très belle photographie d'un des trésors de l'art mondial : un « champignon de pierre » maya. La légende explicite que « selon certains spécialistes, ces sculptures représenteraient des champignons » (ce qui paraît évident à la vue de l'objet ; cf. illustration *2*) et ajoute que « si l'on ignore encore le rôle exact que jouaient ces effigies dans la pratique religieuse, leur existence atteste l'usage, chez les Mayas, de champignons hallucinogènes [13] ».

Eh bien, renseignements pris, l'existence des « pierres-champignons » pourrait ne pas attester *du tout* l'usage de champignons hallucinogènes (usage qui, lui, est attesté par d'autres faits) chez les Mayas, pour la simple raison que ces effigies ne jouaient certainement *aucun* rôle dans la pratique religieuse en question.

En effet, et aussi paradoxal que cela puisse paraître, la seule hypothèse à ma connaissance réellement faite dans un esprit scientifique, c'est-à-dire ayant des étais solides, une construction rigoureuse, n'étant pas en contradiction avec les faits et offrant une fécondité non négligeable, semble être celle de M. Ulrich Kohler, à savoir : les fameuses « pierres-champignons » précolombiennes sont en réalité des *moules de potier* [14]. Ce qui nous éloigne assez, il faut le reconnaître, des champignons !

Sans vouloir développer toute l'argumentation de cet auteur, je voudrais simplement en rappeler quelques éléments.

Les pierres en forme de champignons ont été trouvées en Amérique centrale non seulement sur une région étendue du sud du Guatemala, du Salvador et du Chiapas voisins, mais également en Oaxaca et Tabasco. Ces objets qui ont donc dû être fabriqués en assez grande quantité ont été successivement interprétés comme des « phallus » puis des « sièges » (les personnes ayant émis cette dernière hypothèse ne semblant manifestement pas avoir essayé de s'asseoir dessus !). Dans les années cinquante, V. P. et R. G. Wasson ont émis l'hypothèse que ces objets façonnés étaient reliés au « culte du champignon sacré » des Indiens du Mexique. Sans même que cette théorie reçoive le moindre commencement de preuve sérieuse, elle a été reliée à la consommation de champignons hallucinogènes et a acquis une reconnaissance quasi générale.

L'interprétation de ces objets comme objets de cérémonie repose principalement sur le fait que quelques-uns sont décorés d'effigies d'humains ou d'animaux. Que dire alors de ceux qui ne portent aucune effigie et qui sont très fréquents ?

Les « pierres-champignons » sont de même censées être des sortes d'idoles vénérées dans des cérémonies religieuses. Avons-nous la plus petite preuve d'un culte dans lequel le rituel était focalisé sur l'adoration des champignons, d'un « culte du champignon sacré » ? Non. Pour les Indiens, les champignons hallucinogènes ont été (et sont) fondamentalement un *moyen* de divination ou de communication avec des êtres surnaturels. Il n'y a aucune indication que le champignon soit devenu un *dieu* par lui-même.

L'absence d'adoration ou de vénération des champignons utilisés dans les rituels va clairement à l'encontre de toute tentative d'interpréter les « pierres-champignons » comme des idoles, puisque la création d'effigies présuppose logiquement que le phénomène particulier en question reçoive au moins une sorte de culte ou d'adoration.

Je voudrais ajouter très succinctement ceci :

— Au vu des recherches récentes, les « pierres-champignons » ne sont pas trouvées dans les zones où l'ingestion de champignons hallucinogènes est pratiquée actuellement et les champignons hallucinogènes sont inconnus dans les régions où l'on trouve les « pierres-champignons ».

— Une similarité plus que frappante peut être constatée entre les « pierres-champignons » et certains moules de potier d'aujourd'hui (cf. dessin *3a* [15]). La tige, qui donne au moule convexe son apparence de champignon, sert de prise et est typique des petits et moyens moules.

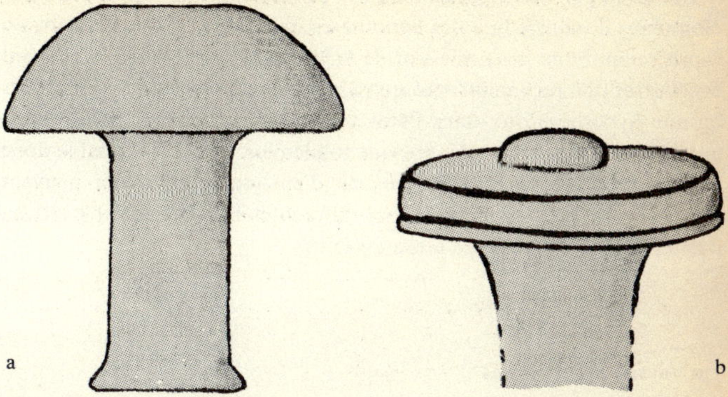

3a. Non, ce n'est pas une « pierre-champignon » ; il s'agit tout simplement d'un moule de potier actuel (Michoacan, Mexique). La ressemblance avec les fameuses « pierres-champignons » est assez flagrante.

3b. Une « pierre-champignon » un peu particulière. Cet « objet », avec rainure circulaire, semblerait plutôt destiné à mouler des couvercles !

— Ce type de moulage est attesté en Amérique centrale à l'époque précolombienne. Des objets de poterie précolombienne de forme similaire aux « pierres-champignons » ont été trouvés au Salvador, au Guatemala et au Mexique du Sud. Leur aire de distribution recouvre largement celle des « pierres-champignons ».

— Certaines des pierres semblent même montrer, de manière assez claire (« semblent montrer » et non « attestent »), qu'elles étaient utilisées pour fabriquer (mouler) des couvercles pour vases cylindriques (cf. dessin *3b* [16]).

— De nombreuses pierres montrent à la base de leur « chapeau » une rainure circulaire dont la fonction demeure mystérieuse s'il s'agit de représenter un champignon, mais s'éclaire, dans l'hypothèse du moule, si l'on songe à un guide pour une lame devant couper le surplus de pâte et donner un « fini » au rebord.

Cet exemple des trop fameuses « pierres-champignons » est assez éloquent ; il montre que des hypothèses qui ne sont pas faites dans un esprit scientifique mais relèvent de la fantaisie pure et simple peuvent rencontrer une reconnaissance quasi générale au niveau du public alors qu'une hypothèse qui, dans l'état actuel des recherches, offre toutes garanties possibles est, elle, presque totalement ignorée. Il semble donc nécessaire d'insister sur les moyens d'analyse critique qui peuvent permettre de faire un choix parmi différentes hypothèses, et c'est, en partie, ce que cet ouvrage tente de faire.

Un voyant âgé de 9 ans

Cet ouvrage est le fruit d'un long cheminement qui a peut-être pris naissance le jour où, vers l'âge de 9-10 ans, je faisais, à l'occasion d'une fête, la démonstration de mes dons de « double vue » devant une assistance de parents médusés par la manifestation de mes pouvoirs surnaturels (l'expression « pouvoirs psi » n'était pas encore à la mode).

Le clou du spectacle consistait à demander à chaque membre de l'assistance de bien vouloir écrire un nombre quelconque sur une feuille de papier, de plier ensuite consciencieusement cette feuille de papier de manière que l'on ne puisse rien voir et de la placer dans une urne. Après un intense mélange desdits billets, je plonge ma main dans l'urne et, prenant un papier plié, je le porte à mon front tout en me concentrant fortement, mimiques à l'appui... Après quelques secondes de « suspense » régnant sur la salle muette dans l'attente de l'Événement, j'annonce :

— 842.

— Exact, c'est moi ! répond un des membres de l'assistance.

Sans plus attendre, après avoir vérifié mon annonce, je replonge ma main dans l'urne et porte un deuxième papier plié à mon front et devant l'assistance ébahie, j'annonce encore un nombre qui se révèle exact. Le même scénario se reproduit jusqu'au dernier papier… et ainsi s'achevait mon petit exercice de voyance.

Ce souvenir de jeunesse (dont je vous reparlerai plus loin, au chapitre « Le lapin dans la manche ») est simplement destiné à montrer, outre mes dons évidents de double vue, que l'intérêt que je porte à tout ce qui est bizarre, mystérieux, inexpliqué, date d'un nombre certain d'années ; et si j'insiste là-dessus, c'est pour bien faire comprendre qu'il est nécessaire de « pratiquer » quelque peu le « paranormal » si l'on veut en goûter tous les aspects, toutes les finesses. J'ai moi-même *cru* (on ne peut pas être « clairvoyant » tout le temps, n'est-ce pas ?) pendant plusieurs années aux phénomènes paranormaux au sens large, c'est-à-dire à tout ce qui relève du domaine attirant du Mystère avec un grand M ! J'ai également participé pendant longtemps à diverses expériences, activités de « clubs », « centres » et autres joyeusetés qui m'ont permis de découvrir des choses qui ne manquent pas de saveur et dont les multiples facettes ne peuvent qu'être difficilement imaginées par l'encéphale d'un non-initié…

Ayant ainsi bien connu et « pratiqué * » le paranormal du « dedans » comme du « dehors », je pense bien connaître le dossier. Et c'est cette longue pratique qui me fait penser qu'il est nécessaire de dire ce qui est, y compris que l'on peut douter de l'honnêteté intellectuelle d'un cardinal-archevêque qui « utilise » un pseudo-miracle, ou douter encore de la compétence réelle d'un parapsychologue réputé au vu de ses propres « exploits ».

J'accepte le risque d'être vilipendé comme « matérialiste pervers », « physicien à l'esprit étroit » ou « anticlérical primaire » (je n'invente rien, je cite de mémoire !) ou toute autre gracieuse épithète que vous pouvez imaginer. Vilipendé ou même expulsé *manu militari,* en compagnie d'un professeur de philosophie, d'une Maison des jeunes et de la

* Je « pratique » toujours en menant de modestes mais édifiantes enquêtes « internes » avec M. Georges Bossis, collègue physicien du Centre national de la recherche scientifique. Et l'on viendra me dire après cela que les scientifiques ne s'intéressent pas au paranormal !

culture (relisez bien plusieurs fois ce dernier mot) sous prétexte que nos ondes nocives, aidées certes par nos déclarations, n'étaient pas agréables à l'orateur qui se présentait comme un « astro-parapsychologue »...

Il y a quelque temps, j'ai eu l'occasion d'être « appelé en renfort » par une collègue qui était quelque peu débordée par le fait que sa « classe » (il s'agit d'étudiants) entière de brevet de technicien supérieur avait choisi comme thème d'un mémoire de BTS : les « sciences occultes ». J'ai ainsi pu me rendre compte de manière très concrète, sur plusieurs mois, du manque total d'outils d'analyse et d'esprit critique chez ces étudiants. Armés de la meilleure volonté du monde vis-à-vis d'un sujet très intéressant, très motivant, ils étaient totalement démunis, ne serait-ce que par rapport à la documentation qu'ils avaient pu réunir sur des thèmes précis (documentation qui ne présentait, bien sûr, qu'une seule opinion, favorable, sur le sujet). Plusieurs discussions générales, l'apport d'une documentation précise, l'analyse concrète de certains documents et la critique toujours constructive (même si parfois *nécessairement* virulente) semblent avoir débouché chez ces étudiants, presque un an plus tard, sur une attitude beaucoup plus objective face à l'information reçue. Ce « succès » gratifiant (et assez inattendu à vrai dire) pour l'intervenant que j'étais m'a confirmé dans ma démarche et dans le type d'approche du problème que j'essaie de faire admettre depuis quelques années et que j'espère faire partager au lecteur de cet ouvrage.

Pour l'ensemble des raisons évoquées depuis le début, il me semble donc nécessaire, dans le but de favoriser le développement d'une réflexion critique, d'entreprendre la diffusion d'une information un peu plus adéquate. Il est bien évident que l'on se trouve devant l'impossibilité d'enquêter sur *tous* les faits et aspects du « paranormal » ; mais là n'est pas le problème, et s'il est difficile de montrer ce que la science est, on peut en tout cas plus facilement montrer ce qu'elle n'est pas !

Nous voici ainsi arrivés au point où je voudrais, à partir d'exemples, vous faire découvrir ou re-découvrir les documents, les hommes et les méthodes sur lesquels le « paranormal » repose.

Références

1. A. D. Giuglaris, « La main verte : légende ou réalité ? », *Nice-Matin*, 30 avril et 2 mai 1977.

2. L. Watson, *Super-Nature, a natural history of the supernatural*, New York, Bantam Books, 1974.

3. S. Ivanov, *Les Mystères de la mémoire*, Moscou, Éd. Mir, 1977.

4. R. Charroux, *L'Énigme des Andes*, Paris, Laffont, 1974.

5. C. Backster, *Int. J. Parapsychology, 10*, 1968, p. 329.

6. K. A. Horowitz, D. C. Lewis, E. L. Gasteiger, *Science, 189*, 1975, p. 478.

7. L. Rampa, *Le Troisième Œil*, Paris, Flammarion, coll. « J'ai lu », 1968.

8. Encyclopédie EDMA, « L'occultisme », Paris, Le Livre de poche, 1976.

9. *Cahier AFIS* (Agence française d'information scientifique), n° 113, septembre 1981, p. 16.

10. G. Tarade, *Soucoupes volantes et Civilisations d'outre-espace*, Paris, Flammarion, coll. « J'ai lu », 1969.

11. B. Heuvelmans, *Dans le sillage des monstres marins*, Genève, Famot, 1974.

12. A. Bombard, *Le Courrier de l'UNESCO*, mars 1978, p. 30. Mise au point de Henri Broch, *Le Courrier de l'UNESCO*, mai 1978, p. 33, et exemple frappant de non-réponse au « problème » posé : A. Bombard, *Le Courrier de l'UNESCO*, octobre 1978, p. 34.

13. *Le Courrier de l'UNESCO*, janvier 1982, deuxième page de couverture.

14. U. Kohler, *American Antiquity*, vol. 41, n° 2, avril 1976, p. 145. Hypothèse que j'ai signalée aux lecteurs du *Courrier de l'UNESCO* (suite à la parution de la photo précitée) dans une correspondance : « Champignon sacré ou moule de potier ? », *Le Courrier de l'UNESCO*, août-septembre 1982, p. 70.

15. Moule de potier, provenance : Tzintzuntan, Michoacan ; d'après G. M. Foster, Tulane University, Middle American Research Institute, publication 22, 1955.

16. U. Kohler, *op. cit.*

Les documents

1. Le cosmonaute maya de Palenque

ou Navigation interplanétaire et culture de graminée

Bibliothèque des Andes, route atlante et secrets trahis

Un domaine actuellement très en vogue est celui de l'archéologie-fiction. Les « preuves » de la venue d'extra-terrestres sur notre bonne vieille Terre ou de l'existence dans l'Antiquité de civilisations techniquement très avancées, possédant des connaissances égales sinon supérieures aux nôtres, abondent.

Je ne parle pas des pierres d'Ica (Pérou), ces fameuses pierres gravées vieilles de 20 000 ans, 40 000 ans... 60 millions d'années comme l'affirment certains. Parmi des milliers de pierres, certaines gravures représentent la faune préhistorique (les dinosaures bien sûr !) ; d'autres nous montrent les différentes phases d'une transplantation cardiaque réussie ou même d'une greffe de cerveau [1]...

Cette « Bibliothèque des Andes », tant vantée chez nous par les grands initiés archéomanes, n'est dans la réalité qu'une banale mystification conçue au XXe siècle en travestissant un site authentique [2]. Jean-Pierre Adam nous a d'ailleurs à ce propos montré « jusqu'à quelles profondeurs insondables peut dégringoler la sottise » dans un très intéressant article où il démonte complètement la supercherie des pierres gravées, en nous apprenant au passage que les plus prolifiques des créateurs de ces pierres d'Ica aux motifs fantastiques (véritable petite industrie locale) sont d'anciens élèves de l'École des beaux-arts de Lima [3].

Je ne parle pas non plus du fameux « mur englouti » de l'île de Bimini dans les Bahamas, qui prouverait que cette île est ce qu'il reste de la fabuleuse Atlantide tant recherchée.

Cette « route des Atlantes » n'est en fait qu'une plate-forme côtière rocheuse naturelle à laquelle le ravinement a donné l'aspect extérieur d'une chaussée formée de blocs ajustés [4, 5, 6]. On a d'ailleurs retrouvé sur l'île de Héron, en Australie, une formation rocheuse similaire offrant la même impression de chaussée. La voirie de l'Atlantide avait une ampleur insoupçonnée !

Je ne veux pas parler non plus des fameuses « ceintures en aluminium » trouvées en Chine dans la tombe d'un général de l'époque Tsin (datant ainsi de près de 1 800 ans) et prouvant « donc » que les anciens Chinois connaissaient le secret de la fabrication de l'aluminium que nous ne découvrîmes, nous, qu'au XIXe siècle *. Si les Chinois fabriquaient de l'aluminium, ils connaissaient certainement l'électricité, n'est-ce pas ?...

Ces ceintures en aluminium se réduisent en fait à des boucles de ceinture, faites de différents alliages, dont un alliage aluminium-cuivre très certainement obtenu accidentellement, car la réduction directe d'alliage de l'aluminum avec d'autres métaux n'est en aucune façon surprenante. L'alumine réduite en présence de charbon, de cuivre et d'oxyde de cuivre donne naissance à un alliage aluminium-cuivre ; l'opération doit être réalisée vers 1 800 °C, température que les métallurgistes chinois de l'époque, disposant du charbon de bois (meilleur combustible connu), étaient en mesure d'atteindre [7].

Je voudrais encore moins parler du « fait » que les « anciens Incas, plusieurs siècles avant nos savants, amalgamaient l'argent et le platine »,

* L'aluminium fut isolé en laboratoire sous une forme impure par Woehler en 1827 et obtenu, grâce à un procédé chimique, par Sainte-Claire Deville en 1854.

ni de ces magnifiques « objets plaqués or » que l'on a découverts au Pérou et qui, bien sûr, « laissent supposer la connaissance de l'électrolyse » chez les civilisations préincaïques. Et qui dit électrolyse dit encore électricité... « De qui, sinon d'Ancêtres Supérieurs, ces peuples (...) auraient-ils tenu le secret de telles connaissances [8] ? »

Ces « miracles » des anciens Incas n'ont rien à voir avec la maîtrise de la fusion du platine ou de la galvanoplastie. C'est tout simplement, pour le premier des deux, le résultat du procédé que l'on nomme le frittage, c'est-à-dire l'agglomération à l'état solide de métaux granulés, ayant différents points de fusion, en ne fondant que l'un d'entre eux. Pour allier par exemple l'or et le platine, les fondeurs de l'Amérique précolombienne mélangeaient des granulés d'or et de platine ; ils chauffaient ensuite le mélange jusqu'à fusion des particules d'or (vers 1 100 °C, le platine fondant lui vers 1 700 °C), parvenant ainsi à lier les particules de platine en une masse compacte. Puis ils martelaient et chauffaient le mélange à plusieurs reprises jusqu'à ce que la masse soit homogène, comme si les deux métaux avaient été fondus simultanément [9].

En ce qui concerne le miracle de la galvanoplastie incaïque, voici la recette pour un « placage » or : à partir d'un mélange aléatoire d'or, cuivre et argent dans des proportions de, par exemple, 20 %, 60 % et 20 % respectivement *, vous faites une première chauffe qui oxyde le cuivre extérieur ; puis vous enlevez cette barbure à l'aide d'un bain décapant (urine par exemple). Le produit qui reste offrant maintenant un extérieur uniquement or et argent est plongé dans un bain d'acide fort (sulfate de fer + sel) qui dissout l'argent et laisse ainsi un objet à l'extérieur uniquement en or [9]. Une dernière chauffe plus un polissage achève de parfaire le produit que nos grands initiés prendront pour le résultat évident d'une galvanoplastie.

* Signalons qu'il existe un alliage d'or et de cuivre appelé « tumbaga » (« tombac ») qui ressemble fortement à de l'or pur même avec une teneur en cuivre élevée.

La preuve tant attendue

En fait, je voudrais parler d'un document palpable, vérifiable, attesté et qui semble faire l'unanimité chez les « chercheurs » dont je parlais précédemment : le « cosmonaute maya » de Palenque, preuve irréfutable de la venue sur Terre de cosmonautes dans l'Antiquité.

Palenque : ce site maya du Yucatan (Mexique) est célèbre par la découverte qu'y fit l'archéologue Alberto Ruz Lhuillier, lors d'une campagne de fouilles de 1949 à 1952. Fouillant la plate-forme du temple des Inscriptions, le chercheur y découvrit un puits qui, une fois dégagé, laissa apparaître un escalier s'enfonçant au cœur de la pyramide. A un niveau inférieur à celui du sol environnant, les archéologues aboutirent à une crypte que fermait une lourde porte de pierre. Une fois cette dernière ouverte, Alberto Ruz Lhuillier pénétra dans un sanctuaire inviolé depuis des siècles et un spectacle extraordinaire s'offrit alors à ses yeux.

Les murs de la crypte étaient couverts de bas-reliefs représentant divers personnages. Mais ce qui attira le plus le regard de l'archéologue et de son équipe dont les efforts étaient enfin récompensés, ce fut, au centre de la pièce, une énorme cuve monolithique, un sarcophage fermé par une dalle entièrement et magnifiquement sculptée. Avec d'infinies précautions et après plusieurs jours nécessaires à la construction des étais et des supports pour les treuils, les archéologues soulevèrent lentement ce couvercle qui n'était rien moins que colossal ; jugez-en plutôt : une dalle de calcaire fin de 3,80 mètres de long sur 2,20 mètres de large et 0,25 mètre d'épaisseur, c'est-à-dire une masse d'environ 5 ou 6 tonnes ! Le sarcophage livra alors son ultime secret, le corps d'un grand dignitaire maya orné de très riches bijoux et entouré de nombreuses offrandes.

Cette découverte fantastique, car cette crypte est unique par sa conception et son décor, n'a pourtant pas paru suffisante à certains auteurs : selon eux, la sculpture de Palenque représente sans contestation possible un cosmonaute aux commandes d'un engin cosmique !

Cette sculpture et sa géniale explication qui bouleverse complètement le champ des connaissances ont fait le tour du monde en un rien de temps et ont ainsi focalisé l'attention de nombreux curieux comme la preuve absolue de la venue d'extra-terrestres sur notre Terre. Cette sculpture est si célèbre que sa reproduction est même utilisée comme cadeau pour attirer les acheteurs potentiels d'une collection d'ouvrages sur les autres mondes et leurs énigmes. A tous les souscripteurs, en effet, est offerte en cadeau, en même temps que le premier tome de cette série sur les OVNI de l'Antiquité à nos jours, « une plaque dorée à l'or fin inspirée du célèbre " cosmonaute " de Palenque » que l'heureux souscripteur pourra « porter comme un bijou » ou « exposer comme ornement de bureau ou de bibliothèque [10] ».

Mais reconstituons l'historique de cette grandiose explication.

Un peuple de l'espace a-t-il colonisé l'Amérique ?

Après « plusieurs mois d'études et l'analyse de milliers de documents », je crois pouvoir soutenir la thèse selon laquelle tout a démarré en fait un beau jour d'août 1966 sous le ciel magnifique de la Côte d'Azur. Ce jour-là, un quotidien régional nous livrait un article fracassant sous le titre : « Un peuple de l'espace a-t-il colonisé autrefois l'Amérique du Sud [11] ? »

Cet article n'était pas signé mais l'on peut, sans risque d'erreur, l'attribuer à MM. Guy Tarade et André Millou. En effet, ce même article, *in extenso* (virgules comprises !), traduit en italien, a paru, quelque temps plus tard, sous le titre « L'enigma di Palenque » dans une revue italienne sous la signature de MM. Tarade et Millou [12]. La couverture de cette revue était d'ailleurs entièrement consacrée au

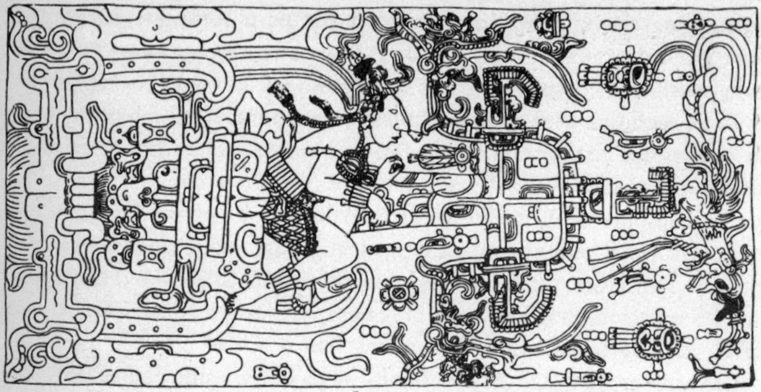

4. Le « cosmonaute maya ». Sculpture (de la dalle de couverture du sarcophage découvert dans la crypte du temple des Inscriptions de Palenque) censée représenter un cosmonaute au poste de pilotage d'une fusée...

sarcophage de Palenque avec une gravure pleine page encadrée par le titre : « Un astronef dans la préhistoire ? Il y a 10 000 ans ce personnage fut représenté sur le sarcophage de la fameuse pyramide mexicaine de Palenque » (en italien sur l'original, bien sûr). Cet article [11] nous apprenait que les savants du « peuple de l'espace » avaient laissé « gravé au cœur d'une pyramide maya le plan d'un vaisseau cosmique à propulsion ionique ou photonique » et que « plusieurs mois d'études et l'analyse de milliers de documents » permettaient à MM. Tarade et Millou de présenter la thèse troublante de la colonisation de l'Amérique du Sud * par des « Space People », thèse dont ils amenaient la *preuve* par le présent document découvert par eux (*dixit* l'article).

Cet article nous livrait au passage une analyse de la gravure du sarcophage de Palenque (cf. illustration *4*) dont je rapporterai ici l'essentiel.

* Sans vouloir ergoter sur des détails, l'Amérique du Sud n'est pas l'Amérique centrale et... Palenque est en Amérique centrale.

« ... La dalle (...) représente un cosmonaute pilotant un vimana **...

« ... La sculpture est une des plus belles et des plus fines connues : elle est nette et équilibrée. Le motif principal est entouré de 24 symboles, ce qui nous fait repenser à la porte du Soleil de Tiahuanaco. Ceux-ci sont disposés de la manière suivante : 9 en haut : ciel ; 9 en bas : terre ; 3 à gauche : ouest ; 3 à droite : est.

« Ces hiéroglyphes concernent certainement les conditions de pilotage de l'engin.

« Le motif central est équilibré, le personnage que l'on voit sur la sculpture et que nous appellerons " le Pilote " porte un casque et observe vers l'avant de l'engin. Ses deux mains sont occupées et elles semblent manœuvrer des manettes. Sa tête repose sur un support, un inhalateur lui pénètre dans le nez.

« Le vaisseau cosmique utilise l'énergie solaire : en effet, l'oiseau qui repose à l'avant de l'engin est un perroquet. Le perroquet représente, dans le concept maya, le déguisement du " dieu " solaire. Le mot énergie serait plus vrai, puisque dans la décomposition de la lumière par un prisme, nous retrouvons les couleurs symboliques de l'oiseau.

« A la partie antérieure de l'appareil, trois " récepteurs " accumulent l'énergie. D'autres " capteurs " sont visibles, ils forment trois séries de trois. Trois à droite, trois à gauche, trois devant.

« Le moteur est compartimenté en quatre parties. Le système de propulsion se trouve derrière le pilote. La poussée est nettement visible et se manifeste sous forme de flammes à l'arrière du vimana ; elle paraît due au mélange de deux forces contraires — l'une est d'origine solaire (elle touche la queue du perroquet sur le schéma), l'autre d'origine terrestre (en bas et libre), symbolisée ici par deux sortes de masques [11]. »

Guy Tarade confirmait d'ailleurs plus tard sa grandiose explication de la sculpture qui nous intéresse ici dans un ouvrage entièrement consacré aux soucoupes volantes, ouvrage dans lequel il nous entretenait du « vimana » de Palenque [13].

* Un « vimana » est un « char céleste » dont on trouve la description dans plusieurs textes sanscrits.

Les mousquetaires de la Vérité

L'initiateur dont je viens de parler fut rapidement suivi, dépassé même, par des émules qui désiraient abattre la « conjuration de contre-vérité » étouffant les preuves manifestes d'un passé différent.

Voici, pour votre grand plaisir (j'espère), quelques-uns de ces mousquetaires de la Vérité dans leurs œuvres.

— Peter Kolosimo en 1964, à propos du site de Palenque, restait relativement précis et notait que : « Pour rester à Palenque, nous relèverons seulement que ce site archéologique est dominé par la croix… Il existe ici un temple de la Croix… un autre édifice nous donne une variante du même symbole sous la forme, cette fois, d'un arbre [14]… » Mais en 1968, s'inspirant des « pionniers » dont je viens de vous parler et préférant sans doute le commercial, il s'adapte à ses confrères et nous fait découvrir sur le même site « l'astronaute au poste de pilotage de son véhicule [15] ».

— Andrew Tomas [16] nous parle aussi d'un « pilote aux commandes d'un avion ou d'une fusée » et nous précise que « dans le cas où le prêtre enterré dans la tombe n'était pas simplement un prêtre astronome, mais un gardien de la tradition des dieux astraux de l'Amérique centrale, l'ornement pourrait s'expliquer comme une évocation de voyages spatiaux antérieurs ».

— Robert Charroux, quant à lui, écrivait [17] :

« L'écriture maya n'ayant pas été traduite, le déchiffrement littéral du texte est impossible, mais l'idée qu'il exprime ne fait aucun doute : cosmonaute pilotant une fusée dans l'espace sidéral, en direction d'une planète.

« Nous pouvons préciser avec certitude de quelle planète il s'agit : Vénus. En effet, la gravure à l'intérieur de la frise ne comporte que deux symboles correctement dessinés ; ces deux symboles, situés derrière le cosmonaute, ont la forme d'un rectangle à l'intérieur duquel est un carreau ou losange, à rond central.

« Ils sont particulièrement apparents, bien dessinés et placés de part et d'autre du moteur, supportant même la tablature de l'habitacle comme pour maintenir la direction...

« ...Le personnage du bas-relief de Palenque est peut-être le portrait de l'illustre mort enterré dans la pyramide comme l'assure M. Alberto Ruz Lhuillier, mais nous osons certifier qu'il représente aussi un cosmonaute pilotant une fusée à réaction, en direction ou en provenance de la planète Vénus. »

— Erich Von Daniken s'emporte et clame : « Cette sculpture représente un être d'apparence humaine assis dans un engin qu'un enfant même prendrait pour une fusée... Si l'on refuse de voir l'évidence, de reconnaître quelque intérêt à l'indice que nous fournit la pierre sculptée de Palenque, n'avons-nous pas toute raison de mettre en doute l'honnêteté intellectuelle qui devrait présider à l'examen des découvertes archéologiques importantes [18] ? »

— Même Jacques Vallée, dont on nous étale avec complaisance divers titres scientifiques, se glisse dans ce tourbillon et n'hésite pas à nous déclarer :

« ... Le travail de la scène exécuté par les artistes n'avait pas souffert ; le moindre détail apparaissait clairement, et les archéologues ne parviennent pas encore à interpréter sa signification...

« ... Le dessin exécuté sur le sarcophage de Palenque, d'un homme aux commandes d'une machine compliquée, semble ressortir à une idée complexe et confuse. Du fait que l'homme en question soit dessiné avec les genoux repliés presque sur la poitrine et qu'il soit adossé à une machine compliquée d'où sortent des flammes, certains — et parmi eux le Soviétique Alexander Kazantsev, écrivain et savant — ont supposé que les Mayas avaient été en rapport avec des visiteurs d'une civilisation supérieure à la leur — visiteurs qui se servaient d'engins spatiaux. L'interprétation de Kazantsev est difficile à prouver. Cependant le seul objet que nous connaissons aujourd'hui qui ressemble de près au dessin maya est le vaisseau spatial [19]. »

Nous pourrions continuer ainsi la liste des mousquetaires-mystificateurs ([20, 21] entre autres...) mais cela serait certainement lassant et inutile.

A titre anecdotique, et comme exemple d'induction sournoise, signalons, en ce qui concerne la dernière citation, que Jacques Vallée nous parle au début du chapitre d'une « expédition d'archéologie conduite par Alberto Ruz Lhuillier et trois de ses compagnons » (dans la « jungle du Yucatan ») comme découvreur du site mais un peu plus loin de l'« écrivain et savant » soviétique Alexander Kazantsev pour l'interprétation de la sculpture du sarcophage. Remarquons alors, sans vouloir faire preuve d'un chauvinisme excessif et déplacé, que ce n'est, au vu de mes données présentes, nullement l'interprétation du Soviétique Kazantsev mais celle du Français Tarade reprise par M. Kazantsev ; rendons à César... Mais ceci n'est pas le plus important *. Ce qui importe c'est que M. Kazantsev soit suffisamment loin pour que l'on puisse lui décerner sans trop d'ennui le titre de savant qu'il ne possède pas (j'en reparlerai dans un autre chapitre) ; par contre le *docteur* Ruz Lhuillier perd, lui, son titre réel de savant et sa mission scientifique peut prendre, par sous-entendu (la puissance du non-dit, du non-écrit, est ici finement utilisée), l'allure d'une expédition de broussards incultes en mal d'exotisme archéologique ou assoiffés de trésors (j'exagère un peu pour que ma pensée soit nettement perçue, n'est-ce pas ?). D'après vous, dans ces conditions, le lecteur de M. Vallée se fiera-t-il plus au « savant » ou au meneur de « l'expédition » et à ses trois compagnons ** ?

* Encore que l'on puisse penser que M. Kazantsev, « savant soviétique », représente pour certains un argument d'autorité plus puissant que M. Tarade !

** On peut également remarquer que l'édition *originale* de cet ouvrage date de 1969, soit plus de 10 ans *après* les premières explications du motif de la dalle de Palenque, ce qui donne tout son sel (pour ne pas dire son vice !) à la phrase : « Les archéologues ne parviennent pas *encore* à interpréter sa signification. »

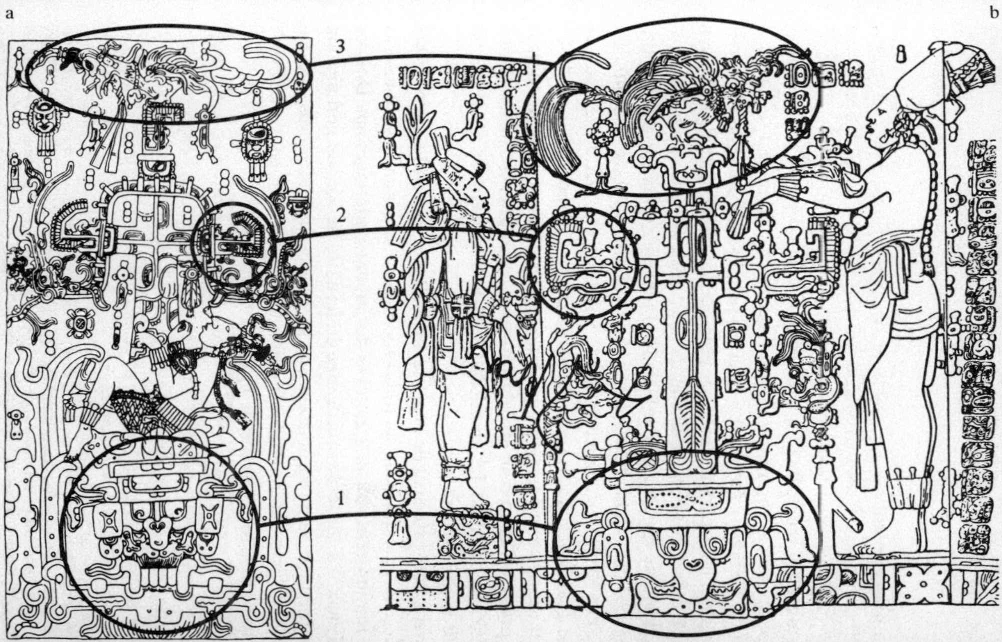

5a. Le « cosmaunaute » redressé devient un sacrifice ! *5b.* Panneau sculpté d'un autre temple de Palenque. Noter l'identité des deux motifs centraux représentant l'arbre de vie.
Quelques exemples sont encerclés : 1. masque du Monstre de la Terre, 2. épis de maïs, 3. quetzal (oiseau-soleil).

Il y a plan et plant...

Or, le motif représenté sur la dalle de Palenque est loin d'être *unique,* inexplicable et de montrer le plan d'une fusée à réaction !

Il faut d'abord « redresser » quelque peu les faits en signalant que le motif *doit* être regardé avec sa plus grande dimension dans le sens vertical et non pas horizontal comme il est présenté la plupart du temps. Cette optique est assurée par les autres représentations du *même* motif sur le site de Palenque. Reportez-vous aux illustrations *5a* et *5b*, qui montrent le motif du sarcophage de Palenque et celui d'une dalle de pierre gravée découverte par Stephens dans ce même site maya *. La similitude des motifs est plus que frappante dans l'ensemble des détails et le prêtre officiant peut être difficilement confondu avec un technicien spécialisé effectuant les derniers réglages de l'astronef placé sur sa rampe de lancement !

Le symbole principal de la pierre tombale est, en fait, celui de l'arbre sacré, le « ceiba », l'arbre du commencement qui, comme les manuscrits nous le montrent, traverse la terre des mondes inférieurs aux mondes supérieurs. Ce symbole cruciforme de fertilité, de vie, de germination fut particulièrement en honneur sur le site qui nous intéresse, comme nous le prouvent les multiples représentations que l'on peut y trouver : temple de la Croix, temple de la Croix feuillue...

Laissons A. Dorsinfang-Smets, dont l'excellent ouvrage [22] est *antérieur* à toutes les divagations relatives à la sculpture de Palenque, nous décrire le sujet sculpté sur toute l'étendue de la dalle :

« Un homme au visage grave et serein couvert de bijoux repose, le

*. J'ai déjà dénoncé à l'aide de telles illustrations la mystification du « cosmonaute de Palenque » dans un ouvrage d'archéologie paru il y a quelques années : Henri Broch, *La Mystérieuse Pyramide de Falicon*, Paris, France-Empire, 1976 (cf. le chapitre « Mystique, archéologie-fiction et réalités »).

torse incliné en arrière, sur un autel formé d'un masque du monstre de la terre. Derrière lui, ou plus probablement de son corps même, jaillit l'arbre de vie cruciforme. Ce sacrifié, poitrine ouverte dont jaillit soit un motif cruciforme, soit un immense grain de maïs qui germe, nous le trouvons dans des manuscrits et sur des stèles. Nous aurions donc bien ici l'évocation du credo habituel : la victime donne sa vie pour que la vie soit. Sur les branches de la croix ondule un serpent à deux têtes et de ses mâchoires sortent des figures mythologiques. Enfin couronnant le tout : le quetzal. »

Le Dr A. R. Lhuillier nous apporte même des détails précis sur l'identité du dignitaire maya enseveli au cœur de la pyramide :

« Le personnage que j'ai découvert dans la crypte du temple des Inscriptions à Palenque devait être le chef maya qui régnait dans la région dans la seconde moitié du VIIe siècle après J.-C. Son nom calendérique devait être Wöxök Ajau (8 Ahau). Sa date de naissance exacte est en discussion ; pour moi, ce serait l'année 655, et celle de sa mort 694 [23]. »

Chacun peut ainsi juger la validité de cette preuve irréfutable de la venue d'extra-terrestres sur Terre dans l'Antiquité qui, depuis son lancement de la base de départ de Nice, a largement envahi tous les continents.

Pour éviter d'autres désillusions à certains, je voudrais rappeler ici un vieux et sage proverbe : « Quand tu attends avec impatience la venue d'un ami, ne prends pas les battements de ton cœur pour le bruit des sabots de son cheval. » En espérant qu'ils le méditeront longuement afin de ne plus prendre, à l'avenir, un plant de maïs en pleine germination pour le plan d'un vaisseau en pleine propulsion !

Références

1. R. Charroux, *L'Énigme des Andes, op. cit.*
2. « Préhistoire de brigands », *Le Canard enchaîné,* 26 novembre 1975 (article signé J. L.).

3. J. P. Adam, « La supercherie de la “ Bibliothèque des Andes ” », *Science et Vie,* n° 715, avril 1977, p. 39.
4. H. McKusick, E.A. Shinn, « Bahamian Atlantis reconsidered », *Nature,* vol. 287, 4 septembre 1980, p. 11.
5. « L'Atlantide des Bahamas devient plus que douteuse », *Science et Vie,* n° 759, décembre 1980, p. 60.
6. J. Randi, « Atlantean Road : the Bimini beach-rock », *The Skeptical Inquirer,* vol. V, n° 3, printemps 1981, p. 42.
7. « Un alliage aluminium-cuivre réalisé en Chine à l'époque Tsin », *La Nature — Science Progrès,* août 1961, p. 333 (article signé Y. M.).
8. R. Charroux, *Le Livre des mondes oubliés,* Paris, Laffont, 1971.
9. P. Knauth, « La découverte du métal », *Time-Life,* Pays-Bas, 1974.
10. Publicité reçue à domicile.
11. *Le Patriote,* 19 août 1966, p. 5.
12. G. Tarade, A. Millou, « L'enigma di Palenque », revue *Clypeus,* n° 4-5, Turin, octobre 1966, p. 19.
13. G. Tarade, *Soucoupes volantes et Civilisations d'outre-espace, op. cit.*
14. P. Kolosimo, *Terra senza tempo,* Milan, Sugar, 1964 (trad. française *Terre énigmatique,* Paris, Albin Michel, 1970).
15. P. Kolosimo, *Non è terrestre,* Milan, Sugar, 1968.
16. A. Tomas, *Les Secrets de l'Atlantide,* Paris, Laffont, 1969.
17. R. Charroux, *Le Livre des maîtres du monde,* Paris, Laffont, 1967.
18. E. von Daniken, *Présence des extra-terrestres,* Paris, Laffont, 1969.
19. J. Vallée, « Chronique des apparitions extra-terrestres », Paris, Flammarion, coll. « J'ai lu », 1974.
20. « La réponse des OVNI », *L'Autre Monde,* n° 1, p. 26.
21. D. Hemmert et A. Roudene, *Histoire de la magie et de l'occultisme,* Paris, Éd. de l'Érable, 1968, 8 tomes (cf. tome 1, p. 158).
22. A. Dorsinfang-Smets, *L'Amérique précolombienne*, Paris, Bloud et Gay, 1964.
23. A. R. Lhuillier, lettre à l'auteur, 7 janvier 1975.

2. Le « saint suaire »

ou Les grandes conséquences d'un petit acte de népotisme

Ce chapitre consacré au « saint suaire de Turin » ne devrait plus m'attirer, aujourd'hui, les foudres vengeresses des grands esprits indignés qu'il m'attira lorsque, ô suppôt de Satan, je livrais le contenu des lignes qui suivent lors de la première édition de cet ouvrage.

Il est vrai que cette première édition était bien antérieure à la datation du « suaire » par la méthode du carbone 14, et que « indignés » n'est pas forcément, contrairement à ce que pensaient ces esprits brillants, synonyme de « compétents »...

Un article anodin

Un quotidien régional annonçait en 1983 [1] une exposition sur le « saint suaire de Turin » organisée par le musée franciscain de Nice. Le conservateur soulignait dans cet article qu'une des conclusions des longues recherches entreprises est que « l'empreinte du linceul n'a pu être produite de main d'homme par quelque procédé que ce soit ».

Fichtre, voilà qui est bien catégorique...

On nous indiquait ensuite que « l'importante documentation de cette exposition donne donc les réponses les plus actuelles aux questions soulevées par le problème du “ linge sacré ” » ; ce qui surprend tout de même puisque le dernier panneau n’offrait qu’une bibliographie très succincte, dont étaient curieusement absentes quelques sources non négligeables (certaines provenant d’hommes d’Église) n’offrant pas tout à fait les mêmes conclusions.

On nous disait encore que cette relique « avait été rapportée de Constantinople par des croisés français », qu’un photographe turinois avait vu « apparaître sur son négatif une figure humaine que l’original ne laissait pas facilement distinguer »...

C’est ce même quotidien régional qui, quelques mois plus tôt [2], nous avait appris que l’ex-roi d’Italie, Umberto de Savoie, avait fait don du « saint suaire de Turin » au pape Jean-Paul II dans le testament qu’il avait établi avant de mourir à Genève.

Suivait alors une description de l’objet :

« La précieuse relique conservée à Turin appartenait à la maison de Savoie depuis 1457. Selon la tradition, cette pièce de lin de 4,30 mètres sur 1,10 mètre servit à l’ensevelissement du Christ après sa crucifixion. Elle porte en négatif l’image d’un homme de type sémite de 1,80 mètre, barbu, les yeux clos, les cheveux longs et portant des blessures similaires à celles du Christ.

« La manière dont l’image s’est imprimée sur l’étoffe reste mystérieuse. Certains y voient une intervention divine. D’autres estiment qu’il pourrait s’agir d’un phénomène chimique déclenché par les produits utilisés à l’époque pour embaumer les corps.

« Apparu en France après les croisades, le suaire fut acquis en 1457 par la maison de Savoie qui le conserva d’abord à Chambéry, puis à Turin, où une église fut spécialement construite pour l’abriter. Depuis trois siècles, il n’a jamais quitté cette ville. »

Ce texte apparemment neutre entérine pourtant des contrevérités manifestes et n’en est que plus pernicieux.

Examinons-le donc sur quelques points précis.

« Elle porte en négatif l’image d’un homme... » Le fait de parler de négatif suggère qu’il a fallu attendre l’invention de la photographie pour apercevoir l’ensemble du sujet et que, le « suaire » datant de manière certaine d'avant cette découverte, cela prouve son authenticité. Mais l'image entière est en réalité visible depuis très longtemps comme peuvent en témoigner des peintures, des tapisseries et même un médaillon datant du XIVe siècle et nous montrant l'image entière, dorsale et ventrale.

« La manière... reste mystérieuse. » Faux : la manière peut être diaboliquement (excusez-moi) simple, on le verra.

« Certains... D'autres... corps. » C'est le passage subtil. Pour « certains », c'est une intervention divine. Pour « d'autres », c'est un phénomène chimique déclenché par les produits utilisés à « l'époque pour embaumer les corps ».

Il n'y a apparemment pas d'autres opinions et les deux données conduisent à la *même* conclusion !

La première est : c'est divin, donc c'est le « suaire » du Christ.

La deuxième, la « théorie » chimique, entérine l'*époque* et le fait que ce linge contenait un *corps,* ce qui permet de dire : cela date de l'époque du Christ, c'est un suaire, il porte les traces précises de la Passion, donc c'est le « suaire » du Christ.

Superbe ! En conclusion, quelle que soit la « manière dont l'image s'est imprimée », toutes les opinions semblent concorder sur l'âge et la destination du « suaire ».

« Apparu... après les croisades... » Ce qui nous donne la réponse à la question : « qui l'a importé ? » et surtout *« d'où vient-il ? »* Si l'on avait dit : « Il est apparu aux environs de Troyes au XIVe siècle... », cela aurait-il le même sens profond ?

Pour la bonne compréhension du sujet, et avant d'ouvrir l'« enquête » nécessaire, je me dois de vous rappeler tout d'abord l'histoire de cette relique.

L'historique

Le « suaire » dit de Turin fait sa première apparition en France, dans l'église collégiale de Lirey, près de Troyes, vers l'an 1357 ; des expositions sont organisées à cette époque par Jeanne de Vergy, veuve de Geoffroy Ier de Charny, et le clergé de Lirey.

Ces expositions, qui amenaient des foules compactes en pèlerinage, sont suspendues pendant une trentaine d'années puis reprennent.

Après quelques péripéties, ce « suaire » est cédé par Marguerite de Charny (la petite-fille de Jeanne de Vergy) à la maison de Savoie. Il semble que la date puisse être fixée à 1453 (et non pas 1457). En effet, le 22 mars 1453, le duc Louis de Savoie fait don à Marguerite de Charny du château de Varambon et des revenus du domaine de Méribel, près de Lyon, pour « services précieux ».

Installé ensuite à Chambéry dans une chapelle, le « suaire » échappe de peu en 1532 à un incendie. Le linge fut d'ailleurs à cette occasion troué et légèrement brûlé par l'argent fondu du reliquaire (il fut sauvé par arrosage). Il arrive ensuite, à la fin du XVIe siècle, dans la ville de Turin et est placé, en juin 1694, dans la chapelle royale de la cathédrale de cette ville, dans un sanctuaire spécial conçu pour cette occasion.

En mai 1898, le « saint suaire » est exposé (toujours à Turin) pendant huit jours à l'occasion du cinquantième anniversaire du royaume d'Italie.

Le 28 mai, Secondo Pia réussit dans sa deuxième tentative pour photographier le « suaire », suspendu sous verre au-dessus du grand autel de la cathédrale de Turin. Le résultat est saisissant. Alors que l'image que porte le « suaire » paraît floue et peu contrastée, que sa teinte sépia se distingue à peine de celle de l'étoffe elle-même, le négatif photographique révèle tout autre chose : la représentation nette, vue de face et de dos, d'un homme aux traits longilignes, évoquant fortement le

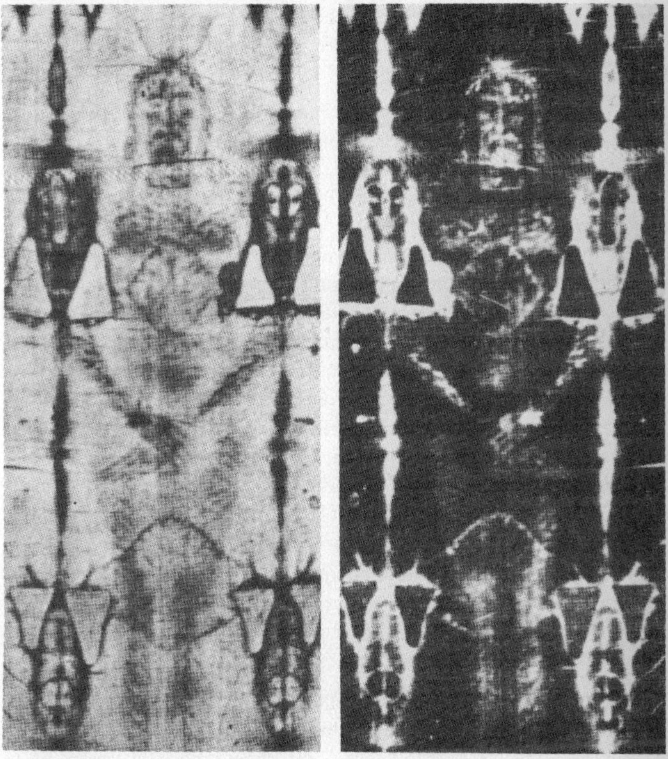

6. L'image ventrale du « saint suaire ». *A gauche* : vision normale. *A droite* : le « rendu » sur un négatif photographique.

personnage du Christ tel que l'ont figuré les artistes, et portant sur son corps les traces de la Passion selon l'Évangile de saint Jean.

C'est de cette date que se répand dans les médias la nouvelle extraordinaire : le « saint suaire » est un négatif, ce qui semble éliminer sans contestation possible toute mystification, puisque son existence est attestée bien avant l'invention de la photographie.

En avril 1902, Yves Delage, professeur d'anatomie à la Sorbonne, présente un travail à l'Académie des sciences de Paris sur « l'image du Christ visible sur le saint suaire de Turin » (travail qui ne fut pas publié par l'Académie).

Le Dr Barbet procède, dans les années 1930, à des expériences sur des cadavres et constitue un ensemble impressionnant de « preuves » établissant que les blessures visibles sur le « suaire » sont authentiquement celles d'une victime d'une crucifixion. Il « démontre » par exemple l'impossibilité de suspendre un corps humain en clouant les mains à la branche transversale d'une croix : sous le poids, les clous déchireraient tout simplement les chairs (sur l'image du « suaire », la blessure semble être située sur le poignet et non sur la main). Il « démontre » encore la contraction du pouce vers l'intérieur de la main lorsque le clou traverse le poignet (les pouces semblent invisibles sur le « suaire »).

On déclare, à partir de cette époque, un peu partout que l'ensemble du corps médical est stupéfait de l'exactitude anatomique de l'image du « suaire ».

Le « suaire » est montré en juin 1969 aux membres d'une commission scientifique spéciale, désignée par le cardinal Pellegrino de Turin.

En novembre 1973, le « suaire » est exposé pour la presse et la télévision dans la galerie des Suisses de l'ancien palais ducal de Turin. Max Frei, criminologiste de Zurich, est autorisé à prélever des échantillons de la matière de surface du linge afin de procéder à des analyses. Un petit groupe de scientifiques italiens est autorisé à faire des observations et des tests limités.

Le rapport de 1976 [3] de ces tests et des précédents est d'un ton général assez sceptique ; deux des experts ont même suggéré que l'impression de négatif photographique pouvait être due à une technique artistique utilisant un modèle ou un moule. Ce qui, en revanche, est nettement affirmé, c'est que l'image n'est pas une peinture, dans l'acception standard de ce terme.

Max Frei, pour sa part, déclarera plus tard avoir découvert sur le « suaire » des pollens provenant de quatre endroits distincts : a. Europe (c'est-à-dire France et Italie), b. Palestine (Jérusalem), c. les steppes anatoliennes et d. les « environs » d'Istanbul.

En 1976, John Jackson et Eric Jumper découvrent, à partir de quelques présuppositions vite oubliées dans l'enthousiasme résultant, que l'image contient une information « trois dimensions » sur le corps présumé avoir été enveloppé par le linge. Une radiation mystérieuse, émise par le corps du Christ à l'instant de la résurrection, aurait imprimé sur le linceul une image d'intensité variable selon la distance séparant le tissu du corps ; un traitement informatique des différentes « densités » de l'image permettrait donc de reconstituer une représentation en volume de l'« homme du suaire ».

Une « retombée » de l'aspect trois dimensions est la « découverte » de prétendues pièces de monnaie placées sur les yeux, identifiées par le père Francis Filas comme étant des monnaies romaines dont les inscriptions montreraient qu'elles datent du milieu du Ier siècle.

Ian Wilson, président de la British Society for the Turin Shroud, élabore à la même époque (1976) une hypothèse sur l'« histoire plausible » du « suaire » avant sa première exposition attestée, à Lirey en France.

Dans un ouvrage très bien documenté [4], Wilson identifie le « suaire de Turin » au Mandylion d'Edesse (aujourd'hui Urfa, en Turquie), étoffe portant le visage du Christ qui fut vénérée dans cette ville, et ensuite apportée à Constantinople en l'an 944.

En mars 1977, se tient à Albuquerque (Nouveau-Mexique) l'assemblée constitutive du STURP (Shroud of Turin Research Project, Projet de recherches sur le suaire de Turin). En octobre 1978, 33 membres de cette association arrivent à Turin avec plus de 6 tonnes de matériel sophistiqué pour procéder à un certain nombre d'examens autorisés sur la relique qui a été transportée pour la circonstance dans le palais royal, voisin de la cathédrale.

En octobre 1981, un symposium réunit à New London (Connecticut) ces chercheurs pour exposer les résultats de leurs travaux.

Leurs opinions divergent sur plus d'un point, mais semblent marquer un accord sur le « fait » que l'image du « suaire » n'a pas pu être fabriquée artificiellement. Parallèlement, paraît l'ouvrage *Verdict on the Shroud* de Ken Stevenson et Gary Habermas [5], ouvrage qui, bien qu'en aucune façon autorisé, patronné ou approuvé par le STURP, contrairement à ce qu'affirme la jaquette du livre, est devenu la pierre de fondation sur laquelle s'appuient la plupart des analyses (ou expositions) « grand public ».

En ce qui concerne les résultats obtenus par les membres du STURP, ils se réduisent, outre l'affirmation : « le suaire n'a pas été fait de main d'homme », à la démonstration que les « taches de sang » du « suaire », de coloration plus foncée et plus rouge que le dessin du corps, contiennent une teneur en fer supérieure à celle de l'image des autres parties. L'analyse spectroscopique pour ces mêmes zones semble mettre en évidence les raies d'absorption de la porphyrine, substance qui entre dans la composition de l'hémoglobine.

L'équipe du STURP en conclut que les taches du « suaire » sont vraiment du sang et que rien ne permet de supposer qu'il s'y trouve autre chose.

Voilà pour l'histoire et les « faits » que les médias propagent avec complaisance.

Avant d'entrer dans le vif du sujet, je pense qu'il est nécessaire ici de rappeler que si, dans cette affaire, l'objectivité des arguments échangés s'est souvent ressentie des positions philosophiques et religieuses des parties en présence, l'Église elle-même n'a jamais tenu l'authenticité d'une relique pour un article de foi. La question, comme l'a déjà souligné un journaliste, doit et peut donc être examinée uniquement sur le plan scientifique, avec des arguments scientifiquement établis et des preuves scientifiquement contrôlables. En conséquence, ce qui relève de la foi ne saurait trouver place dans le débat.

Dans la réalité concrète des *faits,* et pour reprendre l'ensemble des points exposés précédemment, que pouvons-nous dire ?

Un évêque mène l'enquête

Le « suaire » a fait son apparition aux environs de 1357 à Lirey où il fut exposé à la dévotion des fidèles et fut aussi... *dénoncé comme étant une supercherie* par l'évêque de Troyes, Henri de Poitiers, qui fit mettre fin aux expositions.

Son successeur, Pierre d'Arcis, lutta lui aussi contre l'imposture qui avait resurgi.

Cet évêque écrivit d'ailleurs au pape Clément VII à la fin 1389 [6] :

« L'affaire, Saint Père, se présente ainsi. Depuis quelque temps dans ce diocèse de Troyes, le doyen d'une certaine église collégiale, à savoir celle de Lirey, faussement et mensongèrement, consumé par la passion de l'avarice, animé non d'un quelconque motif de dévotion mais uniquement de profit, s'est procuré pour son église un certain linge habilement peint sur lequel, par une adroite prestidigitation, était représentée la double image d'un homme, c'est-à-dire le dos et le devant, le doyen déclarant et prétendant menteusement que c'était le véritable suaire dans lequel notre Sauveur Jésus-Christ avait été enveloppé dans le tombeau, et sur lequel le portrait du Sauveur était resté imprimé avec les plaies qu'il portait. Cette histoire a été mise en circulation non seulement dans le royaume de France mais, pourrait-on dire, à travers le monde entier de sorte que des gens viennent de toutes parts pour le voir. En outre, pour attirer les foules afin de leur extorquer sournoisement de l'argent, de prétendus miracles ont eu lieu, certains hommes étant loués afin de se donner pour guéris lors de l'exposition du suaire, dont chacun croit qu'il est le suaire de Notre-Seigneur. Mgr Henri de Poitiers de pieuse mémoire, alors évêque de Troyes, étant mis au courant de ces faits et pressé d'agir par de nombreuses personnes prudentes, comme c'était en effet son devoir dans l'exercice de sa juridiction ordinaire, se mit à l'œuvre pour découvrir la vérité dans cette affaire. Car beaucoup de théologiens et autres personnes avisées déclaraient qu'il ne pouvait s'agir du suaire authentique de Notre-Seigneur dont le portrait se serait ainsi imprimé dessus, puisque les saints Évangiles ne faisaient pas mention d'une telle impression, alors que, si elle s'était produite, il semblait bien évident que les saints évangélistes n'auraient pas omis de le rapporter, et que le fait ne serait pas demeuré caché jusqu'à nos jours. *En fin de compte, après avoir déployé une grande diligence dans son enquête et ses interrogatoires, il a découvert la fraude et comment ledit linge avait été astucieusement peint, la vérité étant attestée par l'artiste qui l'a peint, autrement dit que c'était une œuvre due au talent d'un homme, et non point miraculeusement forgée ou octroyée par grâce divine* » (souligné par moi).

L'évêque Pierre d'Arcis rapporte ensuite dans cette longue lettre que, la supercherie étant découverte, le linge fut caché pendant 34 ans environ ; il nous rapporte encore que le nouveau doyen (en 1389) de l'église de Lirey, « toujours avec une intention de *fraude* et dans un but de *profit* » (souligné par moi), a suggéré au seigneur Geoffroy II de Charny de replacer le linge dans l'église « afin que par une reprise des pèlerinages l'église puisse être enrichie des offrandes des fidèles ».

La lettre se poursuit par le récit des vicissitudes que l'évêque a dû affronter. Ce dernier rappelle qu'il a pris des mesures pour que le linge soit placé sous la garde des officiers du roi.

« Et dans cette requête j'ai réussi sans la moindre difficulté avec le tribunal du parlement du Roi à expliquer pleinement les origines superstitieuses de ce suaire, l'usage qui en était fait, la supercherie et le scandale que je signalais à l'attention du tribunal. Vraiment, c'est un étonnement, pour tous ceux qui connaissent les faits, que l'opposition à laquelle je me heurte dans ces procédures viennent de l'Église, de laquelle j'aurais dû espérer un soutien vigoureux et, même, redouter un châtiment si je m'étais montré indolent ou négligent. »

Pierre d'Arcis s'étonne ensuite que l'autorisation d'exposer ledit linge ait été obtenue de Sa Sainteté et conclut sa lettre par une demande :

« Je voudrais donc vous demander, très Saint Père, de daigner retenir votre attention sur cet exposé et d'arrêter des mesures pour qu'il soit mis un terme à un scandale pareil et à une telle superstition abominable à la fois en fait et en apparence, de telle sage manière que ce linge ne puisse être tenu pour un sudarium ou un sanctuarium, ni pour une image ou une reproduction du sudarium de Notre-Seigneur puisque le sudarium de Notre-Seigneur n'était rien de tel, et, enfin, ne puisse être exhibé au peuple sous un autre prétexte ingénieux ni exposé à la vénération, mais que pour exprimer l'horreur d'une semblable superstition elle soit publiquement condamnée, que les lettres subreptices dont il a été question ci-dessus soient rétractées, ou plus vraiment déclarées nulles et non avenues par peur que les persécuteurs et détracteurs vigilants de l'Église ne raillent la discipline de l'Église et ne disent que l'on trouve dans les tribunaux séculiers un remède plus prompt et plus efficace contre les scandales et impostures que dans ceux de l'autorité ecclésiastique. *Je me déclare ici tout prêt à fournir toutes les informations qui suffiraient à écarter le moindre doute au sujet des faits mentionnés* (souligné par moi, H.B.) aussi bien dans le public qu'autrement, afin de me disculper et de pouvoir décharger ma conscience dans une affaire qui me tient à cœur. »

La conséquence de cette lettre rapportant des faits précis et argumentés aurait dû, pensez-vous, être la condamnation de l'escroquerie mise en lumière par Mgr Henri de Poitiers ou tout au moins la demande d'un supplément d'information...

Il n'en fut rien et le pape Clément VII, en janvier 1390, autorisa les expositions de la « représentation » du « saint suaire » et... *condamna l'évêque Pierre d'Arcis à se taire, sous peine d'excommunication !*

L'opposition étant ainsi bâillonnée, le « saint suaire » reprit du « service »...

Image négative et exactitudes anatomiques

En ce qui concerne « l'image négative » du « saint suaire », c'est assez simple : le « suaire » *n'est pas* une image négative.

Pour s'en convaincre, il suffit de regarder les « taches de sang » qui, de couleur foncée normale sur l'image du « suaire », deviennent blanches sur une image inversée…

Ce qui, en revanche, est indéniable, c'est le fait que tout se passe *comme si* l'image sur le « suaire » avait, elle-même, les *qualités* d'un négatif photographique, c'est-à-dire que l'inversion semble donner une image beaucoup plus « vivante ». Mais c'est souvent le cas lorsqu'une image est très affaiblie, car, et ce n'est pas la seule raison, le négatif photographique augmentera alors le contraste.

Les pertes de substance intervenues lors des ostensions publiques ainsi que lors de l'incendie de 1532 (feu + eau) expliquent très simplement l'affaiblissement de l'image. Il faut ajouter que l'image du « suaire » apparaît faible et estompée (à peine plus foncée que le lin lui-même) *pour l'époque moderne* car cela ne semble pas avoir été le cas dans les époques passées.

Que dire d'affirmations du type : « Si le suaire est un faux, à quoi donc servit de représenter tout le corps du crucifié, puisque, pendant des siècles, celui-ci fut indéchiffrable ? », … « Jusqu'alors, et tous les témoignages historiques le prouvent, les gens ne virent que la tête du crucifié… » ?

Les prétendues « taches informes jusqu'à la photographie de Pia [7] », qui devait révéler le corps de face et de dos, ne devaient pas paraître si informes que cela aux hommes des siècles passés, puisque nous avons, comme je l'ai rappelé au tout début, des représentations précises du « saint suaire » avec les *deux faces,* dorsale et ventrale, *parfaitement illustrées* et cela depuis le XIVe siècle (cf. illustration *7*).

Les diverses élucubrations sur les aspects médicaux que présenterait

7. Enseigne de pèlerinage du XIVe siècle. Première représentation connue du « suaire » dans toute sa longueur. Les armoiries sont celles de Geoffroy de Charny *(à droite)* et celles de Jeanne de Vergy *(à gauche)*. Musée de Cluny.

le « suaire [8] » ont été balayées par des représentants du corps médical même.

Par exemple, le Dr Zugibe (qui, notons-le, croit que le « suaire » est authentique et n'est donc pas un « détracteur acharné ») a montré par l'étude expérimentale sur des cadavres (tout comme le Dr Barbet) que des clous plantés dans la paume de la main *peuvent très bien* soutenir le poids du corps, tout en soulignant que l'absence des pouces était simplement due à leur position naturelle en face de l'index [9].

Le Dr Michael Baden, médecin légiste principal expert judiciaire du Comté de New York, estime quant à lui sur la base de sa très longue pratique expérimentale que l'image du « suaire » est rendue « *moins* réelle » par les traits médicaux que l'on prétend y trouver ; il signale, exemple parmi d'autres, que « lorsque la tête saigne, le sang ne coule pas en filets » comme il est représenté sur l'image mais « colle sur les cheveux ». Sa conclusion mérite d'être soulignée : « Il est très probable que le suaire n'a *jamais contenu de corps* [9]. »

Le diagnostic des pollens et l'effet « 3-D »

Les résultats du criminologiste Max Frei, qui préleva des échantillons de surface en novembre 1973, ont d'abord mis en évidence des pollens provenant de deux régions : 1. la Palestine, 2. l'Europe (France et Italie). Ces résultats ont été ensuite complétés par deux autres régions, à savoir : 1. les steppes anatoliennes, 2. les « environs » d'Istanbul.

Je me dois de rappeler que l'histoire hypothétique du « suaire » reconstituée par Ian Wilson implique un début à Jérusalem (évidemment !), un séjour à Edesse (maintenant Urfa) puis à Constantinople (Istanbul) et enfin à Lirey en France.

Si l'on observe que les « steppes anatoliennes » englobent la région d'Edesse, on doit avouer que les résultats de l'analyse des pollens sont époustouflants !

Cela l'est peut-être moins si l'on remarque que Max Frei, à la retraite depuis 1972 (et qui donc n'est plus directeur du laboratoire scientifique de la police de Zurich au moment du prélèvement le 23 novembre 1973, contrairement à ce que l'on affirme), n'a pas trouvé le temps, en une dizaine d'années (il est décédé en 1983), de publier ses analyses et leurs résultats argumentés. Oui, vous avez bien lu, ses résultats n'ont *jamais été publiés* dans une revue scientifique après 9 ans d'« enquête » alors qu'il ne s'était pas privé de les faire connaître aux médias.

J'ajouterai simplement que la provenance des pollens déterminée par Max Frei a été complétée (Anatolie et Istanbul) en 1978, c'est-à-dire *après* que la théorie de Wilson fut connue, Frei et Wilson ayant d'ailleurs fait ensemble un « voyage de recherches » en Turquie et en Israël en octobre 1976 [10].

Encore un mot : *aucun* autre scientifique [11], avec deux ensembles additionnels d'échantillons sur ruban adhésif, n'a vu le pollen que Frei prétend avoir trouvé...

Que peut-on dire touchant la « découverte » par Jackson et Jumper du contenu d'« information 3-D » (trois dimensions) dans l'image du « suaire » à l'aide d'un matériel électronique impressionnant (analyseur d'images, etc.) ?

Jackson et Jumper ont recouvert d'un drap un volontaire (choisi pour sa ressemblance avec l'image du « linceul »), puis ils ont mesuré les distances corps-tissu en de nombreux points ; ces données ont ensuite été mises en relation avec les différences de densité relevées sur l'image du « saint suaire ». Les premiers essais pour reconstituer une représentation en volume de « l'homme du suaire » montraient une figure humaine assez distordue. Pour en améliorer l'aspect, la disposition du drap sur le volontaire a été changée de manière à affiner le résultat (l'argument étant sans doute : après tout, personne ne sait comment ce suaire a été drapé sur un corps dans une tombe de Palestine, il y a presque 2 000 ans !).

On modifia également, de façon *ad hoc,* d'autres paramètres de cette fameuse analyse jusqu'à obtenir une figure offrant un aspect humain, excepté pour une chose : si le visage est ajusté pour un relief normal, le corps apparaît en bas-relief.

« Ce que Jackson et Jumper ont démontré, c'est qu'ils peuvent obtenir une bonne corrélation entre la densité de l'image sur le suaire et la distance linge-corps correspondante qu'ils obtiennent quand un modèle humain de la taille appropriée est recouvert d'un linge drapé de manière à optimiser le résultat [12]. »

Mais corrélation n'étant pas causalité, c'est donc tout ce qu'ils ont démontré.

La « démonstration » de Jackson et Jumper pèche par un côté : *elle exige que l'on admette au départ ce qu'elle entend prouver ;* le moins que l'on puisse dire est qu'il s'agit là d'une grave faute contre la logique scientifique.

Pour être peut-être plus clair, car les réactions de certaines personnes montrent qu'elles n'ont manifestement point compris ou qu'elles n'ont point cherché à comprendre, le plus que l'on puisse dire est qu'il s'agit là d'une escroquerie intellectuelle pure et simple.

Pour éviter toute ambiguïté, il nous suffira d'écouter les grands « chercheurs » Jackson, Jumper et Ercoline * nous déclarer... qu'il a fallu *déformer* l'image VP-8 (analyseur d'images) pour obtenir un résultat « physiologiquement acceptable » et « anatomiquement correct » ! Ou encore, nous faire la démonstration mathématique que ce qui *manque* dans l'image du suaire pour obtenir la forme d'un corps... c'est la forme d'un corps !

Pour ce qui est de l'affirmation de la présence de pièces de monnaie sur les yeux de « l'homme du suaire », retombée de la « découverte 3-D », il suffira de dire que le STURP lui-même a désavoué ces allégations.

On pourrait peut-être simplement rajouter pour le côté humoristique de l'histoire que de très nombreux articles et ouvrages actuels consacrés à des sujets divers nous parlent au passage de la « classique » pratique sépulcrale juive des pièces de monnaie sur les yeux. Or, cette dite pratique repose en fait *uniquement* sur la « découverte » fortement médiatisée de Jumper, Jackson et Stevenson, qui ont... *truqué* leur citation d'un texte du XIXe siècle pour donner à croire que le placement de pièces de monnaie sur les yeux d'un défunt était une pratique courante chez les Hébreux au début de notre ère.

A *aucun endroit* dans le passage auquel ils se réfèrent il n'est question de pièces de monnaie sur les yeux. La seule phrase parlant de pièces de monnaie est celle qui signale que les... Russes contemporains (XIXe siècle) placent des pièces de monnaie sur les yeux des morts ; Jumper et ses collègues sont passés du XIXe siècle au Ier et de

* J.P. Jackson, E.J. Jumper, W.R. Ercoline, *Applied Optics, vol. 23, nº 14, 15 juillet 1984,* p. 2244.

la Russie à la Palestine, en oubliant de préciser ce léger déplacement *temporel* et *spatial !*

Deux possibilités seulement

Sur l'« histoire plausible » du « suaire » avant le XIVe siècle, reconstituée par le journaliste Wilson (et non pas un historien, comme le présentent certains), la seule chose à déclarer me semble qu'il n'y a, à l'heure actuelle, *aucune* preuve que le « suaire de Turin » ait eu une histoire antérieurement à son apparition à Lirey au XIVe siècle.

A titre anecdotique, je voudrais simplement rappeler que le « suaire de Turin » n'est pas la seule pièce d'étoffe qui ait été présentée au cours des siècles comme l'authentique linceul du Christ.

« Parmi les autres objets présentés en France comme étant le suaire du Christ, il y eut celui de Compiègne, pour lequel la reine Mathilde, femme de Guillaume le Conquérant, avait offert un magnifique reliquaire. Il a été détruit pendant la Révolution. Un autre suaire fut longtemps exposé à Besançon, où il reçut la visite de saint François de Sales, de sainte Jeanne de Chantal et de Louis XIV. Lui aussi a été détruit pendant la Révolution. Mais de nombreuses copies en furent faites du XVIe au XVIIIe siècle ; quelques-unes existent encore. D'après Gilbert Brunet, le suaire de Besançon aurait lui-même été une copie de celui de Turin.

« Le suaire qui a longtemps été considéré en France comme le plus probablement authentique était conservé à Cadouin, en Périgord. Sa dernière ostension, en 1930, fut présidée par le cardinal Verdier. Mais quelques années plus tard, un jésuite, J. Francez, découvrit que les dessins qui en ornementaient les extrémités étaient des lettres arabes stylisées : l'objet venait donc bien d'Orient. Mais, lorsque l'on déchiffra les caractères, on s'aperçut qu'il avait été fabriqué aux environs de l'an 1100 [13]... »

Ce qui focalise l'intérêt sur le « suaire de Turin » repose sur le présupposé, la plupart du temps *non reconnu* ou tout au moins non explicité, qu'il ne peut y avoir pour *ce* « suaire » que deux possibilités.

Ou il s'agit d'un trucage, d'un faux dû à un artiste, ou il s'agit d'une représentation « miraculeuse » de l'image de Jésus-Christ. Il ne peut *pas* y avoir de troisième solution pour *ce* « suaire », par exemple le transfert de l'image d'un homme crucifié qui ne soit *pas* Jésus-Christ.

Le jésuite et historien Herbert Thurston l'avait déjà très bien souligné :

« Quant à l'identité du corps dont on voit l'image sur le Suaire, aucun doute n'est possible. Les cinq blessures, la cruelle flagellation, les perforations du pourtour de la tête, peuvent encore être clairement distinguées... Si ce n'est l'empreinte du Christ, cela a été conçu pour être une contrefaçon de cette empreinte. Depuis que le monde est monde, chez aucune autre personne, on n'aurait pu retrouver ces détails [14]. »

Cette alternative, non reconnue mais certainement présente à l'esprit des nombreux intervenants, fait que les arguments utilisés sont quelquefois très éloignés de l'objectivité que l'on serait en droit d'attendre de toute étude se voulant « scientifique ».

A ce propos, je voudrais simplement rappeler qu'*aucun* des quatre Évangiles ne précise directement que Jésus fut *cloué* sur la croix. Au risque de surprendre de nombreux lecteurs, je précise que la *seule* indication est tirée de Jean (20,25) : « Si je ne vois la marque des clous dans ses mains... »

L'Évangile selon saint Jean est également *le seul* qui nous donne les détails qui ont tant ébloui les « experts » du « saint suaire » comme par exemple les jambes non rompues et le coup de lance au côté.

En bref, *tout* dans cette affaire repose sur l'Évangile selon saint Jean et sur lui *seul* et on le prend *à la lettre* pour retrouver les détails sur l'image du « suaire ».

Pourquoi alors ne le prend-on *pas* à la lettre sur le reste ?

Par exemple : « Ils prirent donc le corps de Jésus et l'enveloppèrent de linges... » (Jean 19,40). Oui, vous avez bien lu, le mot « linges » est au *pluriel* et cela est confirmé plus loin :

« Les linges étaient à terre » (Jean 20,5 et 20,6).

« Le linge qu'on lui avait mis sur la tête n'était pas avec les autres linges » (Jean 20,7).

A propos de ce dernier linge, la résurrection de Lazare dans le *même* évangile nous montre bien qu'il s'agit d'un petit linge enveloppant le visage : « ...Les mains et les pieds liés de bandes et le visage enveloppé d'un linge... » (Jean 11,44).

L'Évangile selon saint Jean est donc *le seul* qui nous raconte que le corps fut enveloppé dans *plusieurs* linges (les trois autres Évangiles parlent « d'*un* linceul ») et c'est sur celui-là même que l'on s'appuie pour nous démontrer l'authenticité d'un suaire... d'*une* pièce !

Sans accorder aux arguments tirés des Évangiles un poids déterminant, je pense qu'il était tout de même bon de souligner cette contradiction que l'on écarte pieusement.

Pas fait de main d'homme

Sans vouloir ergoter sur les détails, je voudrais faire remarquer que les membres du STURP, Projet de recherches sur le suaire de Turin, entérinent déjà dans le nom de leur association le « fait » que le linge qu'ils veulent étudier objectivement soit un suaire, c'est-à-dire un linge ayant recouvert un corps.

Avec les détails que ce linge porte, il ne restera plus grand-chose à prouver !

En ce qui concerne les membres de cette association *, Steven Schafersman nous rapporte, dans un très intéressant article [15], que le STURP compte un agnostique sur 40 membres et il pose très ironiquement la question : « Quelles sont les chances en choisissant au hasard

* La liste des chercheurs du STURP est donnée dans l'article « Science seeks to solve... the Mystery of the Shroud », *National Geographic,* juin 1980, p. 730 (la liste est en page 751).

40 scientifiques parmi les milliers que comptent les États-Unis d'aboutir à un groupe comprenant 39 croyants ? »

Il conclut ce passage en disant que le STURP... n'est *pas* « un groupe que l'on pourrait considérer, de manière crédible, prédisposé à une attitude sceptique ».

Cela ne met pas en cause la bonne foi des enquêteurs du STURP, mais devait être souligné avant d'examiner leurs travaux. Pour qu'il n'y ait pas de mauvaise interprétation de mon argumentation, je dirai qu'un groupe formé de 39 athées militants sur 40 membres prêterait à un *a priori* du même type.

L'accord du STURP semble complet sur le « fait » que « l'image du suaire n'a pas pu être fabriquée artificiellement ».

Et pourtant, depuis 1978, nous avons une explication plausible de la technique utilisée pour la réalisation du « saint suaire » !

En effet, à cette époque, Joe Nickell publie un article [16] dans lequel il développe sa recette et montre ses résultats. La technique de Nickell, illusionniste à ses heures, est une technique très simple de frottis, utilisée depuis le XIIe siècle ou plus tôt encore.

Laissons parler Marcel Blanc [17] :

« Son procédé est équivalent de celui que tous les écoliers ont pratiqué : on peut transférer l'effigie d'une pièce de monnaie sur un morceau de papier la recouvrant en frottant avec un crayon ou avec un pigment quelconque. Le principe est donc de disposer d'un bas-relief et de le recouvrir d'un linge mouillé. Lorsqu'il est sec, on applique par frottement un pigment composé d'aloès et de myrrhe. On obtient ainsi un négatif du bas-relief que l'on peut retourner en positif avec une extrême fidélité par rapport à l'original. »

Nickell a depuis perfectionné sa technique [18], toujours très simplement, par le frottis d'un mélange d'oxyde ferrique et d'une substance gélatineuse (plutôt qu'aloès et myrrhe), et en complétant l'image obtenue en y peignant à la brosse des taches de « sang » avec un mélange d'oxyde ferrique et de vermillon.

Ce qui est très intéressant dans cette explication, qui ne prouve *pas*, bien sûr, que telle a été la technique utilisée mais qui contredit *caté-*

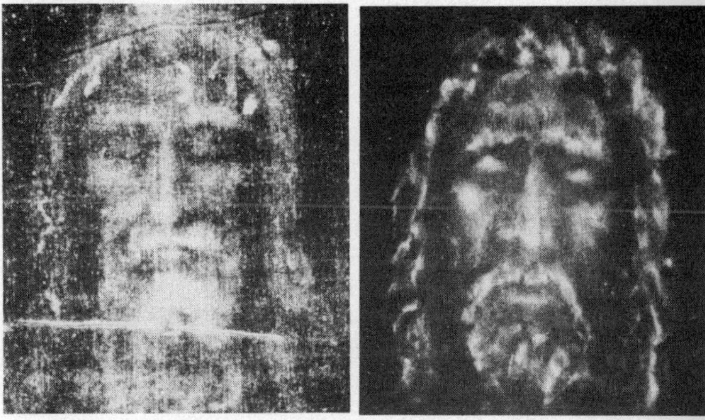

8. *A gauche :* le visage du Christ tel qu'il apparaît sur le négatif d'une photographie du « suaire ». *A droite :* le négatif d'une image obtenue par Joe Nickell par application d'un tissu mouillé sur un bas-relief, séchage puis frottage avec un colorant.

goriquement l'affirmation selon laquelle on n'a jamais pu proposer une explication naturelle à l'image du « suaire », c'est qu'elle reproduit justement toutes les caractéristiques de l'image du « suaire » de Turin : même couleur brun-sépia, même effet de négatif, même effet de rendu du relief par inversion, mêmes propriétés de résistance à l'eau et au feu et *même contenu d'une information 3-D* (d'un bas-relief) !

Le muséologue américain souligne également que cette technique implique que les deux faces, dorsale et ventrale, ont été faites séparément, ce que suggère l'espace vide séparant la tête vue de face de la tête vue de dos sur le « suaire », espace difficilement explicable dans le cadre de l'hypothèse d'un linge ayant recouvert un corps humain (la « mentonnière » invoquée quelquefois ne donnerait pas un tel résultat).

Du sang sur le « suaire »

Une analyse spectroscopique de l'image du « suaire », par S.F. Pellicori, membre du STURP, publiée dans une revue scientifique [19], nous donne en conclusion : « Les résultats de l'analyse spectrale pour les zones " taches de sang " du Suaire sont consistants avec leur interprétation en termes d'hémoglobine humaine. »

Eh oui, vous avez bien lu : ce sont les *résultats* qui sont consistants avec la conclusion et non l'inverse ! Pour être totalement objectif, l'auteur nous dit encore : « Le grand pourcentage de bruit de fond et l'état chimique du sang contribuent à diminuer le contraste des bandes d'absorption typiques du sang. »

En termes clairs, affirmons *a priori* qu'il s'agit de sang et faisons remarquer que l'on ne voit pas grand-chose pouvant prouver qu'il s'agit de sang !

En fait, la présence de sang n'est *pas* d'une grande importance pour décider de l'authenticité du « suaire ». En effet, un artiste peut évidemment penser utiliser du vrai sang pour produire les « taches ». Ce qui est réellement important, c'est de savoir si ces « taches » contiennent, même partiellement, quelque pigment totalement étranger au sang humain.

Cela dit, *aucun* travail ne prouve la présence de sang dans ces fameuses zones. Quelques tests présentés à grand renfort de publicité semblent montrer que des porphyrines sont présentes, ce qui a fait conclure plusieurs membres du STURP que « la présence de sang humain est prouvée ».

Je pourrais moi, des *mêmes* tests, conclure brillamment que Jésus-Christ n'était pas un homme mais... une belle plante verte.

En effet, le noyau porphyrine est présent non seulement dans les diverses hémoprotéines et hémoenzymes, mais on le retrouve également dans des substances animales communes et dans... la chlorophylle des cellules des plantes vertes !

La vérité est si simple

Nous en arrivons ainsi aux travaux de Walter McCrone qui ont soulevé une petite tempête dans le monde des « sindonologistes » (de *sindone,* suaire).

Un article d'Annette Burden[20] présente une réfutation des travaux de McCrone par Alan Adler et John Heller ; seulement, à ma connaissance, les conclusions de Adler et Heller qui sont censés avoir utilisé la « microchimie des fibrilles » et l'« agrandissement par microscope » sont, elles, à rejeter et l'ont été * : « Beaucoup de leurs tests sont douteux... une détrempe peut produire des résultats similaires... ils n'ont pas fait un seul test spécifique pour le sang. »

Mais qui est donc Walter MacCrone ?

Pour que le lecteur n'interprète pas cette présentation comme « partisane », j'en laisse le soin à Ian Wilson lui-même (*op. cit.*) :

« L'homme qui, plus que tout autre participant à cette conférence **, était le grand maître des questions de technologies et qui était venu y assister tout à fait indépendamment de Jackson et de Jumper, était un micro-analyste, le Dr Walter McCrone, de Walter McCrone Associates, Inc., Chicago. Le Dr McCrone aime à dire en plaisantant que sa devise est " pensez petit ". Ce que dément le caractère sérieux et hautement complexe de l'affaire qui est la sienne, un laboratoire ultra-moderne équipé de microscopes et de microprobes qui valent quelque deux millions de dollars et qui en font peut-être le lieu du monde où l'on peut le mieux extraire un maximum d'informations de l'échantillon le plus infime qui soit. Consulté par les galeries et les musées du monde entier pour qu'il analyse, sans les endommager, des objets artistiques et historiques d'une authenticité douteuse, McCrone avec tristesse avoue qu'ils se révèlent trop fréquemment des faux. Toutefois, il espère améliorer cette moyenne avec les résultats du Suaire. »

* John Fischer *in* J. Nickell, 1983, réf. 18.
** Albuquerque, 1977. Assemblée constitutive du STURP.

Ajoutons que McCrone est l'auteur d'un travail scientifique quasi définitif sur l'identification des particules microscopiques et les techniques de titrage [21]. Durant les tests de 1978, le STURP se servit de ruban adhésif pur pour prélever 33 échantillons de la surface du « suaire » aux fins d'analyses ultérieures. McCrone, qui était membre du STURP à l'époque, en reçut 32 pour analyses (32 sur 33, cela démontre une réelle confiance dans la compétence de l'individu, ne trouvez-vous pas ?).

Les analyses effectuées dans son laboratoire ont permis d'examiner des surfaces inférieures à un carré de 1 dix millième de centimètre de côté, alors que les travaux précédents de spectrographie étaient limités à des réponses intégrées sur des surfaces de 1 cm^2 (soit cent millions de fois plus grandes).

Ces travaux [22, 23, 24], qui constituaient, début 1981, les *seuls résultats publiés* (dans une revue scientifique) d'analyses d'un ensemble d'échantillons prélevés sur le « suaire * », se résument ainsi :

« L'image entière est l'œuvre d'un artiste. »

Les analyses ont clairement démontré que l'image, dans son entier, a été obtenue par l'application d'un pigment contenant des particules d'oxyde de fer. Les pigments artistiques contenant de l'oxyde de fer (comme l'ocre rouge ou hématite) étaient très répandus au Moyen Âge comme antérieurement.

En plus de l'oxyde de fer, l'analyse a mis en évidence... du vermillon et des traces de jaune d'arsenic, bleu outremer, azurite, charbon de bois et rose de garance ! « L'artiste s'est servi de manière évidente d'un mélange des deux pigments rouges les plus populaires du XIVe siècle, une " terre de fer " rouge et du vermillon, un sulfure de mercure [24]. »

Ce qui est crucial, c'est le fait que la présence de pigments, ne pouvant *en aucun cas* provenir du sang ou de toute autre substance corporelle, est démontrée *sans équivoque.* Ces analyses ont également prouvé que le support utilisé pour ces pigments est une détrempe (couleur + eau +

* Je me permets de faire remarquer au lecteur que McCrone n'a pas oublié, dans tous les titres de ses articles, de mettre les guillemets sur le mot suaire (shroud) !

colle) animale à base de collagène, support habituel durant plusieurs milliers d'années.

En termes clairs, et pour résumer l'ensemble de l'argumentation que je viens d'exposer : le *« saint suaire » de Turin est une escroquerie.*

Un article que j'ai publié [25] sur ce sujet, sous un titre peut-être un peu cru, m'a valu la lettre d'un abbé de Nice se demandant si je ne m'étais point laissé aller à de « l'antireligiosité primaire » et déclarant que le « saint suaire » était un « sujet mineur ».

Je répondrai donc ici que si, par une attitude objective, je suis « antireligieux », alors les évêques de Troyes Henri de Poitiers et Pierre d'Arcis ainsi que le chanoine Ulysse Chevalier [26], pour ne citer qu'eux, l'ont été bien avant moi et de manière beaucoup plus virulente.

Quant au « suaire » sujet mineur, je suis entièrement d'accord avec cet homme d'Église ; mais ce qui, pour moi, n'est *pas* mineur c'est le fait que des *millions* de personnes soient abusées.

Je profite de l'édition au format poche du présent ouvrage pour saluer ici cet abbé que j'ai eu l'occasion de rencontrer lors d'une conférence sur le « saint suaire de Turin » que j'ai donnée dans une Maison des jeunes et de la culture au début de 1987.

Cette conférence fut suivie d'un fructueux débat auquel l'abbé en question prit une large part, débat qui me permit de développer les arguments plus longuement que ce que l'on peut faire habituellement (de même que dans cet ouvrage je ne peux livrer qu'une partie de ma documentation sur le « suaire » qui dépasse, à elle seule, quelque cent cinquante références).

Quelques jours plus tard, je reçus de cet homme d'église une lettre dans laquelle, loin de parler, comme quatre années auparavant, d'« antireligiosité primaire », il me déclarait :

« Votre apport sur le suaire, mais plus encore votre aptitude à écouter les questions m'ont convaincu de la clarté de vos positions sur le suaire. Merci de contribuer à dépoussiérer l'Église catholique. »

Dans la marée des réactions viscéralement agressives auxquelles j'ai eu droit pendant plusieurs années sur ce sujet « délicat », cette lettre représente un îlot mais d'une importance très grande car il montre que la démarche zététique (pour remettre au goût du jour un terme peu usité qui est pour moi synonyme d'art du doute), bien que quelquefois très difficile, n'en apporte pas moins de profondes satisfactions lorsqu'un dialogue réel s'établit.

Comme je le signalais dans la première édition il n'était pas question de clore ce chapitre sans signaler qu'un moyen rapide et peu coûteux de trancher la question (qui ne demandait plus à l'être) serait de faire une datation au carbone 14 du « saint suaire ». Ces datations avaient toujours été refusées sous le prétexte qu'il s'agissait d'une méthode destructrice et que les échantillons nécessaires étaient trop gros.

Déjà en 1978, lors de la demande du Dr H.E. Gove de l'université de Rochester, un échantillon contenant six *milli*grammes de carbone aurait suffi. Un fil de quelques centimètres suffisait au début des années quatre-vingt...

Le STURP lui-même avait fait plusieurs tentatives pour obtenir l'autorisation de faire une datation au carbone 14, faisant même remarquer qu'il y avait suffisamment de lin carbonisé totalement délié sous les pièces de raccommodage (mises en place après l'incendie de 1532) pour faire plusieurs centaines de tests de datation. L'argument de l'Église refusant la « destruction du suaire » aux fins de datation était donc en fait assez faible, surtout si l'on songe qu'en 1973 deux échantillons d'environ 4 cm sur 1,3 cm et 4 cm sur 1 cm furent soumis au Pr Raes pour analyse du mode de tissage et que ces seuls échantillons représentaient plus d'une dizaine de fois ce qui était nécessaire pour une datation au carbone 14 !

Ces diverses « pressions » pour la datation du « linge de Turin » ont finalement abouti.

— En septembre 1986, se tint à Turin une commission de travail pour la datation au C14 ; étaient réunis, sous la présidence du Pr Carlos Chagas (président de l'Académie pontificale des sciences), les représentants des 7 laboratoires qui feraient les mesures, du British Museum, de l'institut expert en textile de Berne (qui prélèverait les échantillons) et de l'archevêché de Turin.

— Un communiqué de presse de l'archevêché de Turin du 4 octobre 1986 fit état de l'acceptation pour la datation du « saint suaire » et de l'annonce des résultats pour « Pâques 1988 ».

— En janvier 1988, sans avertissement et contrairement aux accords de Turin, le Vatican réduisit le nombre de laboratoires de 7 à 3 et modifia le protocole des scientifiques. Les laboratoires restants furent : le Radiocarbon Accelerator Unit de l'université d'Oxford (Grande-Bretagne), l'université de Tucson (Arizona, États-Unis d'Amérique) et l'Institut fédéral de technologie de Zurich (Suisse).

— Après certainement quelques tergiversations dues aux réactions des chercheurs des différents laboratoires, des prélèvements d'échantillons dans le bas du « suaire » eurent lieu en avril 1988. Chacun des trois laboratoires restants reçut quatre flacons « anonymes » (suaire et tissus d'époque romaine, haut moyen âge et alentours de 1300).

— Un communiqué de l'archevêché de Turin d'octobre 1988 donna les résultats de la datation au carbone 14 : le tissu du « saint suaire de Turin » *remonte à une période comprise entre 1260 et 1390 de notre ère.*

Depuis cette date mémorable, j'attends avec impatience les lettres de félicitations (et d'excuses ?) que, au vu de la haute rigueur intellectuelle et morale dont ils se caractérisent, les grands esprits indignés (dont je vous parlais en préface à ce chapitre) ne devraient pas manquer de m'adresser pour me faire part de leurs erreurs d'analyse mais surtout de leur remords et de leur peine de m'avoir vilipendé et jeté la première des tonnes de pierres...

J'attends toujours...

Mais redevenons sérieux.

Confirmées maintenant de manière très nette par la datation au carbone 14, les conclusions de mon enquête sur ce que Wilson appelait pompeusement, dans la dernière partie de son ouvrage (de manière interrogative, pour être honnête), le « phénomène paranormal » du « suaire » de Turin, gardent donc toute leur actualité.

— Le « suaire » a été créé par un artiste, probablement à l'aide d'une méthode très simple d'empreinte ou de frottis, méthode qui permet d'expliciter *toutes* les caractéristiques de l'image observée.

— Cet artiste semble s'être servi d'un support (poudre ou détrempe) pour pouvoir utiliser, entre autres, des pigments d'oxyde de fer et du sulfure de mercure, produits dont la présence a été démontrée et dont la *distribution* montre clairement l'origine « artificielle » de l'image.

— Les matériaux utilisés à l'origine, et dont les traces ont été ainsi trouvées, se sont bien sûr, en grande partie, évaporés ou ont été enlevés par aspersion d'eau, ostensions diverses, etc. L'image d'origine a été en grande partie détruite et l'image *actuelle,* très faible, résulte principalement de la dégradation et de la décoloration des fibres de cellulose déshydratées et, pour une faible part, des pigments qui y demeurent.

L'ensemble des résultats d'analyses et des enquêtes diverses, dont tout un chacun peut disposer depuis plusieurs années, nous permet de conclure que le « phénomène » du « saint suaire de Turin » se réduit dans les faits à une simple mystification, ou même escroquerie (le but lucratif étant indiqué dans le mémoire de Pierre d'Arcis) dont on peut supposer que la date de conception la plus probable se situe aux alentours de 1350.

Quelque chose vous trouble peut-être encore ?

Ah, c'est le comportement du pape Clément VII, condamnant l'évêque de Troyes (qui dénonça avec force l'escroquerie) au « silence perpétuel », qui vous gêne ?

Sans vouloir m'immiscer dans la vie privée des gens, je peux peut-être vous signaler que Jeanne de Vergy, qui exhiba le « saint suaire » pour la première fois, s'était remariée après 1357 à un riche aristocrate, Aymon de Genève, oncle « à la mode de Bretagne * » de Robert de Genève.

Lequel Robert de Genève fut plus connu sous le nom de… Sa Sainteté Clément VII !

* Aymon et Robert de Genève étaient respectivement fils et petit-fils de deux frères.

Références

1. *Nice-Matin,* 28 juin 1983.
2. *Ibid.,* 26 mars 1983.
3. *Report of the Turin Commission on the Holy Shroud,* Screenpro Films, Londres, 5 Meard St, 1976.
4. I. Wilson, *Le Suaire de Turin, linceul du Christ* ?, Paris, Albin Michel, 1978.
5. K. Stevenson, G. Habermas, *Servant Books,* Mich., Ann Arbor, 1981 (trad. française : *La Vérité sur le Suaire de Turin. Preuves de la mort et de la résurrection du Christ,* Paris, Fayard, 1981).
6. *Mémoire de Pierre d'Arcis, évêque de Troyes, au pape d'Avignon Clément VII,* Paris, Bibliothèque nationale, collection de Champagne, v. 154, fol. 138.
6. *Mémoire de Pierre d'Arcis, évêque de Troyes, au pape d'Avignon Clément VII,* Paris, Bibliothèque nationale, collection de Champagne, v. 154, fol. 138 (traduction *in* Wilson, *op. cit.*)
7. G. Messadié, « La détection scientifique des faux artistiques : 1 % d'intuition et 99 % de " labo " », *Science et Vie,* hors série n° 140, « La police scientifique », septembre 1982, p. 88 (cf. p. 102 et 103).
8. Malheureusement rapportées par *Science et Vie,* n° 740, mai 1979, p. 70 (qui, dans le même encart, reprend également le thème de l'effigie du corps invisible avant 1898 !).
9. *Medical World News,* 22 décembre 1980, p. 40.
10. I. Wilson, *op. cit.,* chap. 9, note 1.
11. S. Schafersman, « Correspondance en réponse à P.C. Maloney », *The Skeptical Inquirer,* vol. VII, n° 3, printemps 1983, p. 92.
12. M. M. Mueller, « The shroud of Turin : a critical appraisal », *The Skeptical Inquirer,* vol. VI, n° 3, printemps 1982, p. 15.
13. « Le suaire ou les suaires ? », encart p. 181 dans l'article de Michel Rouzé, « L'authenticité du suaire de Turin tient à un fil », *Science et Vie,* n° 783, décembre 1982, p. 24.
14. H. Thurston, « The Holy Shroud and the verdict of History », *The Month,* CI 1903, p. 19. Cité in Wilson, *op. cit.,* p. 77.
15. « Science, the public and the Shroud of Turin », *The Skeptical Inquirer,* vol. VI, n° 3, printemps 1982, p. 37. Le numéro entier de cette revue est d'ailleurs à consulter.

16. J. Nickell, « The Shroud of Turin — solved ! », *The Humanist* 38 (6), novembre-décembre 1978, p. 30.
17. M. Blanc, « Le saint suaire de Turin : une solution plausible », *La Recherche,* n° 98, mars 1979, p. 294.
18. J. Nickell, « The Turin Shroud : fake ? fact/photograph ? », *Popular Photography,* vol. 85, novembre 1979, p. 146.
— « New evidence : the Shroud of Turin is a forgery », *Free Inquiry,* vol. 1 (3), 1981, p. 28.
— L'auteur a rassemblé l'ensemble de ses résultats dans *Inquest on the Shroud of Turin,* Buffalo, New York, Prometheus Books, 1983.
19. S.F. Pellicori, « Spectral properties of the Shroud of Turin », *Applied Optics,* vol. 19, n° 12, 15 juin 1980, p. 1913.
20. A Burden, « Shroud of mystery », *Science, 81,* novembre 1981, vol. 2, p. 76.
21. *The Particle Atlas,* vol. 1-5, Ann Arbor Science Publishers, 1973-1979.
22. W. McCrone et C. Skirius, « Light microscopical study of the Turin " Shroud " I », *Microscope,* 28, 1980, p. 105.
23. W. McCrone, « Light microscopical study of the Turin " Shroud " II », *ibid.,* 28, 1980, p. 115.
24. W. McCrone, « Microscopical study of the Turin " Shroud " III », *ibid.,* 29, 1981, p. 19.
25. H. Broch, « Le Saint Suaire de Turin : un faux mystère... mais une vraie escroquerie ! », *Patriote Côte d'Azur,* n° 816, 13-19 mai 1983.
26. U. Chevalier, *Le Saint Suaire de Turin : histoire d'une relique,* Paris, A. Picard, 1902.

3. L'« aura » enfin révélée

ou Parapsychologie, occultisme et décharges gazeuses

L'aura électrique

Désirez-vous mettre en évidence votre « fluide vital », votre « bioénergie », votre « bioplasma » ?

Non, il n'est pas nécessaire de faire appel à un « médium » ni de posséder un « don paranormal » spécifique. En fait, rien de plus simple. Il vous suffit d'acheter un petit appareil dont la publicité vantait, il y a quelques années, les nombreuses références à des « études scientifiques » prouvant que...

Vous voici maintenant en possession de votre boîte magique.

Enfermez-vous dans une chambre noire et branchez l'appareil après avoir posé dessus une feuille de papier photographique (côté sensible sur le dessus). Sur ce papier, mettez un « objet », un conducteur, relié à la terre : votre doigt, par exemple.

Vous appuyez ensuite sur l'interrupteur avec un petit brin d'émotion. Un bourdonnement caractéristique des hautes tensions, une faible lueur bleu-violet et un léger picotement sont les seules conséquences perceptibles de l'expérience qu'il suffit de faire durer quelques secondes.

Vous n'avez plus qu'à mettre le papier dans le bain de développement pour admirer le résultat. Et le miracle se produit : vous avez sous les yeux une photographie de votre doigt entouré de « flamboiements » magnifiques, c'est-à-dire la matérialisation de la « dimension supérieure » des êtres, ...l'« aura ».

Vous venez de réaliser une « photographie de Kirlian ».

En 1939, un électricien de la République socialiste soviétique d'Arménie, Sémion Kirlian, qui réparait un appareil d'électricité, voit jaillir des étincelles entre sa main et une électrode enrobée de verre. Intéressé par le phénomène, il a l'idée de le photographier. Le premier essai se solde par quelques brûlures mais donne une image surprenante : la main apparaît entourée d'une frange lumineuse.

Kirlian fabrique alors sa propre machine électrique pour reproduire le phénomène et perfectionne, avec sa femme Valentina, sa technique électrique et photographique ; il se livre à une série d'expériences sur des objets vivants ou inanimés. Il arrive ainsi à la conclusion que son procédé peut être utilisé pour diagnostiquer des maladies ou étudier les propriétés électriques et physiologiques d'organismes vivants [1].

Kirlian affirme :

« Dans les êtres vivants, nous voyons les signaux de l'état interne de l'organisme se refléter dans l'intensité, la faiblesse et la couleur des flamboiements. Les activités vitales internes des êtres humains sont écrites dans ces hiéroglyphes de lumière. Nous avons créé l'appareil pour écrire ces hiéroglyphes, mais pour les lire nous allons avoir besoin d'aide [2]. »

L'Académie des sciences de l'URSS semble s'intéresser aux travaux de Kirlian. Un article, traduit aux Etats-Unis par l'US Air Force, reste inaperçu jusqu'à ce qu'en 1970 deux journalistes américains, dans un ouvrage assez douteux [3], présentent la technique de Kirlian comme révélant une « aura », un « champ bioénergétique » humain dont l'existence serait liée aux « phénomènes parapsychologiques ».

Lyall Watson n'hésite pas à nous annoncer [2] :

« En 1964, ils (les Kirlian) sont installés dans leur propre laboratoire avec les équipements les plus récents... Les résultats commencent à peine à sortir et promettent de révolutionner beaucoup d'aspects de la biologie et de la parapsychologie *. L'aura électrique est arrivée. »

* Remarquez l'habile formulation qui met sur le *même* plan biologie et parapsychologie et qui implique donc que cette dernière est une discipline scientifique établie !

Effet Kirlian, cancer et corps astral

L'affaire est reprise et amplifiée par les médias qui affirment qu'en faisant jaillir une petite étincelle, Kirlian a ouvert à notre connaissance un passionnant champ d'exploration. De magnifiques photographies en couleurs montrent les variations de forme et d'aspect de l'« aura » de l'extrémité des doigts d'un sujet durant diverses phases de méditation, en état de « transes » ou sous l'effet de la douleur. Les « découvertes » s'accumulent. Les « photographies de Kirlian » ne servent pas seulement, écrit-on, à diagnostiquer divers troubles, dont le cancer, avec une fiabilité supérieure à celle des méthodes médicales classiques, elles permettent aussi d'observer le transfert de l'« énergie vitale » du corps du guérisseur à celui du patient. Les adeptes de l'« effet Kirlian » prétendent en effet que le transfert de l'« énergie intérieure » a été démontré par des guérisseurs qui, avant l'imposition des mains sur le malade, présentent une « aura » très forte qui se transforme, après l'acte de « guérison », en une « aura » faible, « épuisée », à peine visible. Les malades, quant à eux, voient leur « faible aura » (avant) se transformer en une « forte aura » (après).

Kirlian et le Dr Mikhail Gaikin auraient de plus découvert que 700 points standards d'acupuncture correspondent exactement aux points répertoriés comme sources des flamboiements visibles sur les photographies, ce qui leur aurait permis de fabriquer vers 1966 un appareil électronique (le « tobiscope ») capable de repérer et de marquer les points d'acupuncture au dixième de millimètre près.

Le Dr Thelma Moss, psychologue à l'université de Californie (Los Angeles), déclare que l'image photographique peut changer de façon dramatique lors d'altérations physiologiques ou mentales d'un individu ; par exemple, lorsqu'un sujet boit de l'alcool, l'« aura » du bout de ses doigts devient graduellement plus brillante et colorée.

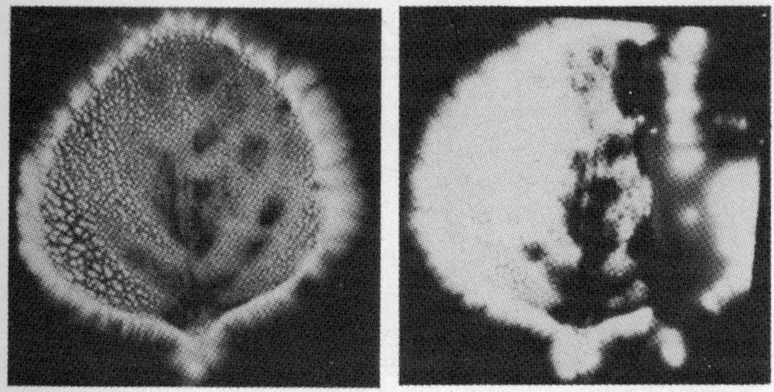

a b

9 a. Photographie « Kirlian » d'un pétale de rose.
9 b. Le même pétale de rose, amputé d'une partie.
La photographie « Kirlian » est censée « reconstituer mystérieusement » le pétale dans son intégralité...

Certains parapsychologues prétendent même que la « photographie de Kirlian » pourrait mettre en évidence des membres ou des parties de feuille qui n'existent plus (après amputation ou lorsqu'une feuille est coupée en partie...). Ces images de « fantômes » démontreraient donc que l'« énergie vitale » s'étend également aux parties manquantes d'un être vivant. Les équipes soviétiques sont censées prendre très au sérieux l'« effet Kirlian » et avoir donné à ce phénomène le nom de « corps de plasma biologique ». On affirme également que personne, pas même les scientifiques de « haut niveau » qui « étudient quotidiennement » les photographies dues à l'effet Kirlian », n'est capable de dire exactement ce qu'elles représentent [4].

Des parapsychologues plus astucieux, plus prudents ou mieux informés se dégagent quelque peu de l'« effet Kirlian », mais l'utilisent tout de même. Par exemple, le Dr Jean Dierkens * nous rapporte que Krippner a fait l'expérience suivante : un agent essaie, à des moments

* Qui s'adonne lui-même à des expériences de parapsychologie.

tirés au sort, de provoquer par le seul pouvoir de sa pensée une modification dans la couronne Kirlian d'un sujet (une feuille !) photographié dans une autre pièce [5].

Plusieurs « psychotroniciens » célèbrent ainsi la mise en évidence, par des techniques de laboratoire, de l'énergie psychique que posséderait tout être humain [6]. Des parapsychologues assimilent l'« aura de Kirlian » au « corps astral » ou « éthérique » qui, selon les spirites et les occultistes, serait associé à notre corps physique.

Figures de Lichtenberg et ionisation

Hélas, comme nous le confirme Alain Ledoux [7], l'électricien soviétique qui a donné son nom au procédé n'a rien obtenu là de bien mystérieux ni de nouveau.

En 1777 déjà, le physicien allemand Georg Christoph Lichtenberg * avait décrit les traces laissées par des étincelles sur la poussière d'une plaque isolante. Dès 1851, ces « figures de Lichtenberg » étaient fixées sur daguerréotype. Il s'agissait bien, il y a plus de 130 ans et plus de 80 avant la lettre, de la première « photographie de Kirlian » !

Quel est donc le phénomène observé ?

L'appareil utilisé n'est rien d'autre qu'un générateur de courant à haute tension et très faible intensité **. Cette tension est appliquée à une plaque métallique, une électrode, protégée par une mince couche de substance non conductrice, verre ou plastique, sur laquelle est placé le papier photographique. L'objet posé sur le papier sensible (votre doigt ou une feuille d'arbre...) constitue une autre électrode.

* Ce philosophe, essayiste et physicien est également l'auteur d'un long essai dans lequel il réfuta la « physiognomonie » (le caractère, la santé, le destin... d'après la forme du corps et du visage) en étayant avec une maestria inégalée à ce jour la thèse selon laquelle « il ne faut pas se fier aux apparences ».

** Tension de 20 000 à 60 000 volts ; fréquence de 60 000 à 80 000 hertz ; intensité de l'ordre du microampère.

Entre ces deux électrodes (dont l'une est portée à un potentiel de plusieurs milliers de volts alors que l'autre, reliée à la terre, est au potentiel « zéro »), un arc électrique va s'amorcer si la distance est suffisamment petite. On peut alors parler d'une « avalanche » d'électrons. Si la distance est très faible, il n'y aura plus un arc unique mais l'échange se fera de manière diffuse tout autour de l'objet : c'est l' « effet de couronne ».

Le choc des électrons sur les molécules de l'air va provoquer l'émission d'ultraviolet et de lumière visible, surtout du bleu-violet. Il faut noter à ce propos que, contrairement à ce qui a été souvent prétendu, ce halo est parfaitement visible à l'œil nu pendant l'« expérience ».

Ce phénomène (« ionisation ») entraîne aussi, entre autres, la formation d'ozone, d'acide nitrique (par oxydation de l'azote atmosphérique) et d'autres composés en proportion moindre, qui exercent une action chimique sur l'émulsion sensible et sur l'électrode elle-même.

Les lignes qui suivent sont destinées au lecteur qui désirerait pousser plus avant la compréhension du phénomène d'ionisation.

Qu'est-ce qu'une ionisation ?

Dans leur état normal, c'est-à-dire s'ils ne subissent aucun effet extérieur, les atomes sont généralement neutres ; autrement dit, la somme des charges positives de tous les protons de leurs noyaux est strictement égale à la somme de toutes les charges négatives de tous les électrons qui gravitent autour.

Par suite d'une interaction entre eux, certains atomes peuvent perdre un ou plusieurs électrons situés sur les couches périphériques, tandis que d'autres peuvent capturer des électrons superflus, « étrangers ». Ces atomes perdent alors leur état neutre et deviennent des ions électriquement actifs : ions positifs s'ils ont perdu un certain nombre d'électrons, négatifs s'ils se sont emparés d'électrons « étrangers » ; un électron arraché de son atome mais non capturé par un autre atome devient « libre ».

De plus, l'excitation des atomes induit également des changements d'orbite pour certains électrons non « arrachés ». Ceux-ci reviennent ensuite à leur état initial avec émission de rayonnement ; voilà, en partie, l'origine des phénomènes lumineux observés dans les gaz ionisés. La transformation d'atomes électriquement neutres en ions actifs est appelée ionisation. Dans la plupart des cas, ce processus est associé à une perte d'électrons, c'est-à-dire à la formation d'ions positifs.

Comme l'agitation thermique désordonnée des atomes et des molécules dans la matière croît avec la température, il en va de même pour le nombre de leurs collisions et donc pour le processus d'ionisation.

Ce processus commençant au zéro absolu, un gaz quelconque contient donc presque invariablement quelques ions et électrons donnant une conductivité extrêmement faible. Il existe, de plus, une ionisation résiduelle provenant des rayons cosmiques, de la radioactivité naturelle du globe terrestre ou de la lumière par effet photoélectrique sur les métaux en contact avec le gaz. Cette ionisation joue un rôle très important, créant une source initiale d'électrons nécessaires à la « perforation électrique », au « claquage » du gaz.

Imaginons donc qu'un électron libre soit présent initialement. Sous l'action du champ électrique, cet électron prend de la vitesse. A un moment donné, son énergie est suffisante pour arracher un électron à une molécule neutre. Il ionise cette molécule, créant ainsi un ion et un nouvel électron libre. Il existe alors dans le gaz deux électrons libres qui en produiront chacun un autre, etc.

Ce processus multiplicatif est très efficace. Au bout de cinquante « générations », par exemple, l'électron initial aura produit 10^{15} électrons (c'est-à-dire 1 000 000 000 000 000), ce qui signifie qu'il peut ioniser n'importe quel gaz neutre.

A titre indicatif, signalons que, sous pressions hautes et normales, divers « types » de décharges lumineuses dans les gaz peuvent être distinguées [8] :

— La « couronne » (ou « effet de couronne ») se produit dans un champ électrique intense non uniforme. Lors de l'effet de couronne, l'ionisation du gaz et son émission lumineuse ont lieu dans un espace relativement restreint, attenant à l'électrode dont la surface a un petit rayon de courbure (par exemple au voisinage des pointes, des fils de haute tension...).

— A une tension élevée, l'effet de couronne se produisant autour d'une pointe prend la forme d'une « aigrette » lumineuse : système de minces lignes brillantes, sinueuses et intermittentes dans le temps, qui sortent de la pointe.

— L'« étincelle », qui est aussi un cas particulier de « couronne », a l'aspect de fils brillants entrecoupés, en zigzags et ramifiés, représentant des canaux de gaz ionisé, qui traversent l'intervalle de décharge et disparaissent, remplacés par d'autres (la foudre est un cas particulier d'étincelle).

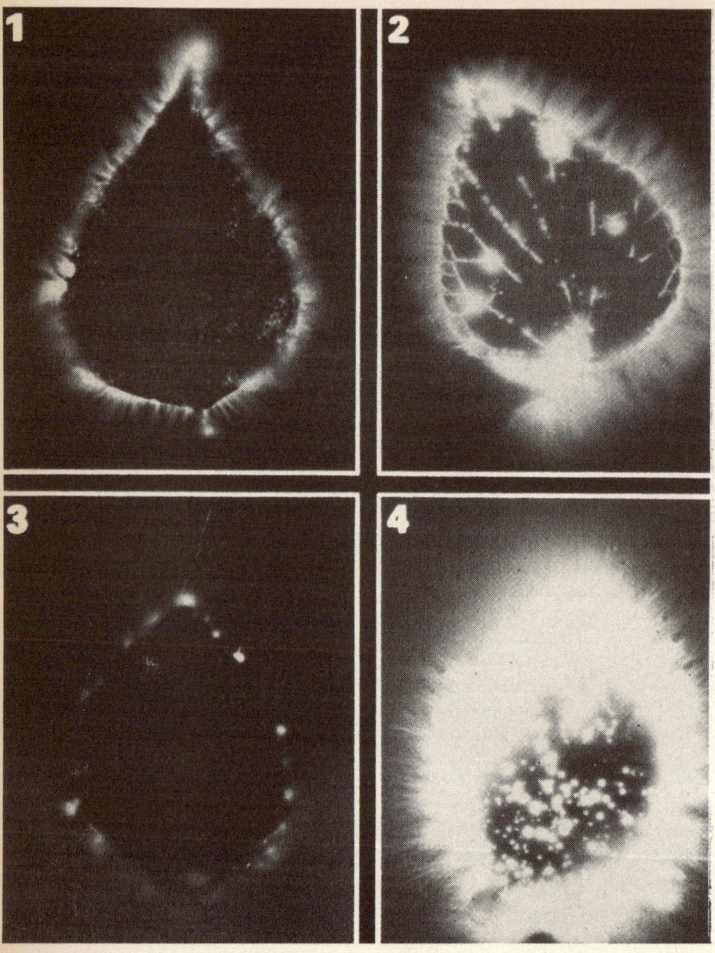

10. Comparaison de l'« aura » obtenue par « effet Kirlian » sur une feuille d'arbre (1 et 2) et sur une feuille de *papier* (3 et 4), à l'état normal (1 et 3) et après un bain d'acide (2 et 4). Conclusion : l'acide crée la « bioénergie » !

Objets inanimés, avez-vous donc...

La « photographie de Kirlian » n'est donc qu'une mise en évidence d'un phénomène physique connu et bien explicable et qui ne démontre en rien l'existence d'une « énergie vitale ».

L'« aura » d'une pièce de monnaie est tout aussi splendide que celle d'un objet animé !

Un magnifique exemple (cf. illustration *10*) peut être fourni par une série de 4 « photographies de Kirlian » [9]. Une feuille fraîchement détachée d'une plante présente une « aura » normale (cliché 1) à peine accrue après un bain d'acide (cliché 2) ; en revanche, une feuille découpée dans du papier sec ne présente que peu ou pas d'« aura » (cliché 3) alors qu'une fois plongée dans le même bain d'acide (cliché 4), elle « émet » un splendide halo beaucoup plus impressionnant que celui de la vraie feuille (avec acide ou sans) !

Mais il faut remarquer que l'« aura » d'un objet inanimé (une pièce de monnaie, par exemple) est régulière et, pour une tension donnée, toujours à peu près identique à elle-même. Par contre, lorsqu'il s'agit d'objets vivants, l'« aura » varie considérablement d'une expérience à une autre. Les doigts de différentes personnes ou un même doigt photographié à différentes reprises ne donneront jamais la même « image ».

Est-ce là la preuve de l'existence d'un mystérieux phénomène vital que seule la « photographie de Kirlian » permettrait de déceler ?

Hélas (bis !), l'effet observé est uniquement régi par des règles physiques, principalement la forme et la résistance de l'objet constituant l'électrode. Les changements observés sont dus, en partie, aux variations de la résistance, le principal agent de ces variations étant la transpiration (dans le cas des doigts).

Les « détecteurs de mensonges » utilisent d'ailleurs depuis longtemps ce principe, en mesurant purement et simplement la résistance électrique de la peau. Plus l'on transpire, plus la résistance électrique de la peau diminue. Or, comme l'on est supposé transpirer plus abondamment lorsque l'on profère un mensonge, la plus ou moins grande résistance de la peau marquerait donc le « degré » de mensonge. Le « diagnostic Kirlian » pourrait ainsi tout au plus (à condition de savoir le déchiffrer avec précision, ce qui n'est pas le cas) donner des indications sur l'état physico-psychique d'un individu, dans la mesure où cet état est reflété par la transpiration.

Le fantôme absent

James Randi [10] a montré qu'une grande variété d'« images Kirlian » pouvait être obtenue simplement en faisant varier la pression et/ou l'isolation électrique du sujet. Par exemple, il a obtenu des variations très importantes de l'« aura » de trois doigts d'une main simplement en les appuyant plus ou moins fortement sur la plaque photographique et en appuyant ou non la jambe du sujet contre le pied d'une table en métal pour faire la mise à la terre. L'ensemble a été effectué en moins d'une minute, ce qui permet de penser que les autres facteurs interviennent très peu (température, humidité, moiteur de la peau...).

Les effets montrés sur la « photographie de Kirlian » sont donc bien le résultat de variations dans les conditions physiques et non de forces « paranormales » ou « bioénergétiques ».

Alain Ledoux a, quant à lui, rapporté que ce qui semblait être une des seules applications utiles, à savoir la détection de la consommation d'alcool ou de drogue, était dans les faits totalement aléatoire. Il a également rapporté que la fameuse photographie d'une feuille amputée montrant une feuille complète n'avait rien de miraculeux.

En ce qui concerne ce dernier point, soit *la* photographie d'une feuille amputée obtenue un jour dans un laboratoire quelque part en URSS (nous n'avons guère plus de précisions !), il est peut-être utile de citer les propos de Richard F. Szumski, directeur du laboratoire de photographie du San Jose State University de Californie [11], qui a essayé des centaines de fois de photographier selon cette technique une feuille d'arbre après l'avoir coupée, pour tenter d'obtenir l'image de la partie « fantôme » aussi bien que celle de la partie restante placée entre les plaques électrifiées :

« Je n'ai jamais réussi, sauf si je coupais la feuille *après* (souligné par moi, H.B.) l'avoir placée sous la plaque photographique. On obtient alors une image fantôme, comme si la feuille avait laissé une faible impression lorsqu'elle était en contact avec la plaque sensitive, avant que ne passe la décharge électrique. »

Ainsi donc, malgré une abondante littérature, il faut bien reconnaître que les résultats sont peu convaincants pour ne pas dire franchement décevants.

Pour résumer :

Ce que l'on appelle, de manière abusive, l'« effet Kirlian » ne démontre en rien l'existence d'une quelconque « énergie vitale ».

On peut affirmer que les images de Kirlian, que l'on obtient *aussi bien* avec des objets inanimés qu'animés, résultent d'un ensemble de phénomènes dans lequel l'effet de couronne tient le rôle principal. Les interactions qui jouent entre les différents facteurs ne sont pas entièrement modélisées. A ce jour l'« effet Kirlian » demeure un objet de recherche ; il est en effet nécessaire d'approfondir nos connaissances sur l'effet de couronne, les propriétés des émulsions photographiques et les propriétés électriques des objets organiques.

Les variations observées dans le halo lumineux de l'« effet Kirlian » sont en partie liées aux variations de la résistivité électrique des couches d'air qui entourent l'objet soumis à l'expérience, cette résistivité diminuant lorsque l'humidité augmente. Cette dernière joue aussi un rôle important dans la formation des composés chimiques. On peut donc dire, par exemple pour les photographies de mains qui sont le cas utilisé pour toutes les tentatives de diagnostic, que les moindres changements dans la transpiration affectent doublement le halo.

En dehors de tout processus « paranormal », l'effet de couronne et sa visualisation (la « photographie de Kirlian ») pourraient, à la limite, être susceptibles de fournir quelques indications utiles au physiologiste et au médecin, à condition que tous les paramètres intervenant soient parfaitement maîtrisés.

Ce qui est loin, très loin, d'être le cas à l'heure actuelle.

Références

1. M Rouzé, « Les photographies de Kirlian », *Cahier AFIS,* n° 118-119, février-mars 1982, p. 12.
2. L. Watson, *Super-Nature, a natural history of the supernatural, op. cit.*
3. S. Ostrander, L. Schroeder, *Psychic discoveries behind the iron curtain,* Englewood Cliffs NJ, Prentice-Hall (trad. française : *Fantastiques Recherches parapsychiques en URSS,* Paris, Laffont, 1973).
4. « L'effet Kirlian », revue *Inexpliqué,* n° 1, Éd. Atlas, 1981, p. 10.
5. J. Dierkens, intervention au débat « La photographie Kirlian » in *La Parapsychologie devant la science,* Paris, Berg-Belibaste, 1976.
6. S. Krippner, D. Rubin, *Galaxies of life : the human aura in acupuncture and Kirlian photography,* USA, Garden and Beach 1973.
7. A. Ledoux, « Photos de Kirlian : ce n'est pas sorcier ! », *Science et Vie,* n° 699, décembre 1975, p. 60.
8. B. Yavorski, A. Detlaf, *Physique,* Moscou, Éd. Mir, 1975.
9. Illustration extraite de l'article d'Alain Ledoux, *op. cit.*
10. J. Randi, *Flim-Flam !,* Buffalo NY, Prometheus Books, 1982.
11. Propos rapportés par A. Dorozynski in « Télépathie, " auras ", guérisseurs : des savants américains traquent l'invérifiable », *Science et Vie,* n° 681, juin 1974, p. 52.

Les hommes

1. Les « spécialistes » de la spécialité

ou Le savant professeur Untel de l'institut Machinchose

Authentique ? Vous avez dit authentique ?

Après avoir examiné le type de documents (lorsqu'ils existent) sur lequel s'appuient les tenants du « paranormal », tournons-nous maintenant vers les hommes, avant de regarder leurs méthodes. En ce qui concerne les hommes, je tiens à affirmer bien clairement que ceux que nous allons « examiner » ici à titre d'exemples le seront *non pas* en tant qu'individus mais en tant que représentants du domaine.

On cite souvent, avec quelque plaisir, des « savants » qui auraient amené des preuves en faveur du « paranormal » ou qui travaillent avec ferveur dans ce domaine, dont le côté soi-disant « tabou » ne fait qu'augmenter leur auréole. Mais qui donc sont ces « spécialistes » que l'on appelle sans cesse à la rescousse, usant du sacro-saint principe d'autorité ? De nombreux cas peuvent se présenter mais l'ensemble peut être examiné de la manière suivante : les titres donnés à une personne sont-ils bien réels ? Ou partiellement faux ? Ou entièrement faux ? Le « savant » est-il cité dans son domaine de compétence, ou bien assiste-t-on à un déplacement de ce « domaine » ? Et enfin, ultime question lorsque les premières restent sans réponse, peut-on juger sur pièces de sa compétence et si oui quelle est-elle ? Ces diverses interrogations sont bien sûr mêlées de manière intime, et il n'est pas toujours facile d'analyser ainsi les cas qui se présentent.

Comme c'est l'esprit de cet ouvrage, je voudrais « illustrer » mon propos par quelques exemples précis. Voici donc quelques informations relatives à des personnes qui font autorité dans le domaine « paranormal » et dont la « reconnaissance » est quasi unanime.

Dans le domaine de l'archéologie « paranormale », une figure se détache très largement du peloton et sert d'appui, de rempart, de caution même à de nombreux archéomanes. Je parle du « savant soviétique Kazantsev [1] ». Ce grand « professeur » a, entre autres découvertes fondamentales, « identifié un calendrier vénusien sur la porte du Soleil à Tiahuanaco [2] » et, « attaqué en haut lieu », a trouvé des partisans et reçu « les honneurs de la science russe [3] ». Le « physicien soviétique [4] » Alexandre Kazantsev est donc, selon la propre expression d'une contestataire de ses théories, un « authentique savant russe et professeur [5] ».

Eh bien, sans faire de trop longues et pénibles recherches, examinons cela d'un peu plus près.

La « page littéraire » de la revue *Études soviétiques* nous offrait, il y a quelques années, la publication d'une œuvre intitulée « Les visiteurs du cosmos ? (suite de récits dans le salon d'un paquebot) ». L'auteur : Alexandre Kazantsev. A cette occasion, la rédaction de la revue offrait le portrait de l'auteur et une présentation de près d'une page. En voici quelques extraits :

« Alexandre Kazantsev (...) n'est pas un savant. C'est un célèbre écrivain soviétique de science-fiction... Alexandre Kazantsev est né en 1906 à Akmolinsk, au Kazakhstan. Il a fait des études techniques supérieures et il a travaillé comme ingénieur-mécanicien. Il commença à publier ses premières œuvres en 1939 [6]... »

Si l'on veut parler en termes clairs et précis (la précision consistant en l'occurrence à ne pas confondre un Texan avec un Californien ou un Corse avec un Breton), on doit donc dire qu'Alexandre Kazantsev, l' « authentique savant russe et professeur » tant cité et tant utilisé, n'est *ni* savant, *ni* russe, *ni* professeur !

La parapsychologie à l'Université

Voici maintenant un exemple peut-être moins frappant parce que moins outré, mais tout aussi intéressant parce que plus proche de nous.

Dans un ouvrage paru il y a quelques années et portant compte rendu d'une Rencontre internationale de parapsychologie qui eut lieu à Reims les 16 et 17 décembre 1975, un bref chapitre traitant de « Mathématiques et parapsychologie » nous présente le « professeur Yves Lignon, qui est responsable d'un laboratoire de parapsychologie de la section de mathématiques de l'université de Toulouse [7] ». A la question de l'animateur : « Votre laboratoire de parapsychologie a été mis en place depuis combien de temps et à l'instigation de qui ? », le professeur Yves Lignon répond : « Il fonctionne depuis 3 ans. Il a été créé sur mon initiative... »

De 1975 passons à 1979 et de Reims déplaçons-nous à Séron. Séron ? Cela ne vous dit rien ? Réfléchissez un peu. Rappelez-vous : en août 1979, dans ce petit village des Hautes-Pyrénées, des feux éclatent mystérieusement dans des bâtisses appartenant à une même famille. La terreur s'installe. Presse et radio affluent et médiums, radiesthésistes et exorcistes qui ont « débarqué » se révèlent impuissants devant le phénomène que rien ne semble pouvoir arrêter. Mais voilà qu'intervient enfin un « sujet de réconfort, la venue du professeur Lignon, chef du laboratoire de recherches parapsychologiques à l'université de Toulouse-Le Mirail, entouré de ses collaborateurs [8] ».

Pour « le chef de cette équipe de chercheurs — la seule existant en France — quatre hypothèses sont envisageables dans cette étrange affaire :

— elle serait due à un ensemble de coïncidences,

— il s'agirait de l'intervention délibérée d'un pyromane,

— le phénomène serait d'ordre physico-chimique,

— le cas relèverait des phénomènes paranormaux [8] ».

L'article dont est extraite cette citation nous apprend ensuite que le professeur Lignon *, « l'un des plus éminents représentants » de la « discipline toute récente » qu'est la parapsychologie, élimina les deux premières hypothèses pour ne conserver que les deux autres.

Pas de chance ! Le 27 août, un coup de théâtre se produit. Conduits au service de la gendarmerie de Tarbes, Roger Lahore et Michelle Josserandot sont confondus, avouent, sont inculpés d'incendie volontaire et écroués. Notre professeur Lignon s'était lourdement trompé. Il aurait toutefois pu argumenter joliment sur le fait qu'il avait eu raison de rejeter l'hypothèse de l'intervention délibérée d'*un* pyromane, puisque la vérité était l'intervention de *deux* d'entre eux...

Faisons encore un petit bond dans le temps et dans l'espace pour retrouver le 13 janvier 1982 une émission de télévision, au titre abusif : « La parapsychologie à l'Université », programmée à une heure de grande écoute [9]. Cette émission présentait à des centaines de milliers de téléspectateurs le « professeur Lignon » qui serait titulaire d'une chaire de parapsychologie à l'université de Toulouse où il aurait fondé un « laboratoire de parapsychologie ». Le professeur Lignon nous faisait, entre autres, part des « expériences de télépathie » qu'il réalisait et nous faisait également découvrir un guérisseur qui magnétisait les beefsteaks ! Je ne m'étendrai pas sur les expériences dont il est question car ce qui nous intéresse dans ce chapitre, c'est la stratégie médiatique pour valoriser les thèses de Lignon en invoquant la caution de l'institution universitaire et le prestige des titres.

L'éclaircissement viendra ici de la personne même du président de l'université de Toulouse-Le Mirail qui, répondant à la lettre d'un enseignant le questionnant sur M. Lignon et « son » laboratoire, déclare :

« J'ai envoyé en novembre 1981 une lettre à M. le rédacteur en chef de *la Dépêche du Midi* pour l'inviter à plus de précisions dans les

* Le titre de « professeur » revient comme un leitmotiv tout au long de l'article.

présentations qu'il faisait de M. Lignon : celui-ci étant assistant (et non professeur ou maître assistant) de statistiques à l'UER de mathématiques et ne dirigeant aucun laboratoire à l'Université. (...) En tant que président, je fais seulement respecter la réalité des titres ou fonctions des enseignants placés sous ma responsabilité [10]... »

Il semblerait que la récidive ne fasse pas peur à certains puisque nous redécouvrons le « professeur Lignon, directeur du laboratoire de parapsychologie de l'université de Toulouse-Le Mirail » en vedette dans de nombreux médias au début de 1988, lors de la fantastique manne journalistique qu'a représentée la manifestation d'esprits frappeurs dans une maison de Vailhauquès (Hérault).

A cette occasion, M. Lignon s'est livré à un exorcisme scientifique car les manifestations étaient indubitablement un phénomène de psychokinèse. Indubitablement pour lui, bien sûr, car pour d'autres, moins savants sans doute, l'origine des coups était plus prosaïque et pouvait être liée à la géologie et l'hydrologie de la région (par exemple, le déclenchement périodique d'un siphon souterrain et les « coups de bélier » qui s'ensuivent).

Mais au fait, direz-vous, ce « laboratoire de parapsychologie » dont on parle tant doit bien être enfin une structure officielle de l'université de Toulouse-Le Mirail puisque M. Lignon lui-même fait parvenir du courrier à d'autres universités, courrier sur du papier portant l'en-tête de l'« université de Toulouse-Le Mirail... UER de mathématiques, informatique, statistique et sciences expérimentales » auquel vient s'adjoindre... « laboratoire de parapsychologie » !

Au risque de vous décevoir, cher lecteur, je vous livre ici un extrait de la réponse ès qualité (datée du 11 juin 1987) à une lettre que j'ai adressée, au nom de plusieurs collègues scientifiques, au président de l'université de Toulouse en question :

« ...Le " laboratoire de parapsychologie " de M. Lignon, assistant de statistiques à l'UER de mathématiques, ne figure à aucun titre sur la liste des formations de recherche reconnues par les instances universitaires de l'université Toulouse-Le Mirail.

« Pas plus qu'en 1982, notre université ne saurait être concernée par les activités non statutaires de cet enseignant et *toute référence à l'université Toulouse-Le Mirail ou à son UER de mathématiques, ne saurait être qu'abusive* » (souligné par moi).

Cela n'empêchera certainement pas la récidive (et cela ne l'a pas empêché effectivement comme le prouve une lettre, avec l'en-tête exotique dont j'ai déjà parlé, parvenue à l'université de Nice le 22 avril 1988), mais cela devait être dit.

Afin de bien me faire comprendre, j'insiste sur le fait que le titre et la fonction ne sont en aucune manière ici supposés prouver la validité — ou la non-validité — de recherches parapsychologiques (on le verra ci-dessous). Ce que je désire faire ressortir, c'est que l'on est en droit de se poser des questions sur la crédibilité d'expériences menées par un personnage qui se laisse attribuer des qualifications qu'il ne possède pas *. En effet, que pensez-vous, dans la vie courante, de quelqu'un qui se dit, par exemple, architecte ou médecin sans l'être vraiment ? Bien sûr, vous regardez d'un œil amusé ce désir de paraître et d' « épater » la galerie, mais l'hilarité ne vous empêche certainement pas d'accorder une crédibilité *nulle* à un tel personnage.

Exit donc le « professeur » Lignon, exit le « laboratoire de parapsychologie » de l'université de Toulouse !

Au-delà de tout doute raisonnable

Après les titres fallacieux, nous allons maintenant nous tourner vers des individus qui possèdent réellement les qualifications annoncées et qui représentent (ou ont représenté) le *nec plus ultra* dans le domaine « psi ».

A sa mort, en 1975, le Dr Samuel G. Soal était considéré comme le

* On pourrait également se poser des questions sur la conscience professionnelle des « journalistes » (télévision et presse écrite) qui ont fait la présentation de M. Lignon.

plus grand parapsychologue anglais et ses travaux faisaient autorité dans le monde entier. Il avait découvert un « sujet psi » époustouflant, Basil Shackleton, avec lequel il avait mené de nombreuses expériences semblant prouver de manière très nette que ce sujet possédait de réels « pouvoirs psi ». J.B. Rhine, le père de la « parapsychologie scientifique », déclarait que les travaux de Soal marquaient un seuil dans les recherches sur la perception extra-sensorielle, et la plupart des parapsychologues éminents ou reconnus tels considéraient en fait les travaux du chercheur anglais comme les plus fiables et les plus convaincants de tous ceux portant sur le domaine « psi ».

Quelques années avant sa mort, Soal commença à être remis en question timidement, à travers ses travaux ; des rumeurs de falsification de données dans une de ses plus fameuses expériences prirent forme. Ces rumeurs s'amplifièrent de manière non négligeable lorsque le Dr Soal révéla qu'il avait « égaré » dans un train les données d'origine sur l'expérience en question. Cela n'empêcha pas toutefois ses collègues du domaine « para » de le défendre âprement, jusqu'à ce que le coup de grâce lui soit porté par la statisticienne Betty Markwick qui prouva, sans l'ombre d'un doute, que Soal avait délibérément triché [11].

Exit donc ce que d'aucuns pouvaient appeler une des « séries maintenant historiques qui ont contribué à démontrer au-delà de tout doute raisonnable l'existence des facultés dites paranormales [12] »...

Je voudrais à présent vous présenter les résultats de l'enquête menée par le journaliste néerlandais Piet Hein Hoebens sur son célèbre compatriote le médium Gérard Croiset.

Ces résultats, publiés dans le *De Telegraff* d'Amsterdam et dans une revue américaine [13], portent sur ce médium qui a fait une des plus belles « carrières » de voyants de ce siècle et, point essentiel en ce qui nous concerne dans ce chapitre, sur Wilhem Heinrich Carl Tenhaeff, professeur titulaire d'une chaire officielle de parapsychologie * à l'université

* Chaire créée pour lui en 1953 ; ce fut le premier et, pendant longtemps, le seul universitaire européen titulaire d'une chaire officielle de parapsychologie (la chaire du Pr Hans Bender dont je parlerai plus loin semblant avoir été une

d'Utrecht. Pour situer ce dernier personnage, il est peut-être utile de savoir qu'il a été comparé sans rire à Copernic, Freud ou Einstein (*dixerunt* certains parapsychologues).

Croiset était devenu célèbre par ses guérisons « paranormales », son don de retrouver des objets perdus, de localiser des personnes disparues et surtout de résoudre quantité d'énigmes criminelles. Ce dernier champ d'activités lui assura une notoriété consacrée dans un livre écrit par un journaliste américain sur la base d'une documentation fournie par le Pr Tenhaeff.

En bref, l'enquête menée par Hoebens a montré que le savant professeur a *inventé* de toutes pièces certains propos pour accréditer frauduleusement l'idée que Croiset, qui a collaboré pendant trente ans avec lui, aurait apporté une aide efficace à la police lors de diverses affaires.

Toute la carrière de ce professeur a été pratiquement fondée sur le don de voyance de Gérard Croiset, lequel bénéficiait en retour de la reconnaissance scientifique de son don par un universitaire prestigieux.

Hoebens a établi qu'une complicité liait les deux hommes dont une des « astuces » consistait en ce que le professeur fabriquait deux versions sur un même exploit de « son » voyant. L'une à usage interne aux Pays-Bas et donc relativement modeste (le public connaissant assez bien les affaires criminelles se passant chez lui) et l'autre dithyrambique, à usage externe (essentiellement chez les Anglo-Saxons) où la mesure et la rigueur (sans parler de la vérité tout court) n'étaient plus de mise. Croiset, qui a même quelquefois utilisé des comparses, eut assez rapidement un « rayonnement » important car, contrairement à d'autres sujets « psi », il possédait un imprésario habile, réputé et surtout non présenté comme tel !

Quelques chercheurs en parapsychologie avaient toutefois commencé

chaire de « psychologie et des zones frontières de la psychologie » et non officiellement de « parapsychologie »). La revue *Nature* du 1er mars 1984 (vol. 308, p. 7) a annoncé la création d'une chaire de parapsychologie à l'université d'Edinburgh en Écosse (suite au legs de 500 000 livres anglaises effectué par Arthur Koestler qui était un fervent adepte du « paranormal »).

à suspecter Tenhaeff de fraude plus ou moins élaborée, mais ils le déclaraient rarement ouvertement. Tenhaeff ne répondait d'ailleurs pas aux questions « impertinentes » mais déclarait tout simplement que ceux qui le critiquaient souffraient en réalité d'un complexe et relevaient d'un traitement psychiatrique. Ce qui faisait conclure à certains qu'un tel comportement traduisait certainement le fait que Tenhaeff était une victime crédule...

En fait, comme l'a fort bien démontré P.H. Hoebens, « sa crédulité apparente servait de camouflage à sa malhonnêteté ». Exit Tenhaeff.

Flagrant délit

A propos de mots forts que je n'hésite pas à utiliser lorsque cela s'avère nécessaire, je me permets de rapporter un épisode personnel qui illustre bien un aspect de mon propos dans ce chapitre.

A la suite d'un article sur le « signal du sourcier » du Pr Yves Rocard [14], j'écrivis à la revue qui avait publié cet article une lettre qui parut, en partie, dans le numéro suivant [15]. Cette lettre, qui précisait ne rejeter en *rien*, *a priori*, la possibilité d'un « signal du sourcier », avait pour but de soulever la « malhonnêteté intellectuelle » de l'article qui omettait curieusement des références cruciales et négatives, pourtant très bien connues de l'auteur. Cette publication m'attira la remarque d'un collègue physicien dont le fond se résume ainsi : comment un obscur petit physicien peut-il oser proférer de telles critiques envers le grand et réputé physicien qu'est l'auteur du « Signal sourcier » ? Sacrilège ! Sacrilège !

Le problème posé ? Les informations amenées ? Peu importe, peu importe. Appliquons seulement le principe d'autorité.

Une preuve qu'il s'agissait bien de l'application de ce grand principe est donnée par le fait que ce même collègue ne s'indigna pas lorsque Yves Rocard fut pris à partie par Francis Perrin, membre de l'Institut,

Hélène Langevin, directeur de recherches au CNRS, et Pierre Joliot, professeur au Collège de France et membre de l'Institut. Ces savants eurent l'audace de s'indigner fortement à la suite d'un article de Yves Rocard sur la naissance de la bombe atomique française, article contenant « diverses inexactitudes et des allusions tendancieuses » et des phrases au « caractère diffamatoire ou insultant... particulièrement inacceptable [16] ».

Je voudrais maintenant rappeler le cas de Walter J. Levy, directeur de l'Institut de parapsychologie de Durham, en Caroline du Nord.

Levy avait été choisi par Rhine en personne comme son successeur à la tête du célèbre Institut issu, en quelque sorte, des recherches menées initialement à l'université Duke par Joseph Banks Rhine et sa femme Louisa ; à l'origine, recherches avec des médiums professionnels pour prouver la survie après la mort puis, ensuite, recherches sur la perception extra-sensorielle dont le sigle ESP (Extra Sensory Perception) devint rapidement très populaire comme le terme également nouveau de « parapsychologie * ».

Walter J. Levy était déjà très réputé dans les cercles « psi » pour ses recherches « soigneusement contrôlées » sur les pouvoirs paranormaux des animaux. A titre d'exemple, l'une d'entre elles suggère que les embryons de poulet à l'intérieur des œufs fécondés ont des pouvoirs de psychokinèse ! Une des premières manipulations de parapsychologie de Levy fut une tentative de refaire les expériences de précognition sur des petits rongeurs du type de celles rapportées à l'origine par deux Français [17]. C'est sur ce type d'expérience que Levy eut cinq années de succès quasi ininterrompus, que personne ne pensa jamais à contrôler, jusqu'à ce jour du 10 mai 1974 ou un de ses « assistants », Jerry Levin, remarqua quelques bizarreries dans le comportement de son directeur. Cet assistant en discuta avec un collègue, James Davis, et après une semaine environ, ils en discutèrent tous deux avec un troisième membre

* Le terme « parapsychologie » semble remonter à la fin du XIXe siècle et avoir été forgé vers 1893 par M. Dessoir ou le mystique Boirac (d'après Wilkening cité par J.E. Alcock in *Parapsychology : Science or Magic ?*, Pergamon Press, Oxford, 1981), mais n'a pris son envol qu'avec Rhine.

de l'équipe de Levy, Jim Kennedy. Ces trois chercheurs, soupçonneux, avec quelque raison, envers la bizarre série de succès obtenus par le directeur du laboratoire, établirent un « plan » pour observer Walter Levy ; ils mirent ainsi en place une véritable chausse-trape. Alors que le directeur « testait » l'habileté PK (psychokinétique) des rats à altérer un générateur aléatoire, ils l'observèrent secrètement et le virent gonfler les scores obtenus par les animaux. Mieux encore, ils installèrent une batterie d'instruments en double à l'insu du directeur afin d'enregistrer les scores exacts. La bande non trafiquée ne montra aucune évidence de PK et Walter Levy fut pris en flagrant délit de fraude le 11 juin 1974. Preuves irréfutables en main de la falsification délibérée de résultats expérimentaux, les trois chercheurs en parlèrent le 12 juin à J.B. Rhine et sa femme. Rhine convoqua Levy qui « au bout de quelques minutes reconnut les charges qui pesaient sur lui et presque sans autre discussion offrit sa démission » qui fut « vu les circonstances, bien sûr, acceptée [18] ». Ainsi disparut de la scène « psi » le directeur de l'Institut de parapsychologie *...

Coup de pouce et compagnie

Quand il ne s'agit pas de « savants » aux titres entièrement ou partiellement usurpés dirigeant des laboratoires que personne n'a jamais vus...

Quand il ne s'agit pas d'expériences dont les fraudes ont été mises en évidence de manière très claire...

* Le deuxième rapport de Rhine publié une quinzaine de mois après le premier [18, 19] montre que la fraude de Levy était beaucoup plus étendue que ce qui avait été découvert l'année précédente et que des « résultats » avaient même été *entièrement inventés* ! Les papiers de Levy sont, malgré cela, encore cités quelquefois comme une preuve des pouvoirs « psi » des animaux ! D.S. Rogo, J.C. Terry et R. Bayless (*Fate*, septembre 1984, p. 113) montrent que Rhine a cherché à étouffer l'affaire.

Alors nous sommes enfin sur les cas beaucoup plus intéressants et méritant réellement toute notre attention.

Bien sûr, on peut, on doit s'intéresser à une manière de raisonner qui offre quelquefois des atours insoupçonnés. Ainsi, pour revenir au dernier exemple traité (le cas Levy), J.B. Rhine souligne que la découverte de la fraude du directeur de l'Institut de parapsychologie a soulevé une question essentielle, à savoir : « Comment a-t-il pu sentir la nécessité de faire une telle chose après tous les succès qu'il avait eus [19] ? » Si vous avez lu un peu vite, relisez bien cette dernière phrase pour en apprécier toute la saveur. Je soulignerai au passage que l'auréole de scientificité que les tenants du « paranormal » entretiennent autour de la démarche intellectuelle de Rhine résiste très mal à la réalité historique telle que nous pouvons la connaître par l'intéressé lui-même [20].

Bien sûr, on peut, on doit s'intéresser à la précision des déclarations. Ainsi, toujours pour rester sur le même sujet, Rémy Chauvin nous déclare :

« Levy, le directeur de (l') Institut (que je connaissais fort bien), s'est laissé aller à donner le coup de pouce qu'il ne faut pas donner ; Rhine s'en est aperçu et a fait piéger Levy : tout ce que faisait celui-ci était enregistré en double sans qu'il s'en doute. Dès le lendemain il a été convoqué par Rhine et immédiatement congédié [21]. »

Or, pour être précis, je renvoie le lecteur à la description du cas Levy, que j'ai faite plus haut, tirée des rapports de Rhine lui-même et prouvant que ce dernier ne s'était aperçu de *rien* et n'a *pas* fait piéger Levy ; pour être même précis dans le détail (?), Rhine n'a *pas* congédié Levy puisque celui-ci, comme nous l'avons vu, a immédiatement offert sa démission après avoir reconnu sa fraude. Et que dire de cette formulation du « coup de pouce » (on donne un coup de pouce à quelque chose qui existe, n'est-ce pas ?) pour traduire, entre autres, des résultats *inventés de toutes pièces* !

La précision ne semble donc pas être le point fort de Rémy Chauvin qui répète pourtant sans cesse à ses « contradicteurs » qu'ils ne « connaissent pas le dossier » [22]. Lui, bien sûr, le connaît si bien qu'il peut prendre quelques libertés avec. A celles dont je viens de parler, j'ajouterai simplement celle-ci : selon Rémy Chauvin, il existe pour les étudiants une UV (unité de valeur) de parapsychologie à l'université de Toulouse [23]. Renseignement pris auprès de la personne qui semble la mieux placée sur Toulouse dans le domaine « paranormal », à savoir le « professeur » Lignon : « Il n'y a pas dans notre Université d'enseignement de la parapsychologie [24] ! »

Je voudrais, pour éviter toute confusion, insister sur le fait qu'il ne s'agit *pas* ici de simples erreurs (qui n'en commet pas ?). Les citations mises en cause ont, à mon avis, une portée nettement plus grave. Ainsi dans le dernier exemple, ce que les gens retiennent, ce n'est pas qu'un monsieur nommé Rémy Chauvin a déclaré lors d'un colloque sur le « paranormal » qu'il existait une unité de valeur de parapsychologie à Toulouse, mais bien plutôt qu'un *universitaire* a déclaré dans une *université* (la deuxième journée de la Rencontre internationale de parapsychologie dont est extraite cette citation a eu pour cadre la faculté des sciences de Reims) qu'il existe en France une UV de parapsychologie, c'est-à-dire un enseignement *universitaire officiel* de ladite « matière ». Ce que les auditeurs en retirent nécessairement (mais faussement), c'est que l'Université française en tant que telle reconnaît le bien-fondé de la nouvelle discipline que serait la parapsychologie. Surtout quand je vous aurai précisé que cette deuxième journée de la Rencontre internationale avait été ouverte par le président de l'université de Reims qui avait cru devoir prononcer une allocution d'ouverture montrant sa grande largeur d'esprit et sa profonde connaissance du sujet :

« Les parapsychologues sont des précurseurs. Comme tous les précurseurs ils ont été en butte, dans le passé, à une certaine méfiance, à certaines critiques. Mais il y a du nouveau et la parapsychologie *entre maintenant dans le cadre universitaire et scientifique* (souligné par moi, H.B.). Je pense qu'elle pourra trouver un jour sa place à l'université de Reims [25]... »

Si, après une telle entrée en matière (que l'on apprécie mieux à l'heure actuelle, avec quelques années de recul), un participant avait eu encore quelque léger doute dans son encéphale rationaliste étriqué, ce doute était rapidement balayé par l'affirmation-preuve qu'amenait Rémy Chauvin. Et ainsi progressent les croyances !

Toutes ces dissonances à l'intérieur du domaine « psi » posent dans leur ensemble le problème de la compétence réelle des « chercheurs » dudit domaine. Une manière toute particulière de l'étudier de l'intérieur a été utilisée par James Randi et j'en parlerai plus loin dans un autre chapitre ; pour l'instant, je voudrais l'examiner encore un peu de l'extérieur en vous entretenant d'une certaine hémoglobine...

Références

1. S. Hutin, *Hommes et Civilisations fantastiques*, Paris, Flammarion, coll. « J'ai lu », 1979, p. 170.
2. R. Charroux, *Histoire inconnue des hommes depuis cent mille ans*, Paris, Laffont, 1963, p. 173 et p. 77.
3. G. Tarade, *Soucoupes volantes et Civilisations d'outre-espace*, *op. cit.*, p. 25.
4. G. Tarade, A. Millou, « L'enigma di Palenque », *op. cit.*, p. 19.
5. S. Waisbard, *Tiahuanaco, 10 000 ans d'énigmes incas*, Paris, Laffont, 1971 (p. 227 dans le chapitre sur les « faussaires » de Tiahuanaco).
6. *Études soviétiques*, n° 172, juillet 1962, p. 87 (récits « Les visiteurs du cosmos ? » dans ce numéro et le n° 173, août 1962).
7. *La Parapsychologie devant la science, op. cit.*
8. *La Dépêche du Midi*, 17 août 1979, p. 13 (cité, entre autres, dans le très douteux recueil de textes *L'Occultisme* par P.A. Riffard, Paris, Larousse, 1981, p. 148).
9. Série « Les mercredis de l'information », TF1, 20 h 30.
10. Lettre du 27 janvier 1982 de G. Mailhos, président de l'université de Toulouse-Le Mirail, à M. Alain Pintureau. Publiée en fac-similé dans le corps de l'article de Michel Rouzé, « Des charlatans déguisés en savants », *Science et Vie*, n° 774, mars 1982, p. 74.
11. B. Markwick, « The Soal-Goldney experiments with Basil Shackleton : new evidence of data manipulation », *Proceedings of the Society for Psychical Research,* vol. 56, mai 1978, p. 250.
12. P. Janin, « Vers l'expérience répétable en parapsychologie : le projet Gnomon », *La Parapsychologie devant la science*, *op. cit.*, p. 94. Janin parlait essentiellement de deux séries : celle de Soal-Goldney avec Shackleton et celle de Rhine avec Pearce-Pratt. Pour cette dernière, cf. sa triste fin dans *Science et Vie*, n° 755, août 1980, p. 16.
13. P.H. Hoebens, « Gérard Croiset : investigation of the Mozart of " Psychic Sleuths ". Part 1 », *The Skeptical Inquirer*, vol. VI, n° 1, automne 1981, p. 17.
— « Croiset and professor Tenhaeff : discrepancies in claims of clairvoyance », *The Skeptical Inquirer*, vol. VI, n° 2, hiver 1981-1982, p. 32.

14. Y. Rocard, « Le signal du sourcier », *La Recherche*, n° 124, juillet-août 1981, p. 792.

15. H. Broch, *La Recherche*, n° 125, septembre 1981, p. 1030.

16. *La Recherche,* article de Y. Rocard dans le n° 141, février 1983, lettres publiées dans le n° 143, avril 1983.

17. P. Duval et E. Montredon, « ESP experiments with mice », *Journal of Parapsychology*, vol. 32, 1968, p. 153. Les expériences citées n'ont pas, semble-t-il, été reproduites depuis. Pierre Duval est plus connu sous son nom : Rémy Chauvin.

18. J.B. Rhine, « A new case of experimenter unreliability », *ibid.*, vol. 38, 1974, p. 215.

19. J.B. Rhine,« Second report on a case of experimenter fraud », *ibid.*, vol. 39, 1975, p. 306.

20. Lire à ce propos « La véridique histoire du " père " de la parapsychologie » de Michel Rouzé, dans *Science et Vie*, n° 755, août 1980, p. 16. Un article essentiel !

21. R. Chauvin, « L'expérimentation en parapsychologie », *La Parapsychologie devant la science*, *op. cit.*, p. 72.

22. R. Chauvin, « Tribune libre », *La Recherche*, n° 69, juillet-août 1976, p. 659.

23. R. Chauvin, « La parapsychologie à l'Université ? », annexe in *La Parapsychologie devant la science*, *op. cit.*, p. 281.

24. Y. Lignon, lettre à l'auteur, 1er mars 1977.

25. In *La Parapsychologie devant la science*, *op. cit.*, p. 15.

2. L'homme de l'art

ou Le médecin psychologue et sainte hémoglobine

Un prestigieux professeur

J'ai maintenant le grand plaisir, l'honneur et l'avantage de vous présenter « le plus éminent spécialiste mondial en parapsychologie » : le Pr Hans Bender.

Dans un ouvrage paru il y a quelques années [1] dans une collection dirigée par Rémy Chauvin, le « spécialiste mondial » Hans Bender nous entretient du miracle de saint Janvier à Naples, miracle *non* reconnu officiellement par l'Église, « pour des raisons qui ne sont pas évidentes » (pour M. Bender s'entend car, pour l'Église, elles doivent l'être !).

Les restes de saint Janvier (Gennaro), décapité sous Dioclétien en 305, ont été transportés, jadis, à Naples où deux ampoules qui sont censées contenir du sang du martyr sont placées avec les reliques dans la « chapelle du Trésor de saint Janvier ». Ce « sang » coagulé a la réputation de se liquéfier en certaines occasions, notamment le 19 septembre, jour présumé du martyre (ou de la naissance ?) du saint. Si le miracle de la liquéfaction n'a pas lieu, la tradition veut que la ville de Naples soit sur le point de connaître un grand malheur.

Hans Bender s'est livré à une « étude approfondie » du phénomène et écarte l'hypothèse de la supercherie car, nous dit-il, « après avoir assisté à des cérémonies et en raison des nombreuses observations que j'ai pu faire — ainsi que d'autres bonnes raisons — (cette hypothèse) est tellement improbable [1] »... Remarquons tout de suite que la phrase

« assisté à *des* cérémonies... *nombreuses* observations... » laisse supposer que notre savant a observé le phénomène très souvent, c'est-à-dire un *grand nombre* de fois. Malheureusement, ce nombre prodigieux se réduit, aux dires de Bender lui-même (mais 14 pages plus haut), à 2 ! Quant aux « autres bonnes raisons », nous les attendons toujours.

Ayant ainsi « démontré » l'improbabilité (que l'on assimile vite à l'impossibilité) de la fraude, le Pr Hans Bender se lance à corps perdu dans l'hypothèse paranormale : « champ affectif », « analogie avec le poltergeist » et enfin « caractère de présage du phénomène »...

Mais qui est donc ce Pr Hans Bender qui disserte sur la mentalité des antioccultistes, sur le fait que « le manque d'information entraîne des jugements préconçus » et nous offre avec modestie « un ensemble de chapitres qui ouvrent des horizons nouveaux ou consolident scientifiquement, avec des méthodes propres et souvent originales, un savoir que la science officielle a toujours refusé de reconnaître, tout simplement en niant l'occulte pourtant bien réel [1] » ?

Laissons quelqu'un qui connaît bien le domaine dans lequel travaille ce savant nous le présenter :

« Le prestigieux Pr Hans Bender (est) médecin psychologue, directeur de l' " Institut pour les zones frontières de la psychologie et de l'hygiène mentale " rattaché à l'université de Fribourg-en-Brisgau (RFA). Cet authentique savant est le plus éminent spécialiste mondial en parapsychologie [2]. »

L'éclat de ses travaux

C'est Hans Bender qui a travaillé personnellement avec Friedrick Jurgenson (l'Institut de Fribourg-en-Brisgau est en relation avec lui depuis 1963), l'homme qui enregistre en surimpression sur magnétophone les voix de personnes décédées. Jurgenson reconnaît ainsi d'anciens amis personnels. Parmi eux, par exemple, « le masseur bien connu de Himmler, Kersten, qui sauva bien des vies humaines »

(Bender *dixit*) ; même la voix de Hitler semble avoir été reconnaissable sur les bandes. Bender déclare bien entendu que les surimpressions sont d'origine paranormale [1].

C'est ce professeur que l'on voit, comme nous le rappelle Marcel Blanc [3], affirmer, dans le film *les Voyants*, qu'un guérisseur des Philippines peut parfaitement glisser sa main à l'intérieur du ventre d'un malade sans inciser la paroi abdominale, et qu'il s'agit là d'une pénétration de « la matière à travers la matière » guidée par l'esprit du médium.

C'est ce même grand psychologue qui utilise les « expériences de laboratoire avec des sujets doués tels que Ninelle Koulaguina [2] » : un médium qui, en se servant uniquement de ses mains, déterminait la couleur de certains objets, décrivait des dessins, lisait assez rapidement les textes écrits en gros caractères en déplaçant la main au-dessus à une faible distance, devinait le nombre de points sur des dominos retournés...

« Nina » Koulaguina est pour Bender un des rares médiums qui réussissent à produire souvent des événements de psychokinèse [4]. Ce médium à « effet physique » a été, toujours selon Bender, soumis par les chercheurs soviétiques à une expérimentation poussée qui a démontré que le déplacement d'objets sans contact physique était possible et réel.

Ce grand médium, qui s'est aussi fait appeler Nelya Mikhailova (Ninel, curieusement transformé en Nina ou Ninelle, n'est que le nom Lénin(e) à l'envers, nom de scène adopté par Mme Sergueievna Koulaguina), a été soigneusement testé en mars 1964 par des membres de l'Institut de recherche psychoneurologique de Léningrad * qui ont conclu à une banale fraude [5].

Et c'est ainsi que pendant que les parapsychologues érudits cherchaient une explication rationnelle de ses talents, « le juge d'instruction mit un terme à ses activités en l'inculpant d'escroquerie [6] ».

C'est encore Bender qui enquêta sur l'apparition en 1946 à Lauter

* Les tests étaient dirigés par B. Lebedev, directeur de l'Institut.

(RFA) de fantômes assez étranges qui défaisaient les lits, mordaient les fromages et les saucissons, brisaient ou abîmaient des objets, versaient du sel dans le thé ou fourraient toutes sortes de saletés sous les oreillers.

Soucieux d'objectivité, comme nous le rapporte Boris Sergueiev, Bender ne jugea pas nécessaire de confirmer sans réserve l'existence de fantômes parmi les citoyens de la RFA, mais il n'en démentit pas non plus la possibilité.

« Cette attitude boiteuse ne pouvait satisfaire les véritables savants. Une seconde enquête, effectuée par Scheffer cette fois, révéla sans peine que tous ces miracles étaient l'œuvre d'un polisson, qui le reconnut d'ailleurs en toute simplicité sans crainte d'être fessé (4 ans s'étaient écoulés depuis les événements). Croit-on que Bender en fut décontenancé ? Nullement. Il déclara qu'on ne pouvait tenir des enfants responsables de telles actions, car il n'était pas exclu qu'elles aient été effectuées sous l'effet médiumnique de fantômes [6] ! »

C'est toujours notre spécialiste qui s'est distingué lors du « miracle » de Munich rapporté par le même auteur. Un médium professionnel qui se produisait dans un café de Munich en 1950 proposa à son public, d'une manière totalement « improvisée », d'hypnotiser un speaker au moment précis où celui-ci parlerait à la radio. Choisissant alors une des cartes dont il se servait pour son numéro, il se mit à « hypnotiser » son sujet lointain en se concentrant profondément sur les trois mots que portait sa carte : reine, losange, dame.

Les jours suivants, des journaux annoncèrent un fait invraisemblable, incroyable : un speaker de radio s'était, sans raison aucune apparemment, interrompu au beau milieu d'une phrase et avait, après une pause, distinctement prononcé en allemand trois mots n'ayant aucun rapport avec le contexte, à savoir reine, losange et dame. Le malheureux speaker, bouleversé par cet événement, en eut, dit-on, un grave choc nerveux.

Le parapsychologue Bender ne manqua pas de déclarer à cette occasion que le trouble du speaker prouvait sans conteste qu'il n'était pas de mèche avec le maître ès sciences occultes. Malheureusement, les autorités ne savaient rien du point de vue de Bender, aussi ordonnèrent-elles une enquête. Celle-ci établit que, « peu de temps avant l'événement en question, la « victime » avait reçu de Munich un mandat de 300 marks, soit 100 marks par mot. Le speaker peu consciencieux fut condamné à trois mois de prison [6]. »

Une opportunité perdue

Comme nous venons de le voir, Hans Bender est un éminent spécialiste mondial qui s'est distingué plusieurs fois de manière particulièrement éclatante.

Pour en revenir au « miracle » de Naples, Bender cite dans son ouvrage une description des circonstances et des formes de la liquéfaction [7] dont je vous livre l'extrait qui suit :

« Parfois la substance se liquéfie comme suite à des prières... ou encore elle se liquéfie très rapidement, avant même que les fidèles aient commencé leurs invocations. Le phénomène se produit également lorsque l'ampoule se trouve dans la sacristie, lors de nettoyages, par exemple, ou de réparations.

...

« Le degré de fluidité atteint peut varier sensiblement : parfois visqueux, surtout en mai — et, dans ces cas-là, la substance reste collée au verre de l'ampoule —, parfois tout à fait fluide, en particulier en septembre. Si, dans ces conditions, on incline ou retourne l'ampoule, la substance ne laisse aucune trace sur la face interne du récipient ; mais, souvent, elle colle de nouveau le soir.

« De jour, et ceci particulièrement au mois de mai, la substance se coagule à nouveau, même si l'on ne déplace pas la *teca* *, et se liquéfie sous le baiser des fidèles.

* L'ostensoir.

« En mai, elle durcit parfois pendant la procession, parfois elle ne le fait pas. On a même déjà observé une durée de liquéfaction vraiment exceptionnelle, pendant trente jours d'affilée, lors de l'éruption du Vésuve, en 1631, fait parfaitement prouvé.

« En mai surtout, le sang est parfois liquide dès sa sortie du reliquaire, ou alors il se liquéfie très rapidement. Rarement, le phénomène se fait attendre longtemps et, plus rarement encore, il ne se produit pas, spécialement en mai et en septembre. L'absence de liquéfaction est, par contre, fréquente en décembre. »

Sans être taxé de « matérialiste à l'esprit figé », je crois que l'on peut déduire, entre autres choses, de cette citation que le « sang » :

— liquide parfois dans la journée, colle de nouveau le soir... quand il fait plus frais,

— se liquéfie sous le baiser des fidèles... dont les lèvres ont une température voisine de 37 °C,

— est resté liquide 30 jours d'affilée... les éruptions du Vésuve n'étant pas réputées refroidir les environs immédiats,

— se liquéfie très rarement en décembre... un des mois où le manteau semble de rigueur.

De manière concise, je dirai que la corrélation (je n'ai pas dit le lien de cause à effet) entre la chaleur et la liquéfaction du « sang » doit, pour le moins, être prise en considération. Or, l'éminent spécialiste dont je vous conte les exploits n'a pas saisi l'opportunité de montrer ses grandes capacités d'analyse en nous faisant toucher du doigt (cela eût été normal vu le contexte !) cette très forte corrélation.

Mais qu'en est-il, en fait, du miracle du « sang » de saint Janvier sur lequel le professeur nous entretient pendant de nombreuses pages et nous affirme que, quel que soit le fond, il est « le phénomène extraordinaire le mieux documenté qui soit » ?

Blanc de baleine, clergé et compétence

Eh bien, si le « miracle » est très documenté, on ne peut pas en dire autant de M. Bender.

En effet, le trucage a été mis depuis longtemps en lumière et P.V. Berthier, citant Pierre Larousse, nous en donne une possible solution :

« En son Grand Dictionnaire universel du XIXe siècle, Pierre Larousse (un précurseur qui n'a pas été toujours suivi dans sa propre famille) révèle la recette : " On rougit de l'éther sulfurique avec de l'orcanette (l'alkanna tinctoria des botanistes, plante dicotylédone de la famille des borraginacées) et l'on sature la teinture avec du spermaceti (nom scientifique du blanc de baleine). Cette substance, qui reste figée à 10° au-dessus de zéro, se fond et bouillonne à 20°. Il suffit de tenir quelque temps dans la main la fiole où elle est contenue ou de la mettre à proximité d'un cierge allumé pour la faire rentrer en ébullition... "

« Pierre Larousse dit encore : " Le clergé de Naples s'est servi fréquemment du prétendu miracle de saint Janvier au profit de ses passions politiques. Lorsque Championnet, à la tête d'une armée française, se fut emparé de Naples en 1799, il apprit que, dans le but d'exciter contre lui l'irritation populaire, le miracle de saint Janvier n'aurait point lieu. Au jour fixé pour l'exhibition du sang, il se rendit à la cathédrale. L'heure était arrivée, le sang n'entrait point en ébullition, et la populace commençait à se livrer à des vociférations. Le général républicain dit alors à un de ses aides de camp : ' Allez vers le prêtre qui officie et déclarez-lui de ma part que, si le sang n'est pas en ébullition dans cinq minutes, je fais bombarder Naples. ' Les cinq minutes étaient loin d'être écoulées lorsque le miracle se produisit. "

« Qu'on nous permette de ne pas trancher ici entre la fourberie des prêtres napolitains et la brutale grossièreté du général français. Le vrai, c'est que la ruse avait simplement baissé pavillon devant la force, preuve que le fameux miracle était le fruit d'un stratagème.

« Du reste, une autre preuve, plus matérielle, est venue depuis affermir cette certitude.

« Un célèbre prestidigitateur italien, Giovanni Bartolomeo Bosco (1793-1863), qu'il ne faut pas confondre avec son saint homonyme *, ... consterna en effet les Napolitains en reproduisant sur scène, au théâtre Saint-Charles de Naples, la liquéfaction du sang de saint Janvier, au cours de plusieurs séances fort réussies, où le phénomène apparut plus ostensiblement qu'à l'église [8] ! »

Aidé par des collègues chimistes **, j'ai pu moi-même reconstituer une ampoule « miraculeuse », c'est-à-dire reproduisant le « miracle » de Naples.

Cela ne prouve *pas*, bien sûr, que le contenu de l'ampoule de Naples soit identique, mais cela prouve qu'il n'est pas nécessaire de faire appel au « miracle » ou « champ affectif », ou autres parapsychomanies, pour « rendre compte » du phénomène.

La recette suivie pour la fabrication de mon ampoule est celle de Pierre Larousse, à la seule différence que, n'ayant pas pu nous procurer de l'orcanette, la coloration a été obtenue par d'autres produits, en particulier de l'écarlate d'éosine. Le résultat offre toutefois tous les aspects établis du « miracle de Naples », avec toutes ses possibilités : *duro* (figé), *globetto* (petit noyau dur flottant sur la partie liquéfiée), formation de bulles plus ou moins importantes donnant une mousse caractéristique...

Je tiens à signaler ici qu'il serait erroné de penser que le « miracle » de Naples est tombé en désuétude, n'attire plus foule et n'intéresse (dans *tous* les sens du terme) plus personne. Je n'en prendrai pour preuve que l'article paru en 1981 dans un quotidien [9] nous offrant sous le titre « Le sang de saint Janvier s'est liquéfié » une énorme photo (20 cm sur 20 cm) montrant le cardinal-archevêque de Naples, Mgr Carrado d'Ursi ***,

* Saint Jean Bosco, canonisé en 1934, est le saint patron des... illusionnistes. J'en reparlerai dans un autre chapitre.

** Mlle Laurence Mordenti, MM. Daniel Cabrol et François Jeanneaux. Grâce leur soit rendue !

*** On peut noter les longues hésitations de l'Église pour reconnaître les « miracles » ; elle ne semble pas animée de la même prudence pour les utiliser, même « non reconnus »...

brandissant vers la foule la *teca* et ses deux ampoules * contenant le « sang » liquéfié du martyr.

Pour en revenir au parapsychologue auquel ce chapitre est consacré, je voudrais préciser, pour éviter tout malentendu, que je ne connais pas M. Bender et qu'il ne s'agit *en aucun cas* de chercher à juger sa personne ; ce chapitre est seulement destiné à offrir au lecteur des éléments permettant de se faire une idée assez pertinente de la *compétence réelle* d'un parapsychologue réputé compétent et reconnu comme tel par ses « pairs ».

Pour ma part, je dirai simplement que le Pr Hans Bender étant « le plus éminent spécialiste mondial en parapsychologie », j'ose à peine imaginer ce que cela risque de signifier pour les autres...

Références

1. H. Bender, « Étonnante parapsychologie », *CELT*, Paris, 1977.
2. E. Bernard, *Parapsychologie et Psychotronique*, n° 2, avril 1976.
3. M. Blanc, *La Recherche*, n° 69, juillet-août 1976, p. 660.
4. H. Bender, « Psychocinèse spontanée et qualitative », *La Parapsychologie devant la science*, *op. cit.*
5. Rapporté par Martin Gardner dans *Science : Good, Bad and Bogus*, *op. cit.*
6. B. Sergueiev, *Tout sur le cerveau*, Moscou, Éd. Mir, coll « Science pour tous », 1976. Un ouvrage à lire !
7. Bender cite une description tirée de *L'Aspetto storico e scientifico del miracolo di San Gennaro a Napoli* de Corrado Piancastelli (sans précision d'éditeur, de date et lieu).
8. P.V. Berthier, « La foi et l'illusion », *L'Idée libre,* n° 104, juillet-août 1976, p. 38.
9. *Nice-Matin*, 20 septembre 1981. Signalons que le mot « miracle » (pas le mot sang) est mis correctement entre guillemets tout au long de l'article qui précise que l'on estime que la liquéfaction est due à la chaleur dégagée par la foule.

* L'ostensoir contient en effet deux ampoules, l'une d'environ 60 cm^3 et l'autre d'environ 25 cm^3. Seule la plus grande contient une quantité appréciable de « sang » et présente le « miracle » ; la deuxième ne contient que des traces.

Les méthodes

1. Les 3 C

ou Une approche « mathématique » de la question paranormale

Pyramide française et somme de vérités

Pour mettre en lumière quelques aspects des méthodes ou des types de raisonnement qui se targuent de soutenir le « paranormal », il me semble nécessaire d'entreprendre une petite approche « mathématique » de ce domaine. Et cela essentiellement au niveau des 3 C qui donnent son titre à ce chapitre : Corrélation, Causalité et Coïncidence.

Ces 3 C ne sont pas les seuls éléments intervenant dans les « preuves » des phénomènes « paranormaux » et je voudrais, avant de les discuter, attirer l'attention sur deux points. Le premier, faisant une transition d'avec les chapitres sur les hommes (que l'on peut difficilement séparer des méthodes qu'ils utilisent), concernera le principe « petits ruisseaux » (très répandu chez les tenants du « paranormal ») à partir de l'exemple d'un site archéologique ; le second s'attachera à démontrer que la connaissance de l'incertitude sur une donnée est tout aussi importante que la donnée elle-même.

Le principe « petits ruisseaux », donc, est assez répandu dans le domaine du « paranormal ». Afin de montrer comment certains auteurs glissent dans leurs phrases de petites assertions leur permettant ensuite d'en déduire de grandes théories, je prendrai l'exemple d'un site archéologique que je connais bien pour m'y être intéressé longuement : la pyramide de Falicon, aux environs de Nice [1].

Plusieurs hypothèses ont été émises sur l'origine et la destination de cet étrange monument. Il en est une en faveur de laquelle les divers éléments existants témoignent nettement : la pyramide de Falicon est un édifice qui remonte au tout début de l'ère chrétienne et est l'œuvre de Romains adeptes du culte de Mithra, qui en célébraient les rites dans la Bauma des Ratapignata (grotte des Chauves-souris) qu'elle coiffe *.

Voilà ce que l'on peut dire de manière assez rigoureuse sur ce mystérieux édifice. Cela n'a pas dû paraître suffisant à certains auteurs qui n'ont pas hésité à élucubrer fortement. Je ferai grâce au lecteur de fumeuses théories, pour me consacrer à quelques détails servant de base à ces grandioses envolées lyriques.

— Serge Hutin, qui tire ses renseignements de source sûre puisque des amis à lui (Robert Charroux, Guy Tarade et Maurice Guinguand) ont « étudié » la pyramide de Falicon, nous apprend, à propos de la grotte située sous la pyramide, qu'« au solstice d'été, le soleil — juste à son lever — illumine la paroi d'une des grottes et le reflet a exactement la forme d'un triangle, symbole évident de la trinité divine [2] ».

C'est très intéressant mais un petit problème se pose toutefois : le lever du soleil n'est *jamais* visible depuis la pyramide ! De plus, lorsque, au solstice d'été, le soleil devient enfin visible depuis la pyramide, il ne pénètre *pas* dans la grotte ; quant à la forme triangulaire (avec ses conséquences *évidentes* et fantastiques) du reflet solaire, déterminée par la forme de l'entrée de la grotte, nous verrons plus loin pourquoi cela n'a aucun sens.

— Robert Charroux [3], lui, s'est étendu un peu plus longuement sur « la pyramide, construite en bonnes pierres taillées et liées par un ciment de meilleure qualité encore que le ciment romain » ; puis il nous parle de la première salle du gouffre situé sous l'édifice et découvre « 7 marches

* Le site est actuellement en instance de classement (alors qu'il n'en reste malheureusement plus grand-chose) après une « lutte » de plusieurs années menée essentiellement par M. Jean-Pierre Baissac et moi-même ; cette « lutte » était, entre autres, destinée à vaincre une « opposition » des pouvoirs publics dont on peut penser qu'elle prenait naissance, en partie, par réaction aux diverses élucubrations d'archéologie-fiction auxquelles ce site avait donné lieu (chargeur d'OVNI, Golgotha français et autres amusettes...). Je rappelle cela simplement pour montrer une des multiples facettes concrètement nocives qu'offre le délire de certains.

en bon état, taillées de main d'homme dans le rocher » et précise enfin :

« Il faut descendre encore pour trouver le fond et une spacieuse caverne longue d'une trentaine de mètres, haute de vingt.

« Dans ce fond de l'aven est une deuxième pyramide constituée par de gros quartiers de rocs détachés du plafond...

« Cette pyramide d'éboulis a une base d'une vingtaine de mètres et une hauteur de 10 mètres environ *. »

Pour la qualité du ciment, disons simplement qu'il suffit de voir avec quelle facilité des vandales déchaussent sans forcer des pierres de la pyramide pour porter un jugement de valeur sur l'appréciation de Robert Charroux ; en ce qui concerne les 7 marches, signalons simplement qu'elles sont *bâties* et non pas taillées dans le rocher.

Quant à la « spacieuse » caverne, elle nous plonge dans un abîme profond de perplexité et d'étonnement. Comment un homme comme Robert Charroux, un homme qui jonglait avec les espaces à 4, 5,... *n* dimensions, at-il pu oublier de nous préciser la troisième dimension de sa *spacieuse* caverne ? Empressons-nous de réparer ce funeste oubli et de préciser que la largeur avoisine... 2 mètres aux endroits les plus larges !

Le lecteur conviendra avec moi que cette spacieuse caverne est un peu trop étroite pour y vouloir loger une deuxième pyramide d'une base d'environ 20 mètres. Et l'on nous dira ensuite que « Robert Charroux dénonce les erreurs de l'histoire et l'existence d'une Conjuration de contre-vérité [4] » !

— Mais le summum à propos du site archéologique de Falicon est atteint par Maurice Guinguand [5], cet « être rare » (c'est la préface de son livre qui l'affirme) qui, après des années de minutieuses recherches (première visite à la pyramide *fin septembre* 1969, ouvrage paru *début janvier* 1970 !), nous livre le fruit de ses longues cogitations.

* Puisque nous sommes dans le domaine des petites phrases, relevons celle-ci qui sert d'introduction au chapitre « Le premier temple souterrain » : « Il faut un véritable matériel de spéléologue pour descendre dans l'aven, à environ 15 mètres de profondeur. » Je signale simplement que l'on peut descendre dans cette première salle *sans* aucun matériel et en moins de 100 secondes !

Passons sur le « fluide » de la pyramide, ses « lignes de fonction solaire » ainsi que sur tout le galimatias d'allure scientifique... Le livre de M. Guinguand se veut truffé de calculs afin d'impressionner le lecteur et d'emporter la conviction, mais malheureusement ces calculs sont, eux, truffés d'erreurs grossières comme, par exemple, « 360 degrés du cercle divisé par vingt-deux = dix-huit » ou encore « le rapport 180/17 = 14,7 soit 147 la hauteur métrique et symbolique de la pyramide parfaite de Chéops ». Les mathématiques ne sont peut-être pas le point fort du céramiste Maurice Guinguand mais il ne faut tout de même pas exagérer : 360 divisé par 22, cela fait 16,4 environ et 180/17 = 10,6 ! Et la mystification continue au fil des pages... La découpe de l'ouverture de la grotte, où l'auteur aperçoit une « belle tête de bélier surchargée d'une croix templière gravée », permet également un délire d'affirmations qu'il est inutile de rapporter quand j'aurai signalé (ce qui nous ramène à Serge Hutin) que l'entrée de la grotte située sous la pyramide de Falicon étant jugée trop petite, elle fut agrandie en 1803 à l'aide... d'explosifs [6] !

L'avant-propos du livre de M. Guinguand déclarait : « Les lecteurs initiés apprécieront avec un vif plaisir la qualité d'une telle somme de vérités dans la recherche... »

Les exemples précédents étaient destinés à illustrer le principe « si les petits ruisseaux font les grandes rivières, les petits oublis permettent les grandioses théories » ; en effet, c'est de ces petits oublis ou erreurs que les auteurs tirent de grandes conséquences (Trinité divine, grande pyramide souterraine, rapport avec Chéops la pyramide « parfaite »...) pour étayer leurs théories.

Mais ce type d'« erreur », s'il recouvre une très forte majorité de « faits paranormaux » et se trouve être le plus facile à détecter ou à mettre en évidence, n'est pas, à mon avis, le plus important à connaître et surtout à comprendre. Je voudrais attirer maintenant l'attention du lecteur sur quelques aspects dont l'étude peut s'avérer beaucoup plus fructueuse, car ils débouchent sur un champ d'application beaucoup plus vaste par la valeur « universelle » qu'ils possèdent.

Entrons donc maintenant dans ce que l'on peut vraiment appeler l'approche « mathématique » de la question paranormale en portant notre regard sur un sujet au goût du jour : les « biorythmes ».

Sous le manteau de la logique biorythmique

Je souligne d'entrée qu'il faut éviter toute confusion entre ces fameux « biorythmes » et les « rythmes biologiques » dont on connaît aujourd'hui l'importance (le rythme circadien de 24 heures, les cycles saisonniers...) et qui n'ont *aucun* rapport avec les premiers nommés.

Les biorythmes, avatar moderne de l'astrologie dont ils « récupèrent » l'importance privilégiée accordée à la date de naissance, sont associés à un fructueux commerce de gadgets électroniques et autres merveilles de la technique récente. Leur « découverte » ne date pourtant pas d'hier. En effet, la théorie des biorythmes a été créée par le médecin berlinois Wilhelm Fliess qui fut pendant presque une décennie (1890-1900 environ) le confident et l'inspirateur de Sigmund Freud. Au début, Freud pensait que la théorie de Fliess représentait une avancée d'une importance cruciale dans le domaine de la biologie ; puis, peu à peu, une brouille s'installa entre les deux hommes. Entre autres choses, Freud avait fait part à un de ses jeunes patients de théories dont Fliess l'avait entretenu et ce patient, Hermann Swoboda, les avait publiées sous son nom [7]...

La théorie de Fliess, bâtie semble-t-il d'après de nombreuses observations, était fort simple : tout individu est bisexuel avec une composante mâle cyclique sur 23 jours et une composante femelle cyclique sur 28 jours (la prédominance de l'un ou l'autre cycle correspondant au sexe de l'individu) et ces deux cycles sont déclenchés à la naissance pour se poursuivre ensuite de manière inchangée tout au long de la vie de l'individu *.

* Il est intéressant au passage de voir combien Freud peut être quelquefois l'image de la culture bien-pensante de son époque ; manifestement influencé par les théories

Dans les années 1920 un troisième cycle de 33 jours fut ajouté aux deux précédents * et nous aboutissons ainsi aux biorythmes que nous connaissons aujourd'hui comportant 3 cycles : un cycle physique de 23 jours, un cycle émotionnel de 28 jours et un cycle intellectuel de 33 jours. La consultation du graphique de vos biorythmes est censée vous permettre de savoir si vous êtes dans un jour « sans » ou un jour « avec », dans chacun de ces trois domaines fondamentaux, et de prévoir vos jours « bénéfiques », vos jours « critiques », vos jours vraiment « dangereux »...

Je ne voudrais pas m'attarder sur la valeur de « pronostic » que l'on peut attendre des biorythmes : elle est totalement nulle, cela a déjà été largement démontré à partir des faits mêmes qui étaient allégués par les tenants de cette théorie [8].

Je voudrais ici examiner uniquement cette « théorie » du simple point de vue de ce que l'on appelle une incertitude de mesure.

Comment pouvons-nous croire sérieusement un instant que les valeurs des durées des cycles soient celles prétendues [9] ?

Comment pouvons-nous croire en effet que ces cycles ont *exactement* 23 jours 0 heure 0 minute 0 seconde pour le premier, 28 jours 0 heure 0 minute 0 seconde pour le deuxième et le troisième, de même, exactement 33 jours ? Si des analyses statistiques sérieuses ont été faites lors de la détermination de la durée des cycles, ou tout simplement si le Dr Fliess (pour les cycles de 23 et 28 jours) avait essayé de faire un travail correct, nous devrions avoir à notre connaissance les marges d'erreur sur les valeurs annoncées.

Par exemple, pour le cycle émotionnel nous aurions un résultat de $27{,}97 \mp 0{,}05$ jours, c'est-à-dire une valeur comprise entre 27,92 et 28,02 jours.

Or, supposons que la valeur « réelle » du cycle soit de 27,98 jours au

---

de Fliess, il formula ainsi à un moment l'hypothèse selon laquelle le plaisir sexuel serait lié au cycle de 23 jours et le manque de plaisir au cycle de 28 jours (rapporté dans le cahier *AFIS*, nº 121, mai 1982, p. 4). Ce qui revient à dire en termes plus clairs : le plaisir sexuel est normal chez l'homme et pathologique chez la femme !

* Il semble que ce soit l'œuvre d'un ingénieur nommé Teltscher.

lieu des 28 jours pile annoncés ; nous commettrions ainsi, en prenant la valeur 28, une erreur relative d'environ 7 dix millièmes. Négligeable, pensez-vous ?

Pas tout à fait. En effet, nous aurons une erreur absolue de 2 jours entiers au bout de 100 cycles, c'est-à-dire au bout de 2 798 jours, soit environ 7,7 ans ; autrement dit pour un adulte de 38 ans environ le décalage sera de 10 jours ! Ce qui rend, sans même s'occuper des « prédictions » revendiquées, évidemment toute spéculation « biorythmique » nulle et non avenue *.

Après cette digression sur l'incertitude d'une mesure et ses conséquences, quittons maintenant ce que James Randi a nommé « l'une des plus pures et des plus simples formes d'idiotie à se revêtir du manteau de la logique et de la science », pour nous plonger dans quelques rêveries.

Le droit d'aînesse chez les médiums

Imaginons de savantes recherches qui auraient abouti à la conclusion, semble-t-il indubitable, que « la plupart des grands médiums sont des fils (ou filles) aînés ». Les enquêtes, les statistiques ont été vérifiées, re-vérifiées et le résultat est là : la plupart des grands médiums sont effectivement des fils aînés, c'est-à-dire des fils n'ayant pas (et n'ayant jamais eu) de frère plus âgé qu'eux.

Sur ces faits rigoureux, les théoriciens de la « parapsychologie »

* Je me permets de signaler ici l'ouvrage *Stratégie pour la création d'entreprise* (Paris, Dunod, 1983) de Robert Papin. Ce professeur à l'École des hautes études commerciales et à l'Institut supérieur des Affaires nous livre dans un chapitre intitulé « N'hésitez pas à faire appel aux autres techniques d'analyse caractérologique » (p. 22) un vibrant plaidoyer pour les biorythmes (entre autres merveilles comprenant les signes palmaires de la main, l'analyse morphologique de l'oreille et l'astrologie !) comme outil de décision pour le créateur d'entreprise. Avec de telles recettes que « des milliers de chercheurs ont pris très au sérieux » (d'après R. Papin, bien sûr), les entreprises françaises vont certainement connaître une croissance particulière !

pourraient essayer de bâtir des tentatives d'explication. La corrélation entre le fait d'être l'aîné et le fait de sembler posséder des dons de médium est en effet beaucoup trop forte pour être due au seul hasard ; personne ne peut le nier.

L'hypothèse la plus vraisemblable et qui prend alors un « poids », donc un impact, considérable est la suivante : des dons divins de devins provenant probablement pour petite partie des parents (on peut être médium de père en fils), l'« influx médiumnique » une fois transmis sur le premier-né n'est plus ou presque plus disponible pour les enfants suivants...

Les faits étant vérifiés (ce qui est le premier point de toute démarche correcte), la corrélation s'affirme très troublante et amène à penser qu'il y a effectivement un lien entre le fait d'être médium et le fait d'être l'aîné.

Et pourtant...

Si l'on regardait un peu d'autres statistiques, on s'apercevrait, à notre grande surprise, que « la plupart des grands chasseurs de vampires sont des fils aînés », comme d'ailleurs « la plupart des lecteurs de cet ouvrage sont des fils aînés », comme aussi « la plupart des grands Cequevous-voulez sont des fils aînés ». En effet, nous sommes en présence de ce que l'on peut appeler une *fausse* corrélation. Le point central de toutes ces « déductions » s'appuie en fait sur une hypothèse non précisée car « évidente » : les fils (ou filles) aînés sont moins nombreux que les autres. Cette hypothèse sous-entendue évidente est en réalité fausse, car les familles sont généralement de taille réduite et nous allons voir ce que cela entraîne.

Je vais m'intéresser ici au seul cas des fils aînés, mais le raisonnement est strictement identique * bien sûr pour le cas des filles. F désignera une fille et G un garçon et l'ordre dans lequel sont données les lettres sera l'ordre de naissance. Exemple : FGF désignera la naissance d'une fille puis d'un garçon puis encore d'une fille.

— Prenons une famille avec un seul enfant ; les possibilités sont : F

* On suppose ici l'équiprobabilité de naissance pour un garçon ou une fille, ce qui n'est pas la stricte réalité mais n'intervient en rien dans le raisonnement qui suit.

ou G. Soit, en ce qui concerne les seuls garçons, 1 fils aîné sur 1 garçon ou encore 100 % d'aînés.

— Famille de deux enfants ; les possibilités sont : FF ou FG ou GF ou GG soit 3 fils aînés sur 4 garçons ou encore 75 % d'aînés.

— Famille de trois enfants ; les possibilités sont : FFF ou FFG ou FGF ou GFF ou FGG ou GFG ou GGF ou GGG soit 7 fils aînés sur 12 garçons ou encore 58,3 % d'aînés.

— Famille de quatre enfants ; les possibilités sont : FFFF ou FFFG ou FFGF ou FGFF ou GFFF ou FFGG ou FGFG ou GFFG ou FGGF ou GFGF ou GGFF ou FGGG ou GFGG ou GGFG ou GGGF ou GGGG soit 15 fils aînés sur 32 garçons ou encore 46,9 % d'aînés.

— Sans développer tous les cas, pour une famille de cinq enfants nous aurions 31 fils aînés sur 80 garçons soit 38,8 % d'aînés *.

Ainsi nous nous apercevons que, contrairement à ce qui semblait évident, les fils aînés sont plus nombreux que les autres (quand les familles sont, en moyenne, de taille réduite, ce qui est le cas dans de nombreux pays). En d'autres termes, la plupart des fils sont des fils aînés...

En conséquence, toute affirmation du type « la plupart des grands Cequevousvoulez sont des fils aînés » n'offre que peu d'intérêt puisque Cequevousvoulez peut être une « catégoric » humaine quelconque ou presque sans que l'affirmation en soit invalidée **.

* Une méthode plus rapide de calcul sans passer par l'énumération de tous les cas est : le nombre de cas possible est 2×2×2×2×2 = 32 puisque à chaque naissance nous avons 2 possibilités et qu'il y a 5 naissances. Dans tous les cas sauf 1 (celui ou ne naissent que des filles), il y a forcément un garçon aîné ; donc le nombre de garçons aînés est 32—1 soit 31. Le nombre de garçons est, lui, la moitié du nombre total d'enfants ; le nombre total d'enfants est évidemment le nombre de cas multiplié par 5 (il y a 5 enfants dans chaque cas) soit 32 × 5 = 160, d'où le nombre de garçons est 160 : 2 = 80.

** Le « presque » est destiné à couvrir le cas où un lecteur « vicieux » voudrait prendre pour Cequevousvoulez une catégorie comme, par exemple, « les fils cadets » !

Cigognes, « scrunchs » et contes de fées

Imaginons maintenant qu'un écueil du type précédent soit évité et qu'une enquête sérieuse montre que le nombre d'habitants de Strasbourg augmente proportionnellement au nombre de cigognes présentes. Les « parapsychologues » se seraient intéressés à ce fait étrange et après une enquête minutieuse portant sur des milliers de cas (le nombre de cas est très important en « parapsychologie » où l'on pose souvent l'équation quantité = qualité), la conclusion pourrait tomber nette et tranchante : « Nous avons enfin la preuve scientifiquement tant attendue que ce sont les cigognes qui apportent les nouveau-nés ! »

Vous trouvez cela par trop ridicule ?... Bien sûr, une corrélation n'est *pas* une causalité et le fait que le nombre de cigognes et le nombre d'habitants (nombre dont, notons-le au passage, l'augmentation n'est pas due aux seuls nouveau-nés) soient corrélés vient peut-être tout simplement du fait que plus il y a d'habitants, plus il y a de maisons, plus il y a de cheminées, plus il peut donc y avoir de nids de cigognes...

Vous trouvez cela trop ridicule ? Et pourtant, sur la forme, c'est-à-dire la théorie concurrentielle de celle des bébés naissant dans les choux, je rappellerai simplement que Sir Arthur Conan Doyle, le chef de file incontesté des « parapsychologues » du début de ce siècle, avait mis tout son savoir, son prestige et sa crédibilité dans la défense de l'existence des fées que deux petites filles déclaraient avoir vues et même photographiées à Cottingley dans le Yorkshire *.

Vous trouvez cela trop ridicule ? Et pourtant, sur le fond, regardez le comportement de John Barrett Hasted (professeur de physique au

* Pour rire de bon cœur, je vous conseille de lire le chapitre sur cet épisode glorieux de l'histoire de la « parapsychologie » dans le magnifique ouvrage de James Randi, *Flim-Flam !* (*op. cit.*, p. 12), chapitre vous permettant même de découvrir le livre dans lequel les deux petites filles avaient découpé les images de fées ou lutins qu'elles photographièrent ensuite dans la nature !

Birbeck College de Londres) avec ses magnifiques « scrunchs ». Ce physicien parapsychologue étudie les manifestations de psychokinèse que produisent des enfants sur des trombones de bureau enfermés dans des tubes ou ampoules de verre. Selon ses propres déclarations [10], si le tube est complètement fermé, scellé, il ne se passe rien ; si l'on fait un tout petit trou : toujours rien. Au fur et à mesure que la taille du trou dans l'ampoule augmente, les pouvoirs « psi » se manifestent de plus en plus fortement en tordant les trombones, les accrochant, les mêlant, les entrelaçant de « façon inextricable » pour former ce produit britannique de réputation internationale : un « scrunch ». Que croyez-vous que le grand savant en déduisît ? Que la fraude pouvait être facilitée lorsque l'ampoule commençait à avoir un trou d'un diamètre conséquent ? Vous n'y êtes pas ; vous avez, cher lecteur, un esprit aussi « tordu » que les trombones pour penser à des possibilités pareilles. Non, la conclusion que J. B. Hasted en a tirée, c'est que puisque (?) il était impossible de tordre les trombones dans un globe de verre muni seulement d'une petite ouverture, les « scrunchs » étaient en conséquence réalisés de manière paranormale.

Le « fluide psi » ne passe peut-être pas à travers le verre ?

D5, P5, DP et galettes des rois

Pour introduire maintenant quelques aspects intéressants qu'offrent les probabilités par rapport au problème des phénomènes « paranormaux » qui nous intéresse ici, je voudrais, lecteur, vous poser une question.

Avez-vous remarqué dans le chapitre sur les médiums-fils-aînés la phrase « des dons divins de devins provenant probablement pour petite partie des parents », c'est-à-dire une suite d'initiales dddddpppppdp ? Stupéfiant, n'est-ce pas ? La probabilité d'avoir un mot commençant par une initiale donnée étant, dans l'absolu, égale au nombre de mots commençant par cette même initiale divisé par le nombre total de mots quelle que soit leur initiale, je peux approximer cette probabilité par le nombre de pages consacré dans un dictionnaire à une même lettre divisé par le nombre total de pages dudit dictionnaire (en supposant tout le vocabulaire connu). Ainsi pour la lettre d j'obtiens 59/1120 et pour la lettre p, 122/1120. Nous avons donc, en supposant un enchaînement indépendant, une probabilité de (59/1120) puissance 6 × (122/1120) puissance 6, c'est-à-dire 0,0000017, soit 1 chance sur environ 590 000 pour que la suite précédente d'initiales se produise. En supposant cette suite non voulue (ce qui n'est, après tout, peut-être pas très vrai, n'est-ce pas ?), la probabilité quasiment nulle qui la caractérise n'est en fait surprenante que parce qu'on oublie que l'on n'avait pas, *a priori,* décidé de la suite d'initiales que l'on jugeait digne d'être un phénomène sortant de l'ordinaire ; en conséquence, toute suite « bizarre » apparue pouvait être prise en considération. Et le nombre de suites « bizarres » étant très élevé...

Cet exemple sur les suites d'initiales me fait penser à une anecdote (vraie) qui s'est produite lors d'une petite réunion que nous avions organisée avec des collègues pour « tirer les rois » au début de l'année nouvelle. Deux magnifiques galettes contenant chacune 2 fèves (tradition du Midi) s'offraient ainsi aux yeux gourmands de notre groupe de 12 personnes. Les 12 parts de la première galette furent réparties par Eric, le dos tourné, et Hubert et Marie-Agnès furent les « chanceux » qui eurent la fève dans leur morceau de galette. Après quelques rires et libations, on fit un sort à la deuxième galette qui consacra, ô stupéfaction, encore une fois Hubert et Marie-Agnès. Tout le monde s'exclama sur cette surprise traduisant manifestement ainsi la très-très-petite probabilité que l'on attribuait « intuitivement » à cet événement. Quelque temps plus tard, comme je discutais avec un collègue, ce dernier me fit part de ce qu'il avait rapidement évalué la probabilité d'un tel événement à environ 1/15 000 (réponse à la question : « Quelle est la probabilité pour que Hubert et Marie-Agnès tirent tous les deux une fève dans une galette puis encore une fève chacun dans le gâteau suivant ? »).

de l'année. Calculons donc cette dernière probabilité. Prenons une première personne : son jour de naissance peut être quelconque, c'est-à-dire que la probabilité est 365/365. La deuxième personne devra être née n'importe quel jour *sauf* celui de la première personne, c'est-à-dire une probabilité de 364/365 ; la troisième personne devra être née n'importe quel jour sauf celui de la première ou celui de la deuxième, c'est-à-dire une probabilité de 363/365 et ainsi de suite jusqu'à la cinquantième personne où nous aurons 316/365. La probabilité que les 50 personnes aient toutes un jour de naissance différent est donc, lorsque tous les événements dont je viens de parler se réalisent simultanément, le produit de toutes les probabilités qui précèdent c'est-à-dire $P(0) = 365/365 \times 364/365 \times 363/365 \times \ldots \times 317/365 \times 316/365$. Le calcul concret de ce terme est assez fastidieux mais n'offre aucune difficulté particulière et l'on peut ainsi calculer la probabilité qui nous intéresse, à savoir 1 — P(0), ou encore « probabilité pour qu'au moins 2 personnes sur un groupe de 50 aient les mêmes jour et mois de naissance » qui se chiffre à ... 0,97 ! Autrement dit, il y a 97 chances sur 100 pour que cet événement se produise * !

Cet exemple nous montre qu'il faut se méfier des résultats que le bon sens semble nous dicter. Cette méconnaissance des probabilités des événements de la vie courante est un des supports profonds de la croyance au « paranormal » et intervient de manière beaucoup plus fréquente que ce que l'on pourrait supposer *a priori* **.

* A titre d'exemples complémentaires, la probabilité serait de 0,89 pour un groupe de 40 personnes et de 0,81 pour un groupe de 35 personnes.

** Lire à ce propos le chapitre intitulé « Comme le monde est petit ! » dans l'ouvrage de Martin Gardner, *La Magie des paradoxes* (Paris, Belin, 1980). Un exemple (parmi d'autres dont je me suis inspiré) : la probabilité pour que, sur une population de 50 millions d'habitants (connaissant chacun en moyenne 1 000 personnes), 2 personnes tirées au hasard (se rencontrant et discutant ensemble) se découvrent reliées par un « pont » de 2 personnes (à savoir : A discute avec D et s'aperçoit qu'il connaît B qui connaît C que connaît, quel miracle, la personne D avec laquelle il discute) est égale à 0,99 !

Méfiance, méfiance

Des résultats statistiques sont sans cesse donnés à l'appui des thèses paranormales : « On a statistiquement prouvé que... », « Il est statistiquement établi que... »

Or, lorsque l'on ne connaît pas les conditions *exactes* dans lesquelles se sont déroulées les expériences, les résultats statistiques peuvent n'offrir qu'une piètre valeur de preuve. Un psychologue canadien [11] a, en prenant comme exemple la télépathie, soulevé un point important, à savoir : si un phénomène n'existe pas, il suffit d'effectuer un assez grand nombre de recherches pour que quelques-unes donnent un résultat significatif en faveur de l'existence du phénomène en question, et ces recherches sont méthodologiquement sans faille !

De même, il est très difficile de concevoir des expériences dont les résultats statistiques soient irréprochables sur le plan de l'*interprétation* que l'on peut en tirer.

Ainsi, imaginons qu'un laboratoire s'intéresse à la possibilité de l'existence de la perception extrasensorielle et décide de monter une expérience avec un sujet réputé médium, M. Psi, et un sujet témoin « normal » comme comparaison, M. Dupont. Cette expérience est destinée à tester le « don » de prédire une carte tirée au hasard par un magnifique gadget électronique (cela fait plus sérieux !). M. Psi et M. Dupont sont chacun placés devant une « tireuse électronique aléatoire » ; M. Psi se concentre et essaie de prédire la carte tirée, M. Dupont, lui, répond n'importe quoi, ce qui lui vient à l'esprit (?). Ils peuvent « passer » quand ils le veulent, c'est-à-dire qu'ils n'annoncent rien et que l'essai ne compte pas dans le total. Une première série d'expériences donne les résultats suivants :

— M. Psi a prédit correctement 500 cartes sur un ensemble de 1 100 essais, soit une probabilité de réussite de 0,455.

— M. Dupont a, quant à lui, nommé par hasard 260 cartes justes sur un total de 650, soit une probabilité de réussite de 0,400.

A la fin de cette première série, « on » fait fortement remarquer que le médium a un taux de réussite nettement supérieur à l'individu « normal ».

Une deuxième série de tests donne les résultats :

— M. Psi : 600 prédictions correctes sur un total de 900, soit une probabilité de réussite de 0,667.

— M. Dupont a nommé juste 880 cartes sur 1 350, c'est-à-dire une probabilité de réussite de 0,652.

Alors on fait sonner les trompettes pour claironner dans toute la contrée que, confirmée magnifiquement par la deuxième série, l'hypothèse que M. Psi possède un réel pouvoir extra-sensoriel par rapport au quidam lambda est amplement démontrée.

Cela pourra sembler « scientifiquement établi » jusqu'à ce qu'un observateur attentif (ou vicieux et poussé par le Diable diront d'autres) fasse remarquer que si l'on s'occupe non plus des 2 séries séparément mais comme un seul bloc, ce qui est ici parfaitement *légitime*, M. Psi a prédit correctement 500 + 600 soit 1 100 cartes sur un total de 1 100 + 900 soit 2 000 cartes, c'est-à-dire démontre une probabilité de succès de 0,550, alors que le banal M. Dupont, en toute simplicité, modestie et sans don aucun, a nommé 260 + 880 soit 1 140 cartes correctement sur un total de 650 + 1350 soit 2 000, c'est-à-dire a une probabilité de succès de 0,570 ; conclusion, M. Dupont a *plus* de « fluide » que M. Psi ! Eh oui, lecteur, relisez, vérifiez les nombres et faites le calcul : il n'y a aucune fraude, aucune « entourloupette » !

En conclusion, cet ensemble d'expériences rapportées n'a pas la valeur probante qu'il semblait avoir... En revanche, ce très joli paradoxe possède une grande valeur, car il prouve combien il est difficile de concevoir des expériences dont l'analyse des résultats soit indiscutable.

La prémonition de l'oncle Hector

M. Untel a, sans raison apparente, pensé fortement à sa grand-tante Unetelle à 6 h 17, le 1er janvier 1984, alors qu'il n'y avait plus pensé depuis de très longues années. Cinq minutes ne s'étaient pas écoulées en ce jour de l'an 1984 que la sonnerie du téléphone résonnait dans le grand salon. M. Untel décroche pour apprendre une attristante nouvelle : Mme Unetelle, sa chère vieille tante du Guatemala, est décédée cette nuit. Stupéfiant ! Une pareille coïncidence est impossible ! Cette nouvelle preuve que l'existence de la « prémonition », de l'existence d'un message « télépathique » entre mourant (mort ?) et vivant se répand comme une traînée de poudre à travers la grande littérature consacrée au « paranormal ».

Regardons cela d'un peu plus près *.

Supposons qu'une personne, M. Machin, connaisse un certain nombre de personnes, parmi lesquelles 1 000 dont il apprendra le décès sur un laps de temps de trente années (connaître au sens large, comme moi je connais le président des USA), ce qui est une estimation somme toute assez faible ; supposons encore que cette personne ne pense à chacune de ces 1 000 personnes qu'une seule fois en 30 ans (ce qui, une fois de plus, est une estimation très faible). Demandons-nous maintenant quelle est la probabilité pour que, pensant à une personne, M. Machin apprenne, dans les 5 minutes qui suivent, par pur hasard, hors de toute influence paranormale, d'une manière ou d'une autre, le décès de cette personne.

* Cet exemple est inspiré d'une lettre du physicien Luis W. Alvarez publiée dans la revue *Science* (*148*, 18 juin 1965, p. 1 541), lettre qui amena un intéressant échange entre lui et J.B. Rhine ; cet échange (republié dans *The Skeptical Inquirer,* vol. VI, n° 4, été 1982, p. 72) peut permettre au lecteur intéressé de découvrir une nouvelle facette du surprenant mode de raisonnement de Rhine.

Trente ans, cela correspond à un nombre d'intervalles de 5 minutes de 3 153 600 (30 ans × 365 jours/an × 24 heures/jour × 12 intervalles de 5 minutes/heure) ou encore environ 3 millions. La probabilité d'apprendre la mort d'une personne *donnée* dans les 5 minutes qui suivent l'instant où M. Machin a pensé à elle (identique, pour prendre une image peut-être plus « parlante », à la probabilité, en lançant une bille sur un ensemble de 3 millions de cases, de tomber sur une case marquée précisément) est donc d'environ 1/3 000 000, c'est-à-dire très faible. Seulement n'oublions pas que M. Machin « connaît » 1 000 personnes dont il apprendra le décès sur cet intervalle de 30 ans ; la probabilité qu'il apprenne la mort dans les circonstances précitées d'une personne *quelconque* parmi les 1 000 est donc de 1 000 × 1/3 000 000, c'est-à-dire 1/3 000, ce qui est déjà nettement supérieur tout en restant toujours très faible (un peu plus de 3 « chances » sur 10 000). Mais il se trouve que M. Machin fait partie des habitants d'un pays dont l'effectif de la population avoisine les 50 millions. Sur l'ensemble de cette population, le nombre de cas de « prémonitions » de ce type dû au hasard seul est donc de 50 000 000 × 1/3 000, c'est-à-dire 16 000 cas ! Cela, bien sûr, sur 30 ans, ce qui nous laisse tout de même en moyenne près de 530 cas par an ! Inutile donc de faire appel aux « prémonitions » du grand duc Balthazar d'un pays lointain il y a quelques siècles.

Le simple hasard permet ainsi amplement d'écrire sur les « fantastiques prémonitions parapsychiques en France » de nombreux ouvrages qui se vendront très bien !

Références

1. H. Broch, *La Mystérieuse Pyramide de Falicon,* Paris, France-Empire, coll. « Les premiers matins du monde », 1976.

2. S. Hutin, *Gouvernants invisibles et Sociétés secrètes,* Paris, Flammarion, coll. « J'ai lu », 1971.

3. R. Charroux, *Le Livre des maîtres du monde, op. cit.*

4. *Ibid.*, page de couverture.

5. M. Guinguand, *Falicon, pyramide templière,* édité par l'auteur, Monaco, 1970.

6. D. Rossetti, *La Grotta di Monte Calvo,* Turin, Archives départementales des Alpes-Maritimes, 1804.

7. M. Gardner, « Fliess, Freud and Biorythm », *Science : Good, Bad and Bogus, op. cit.,* p. 131.

8. Cf., par exemple : W. S. Bainbridge, « Biorythms : evaluating a pseudoscience », et T. M. Hies, « Biorythm theory : a critical review », *Paranormal Borderlands of Science,* New York, Prometheus Books, 1981, p. 191 et 208 respectivement.

— Le chapitre « The great Fliess fleece » in *Flim-Flam !* de J. Randi, New York, Prometheus Books, 1982, p. 161.

9. Ce point de vue a été également signalé par un lecteur de la revue *The Skeptical Inquirer* dans une lettre parue dans le vol. VI, n° 4, été 1982, p. 80 (lettre de J. Meeus).

10. « Psychocinèse et physique quantique », *La Parapsychologie devant la science, op. cit.,* p. 127.

11. P. Thiriart, « Télépathie et résultat significatif », *Tirés à part,* revue des professeurs de psychologie, Montréal, vol. 4, avril 1983.

2. Le lapin dans la manche

ou Une approche « magique » de la même question

Saint Patron et Dame Prodige

Un point essentiel qui se dégage de toutes les études menées dans ou sur le domaine du « paranormal » est la nécessité de connaître un peu l'illusionnisme, son histoire et ses méthodes *. Cet art, dont le rôle critique est ici irremplaçable, a des ramifications beaucoup plus grandes que l'on ne peut soupçonner *a priori.* Par exemple, et pour faire ainsi le lien avec le chapitre sur le sang de saint Janvier, je vous rappellerai que le « patron » des illusionnistes s'appelle... saint Jean Bosco !

En effet, « Dom » Bosco, né en 1815 (qui fut canonisé par le pape Pie XI en 1934), s'il consacra sa vie à la religion et à la charité, trouva le temps aussi d'exercer à ses heures un autre talent, celui d'illusionniste. Comme nous le dit Michel Seldow [1], d'après le père Auffray (dont les travaux sur saint Jean Bosco font autorité), « il décuplait une douzaine d'œufs, changeait l'eau en vin, étranglait un poulet et le ressuscitait, arrachait des pièces de cent sous du nez des spectateurs »... Bref, il était capable d'égaler quelques-uns, au moins, des miracles évangéliques.

Je pourrais également rappeler Magus, bien connu des amateurs de magie et qui n'était autre que... Mgr Baret, missionnaire apostolique

* En ce qui concerne l'histoire de l'illusionnisme, le meilleur ouvrage me semble être, sans contestation possible, l'œuvre monumentale de Max Dif, *Mythologie du merveilleux,* Eyrein, Éd. Roger Garry, décembre 1983 (refonte condensée, complétée et mise à jour de son *Histoire et Évolution technique de la prestidigitation,* seize fascicules édités à compte d'auteur de 1970 à 1973).

Nom GIRARD JEAN PIERRE Prenom

Nom d'Artiste GIRARD Grade

Distinctions magiques Association A.F.A.P/C.F.I.D

Adresse

Telephone

Specialites CONCEPTION DE TOURS BASÉS SUR LES ABÉRRATIONS PERCEPTIVES VISUELLES (CHAMBRE DE AMES je, ILLUSIONS DE PONZO, PENROSE, ETC.). TÉLÉPHONEZ-MOI SI VOUS POURSUIVEZ LES MÊMES TRAVAUX.

Collectionne TROMPE-L'ŒIL. ILLUS. OPTIQUES - OUVRAGES MAGIE.

Autres activites - ÉCRIVAIN / ILLUSTRATEUR - THÉÂTRE, CAFÉ-THÉÂTRE

ACTIV. PROFESSIONNELLES : DIRECT. VISITE. MÉDICALE. PSYCHOLOGUE.

(CHERCHE PARTENAIRE FEMME POUR "MINI-PIÈCE" DESTINÉE AU CABARET ET CAFÉ THÉÂTRE PAS NÉCESSAIRE ÊTRE PRO. MAIS SENS IMPROVISATION INDISPENSABLE. (ASSEZ URGENT) TÉLÉPH.

11. Une page très intéressante de l'*Annuaire des magiciens* de Serge Bourdin (qui a été reproduite dans *Science et Vie,* n° 774) !

(mort en la ville de Nice en octobre 1940) qui se servit beaucoup de son violon d'Ingres dans son œuvre de propagande pour la foi.

On pourrait également parler, toujours dans ce domaine, de diverses méthodes empruntées à l'illusionnisme comme les vases antiques truqués, à un seul col mais contenant plusieurs liquides pouvant être servis à la demande * ou encore la statue de Madeleine, à Milan, qui pleurait de temps en temps... quand on allumait un feu permettant d'évaporer l'eau que contenait un bassin placé à l'intérieur de la statue, eau qui se condensait sur des tuyaux aboutissant aux yeux !

Se renseigner un peu permet également, par exemple, de retrouver Jean-Pierre Girard, le Uri Geller français, dans l'*Annuaire des magiciens* de Serge Bourdin (édition 1975-1976), avec pour spécialité la torsion de clefs (cf. illustration *11*). Cet illusionniste, reconverti dans le domaine « psi », sans doute plus fructueux, a d'ailleurs été dénoncé par Gérard Majax, le célèbre illusionniste qui fait honneur à son art en désignant les charlatans [2]. Majax rapporte dans son ouvrage que Girard voulait au départ monter une mystification afin de montrer que l'on pouvait facilement berner des scientifiques. L'intérêt semble s'être ensuite quelque peu déplacé...

Connaître quelques trucs d'illusionnisme permet également d'apprécier pleinement, par exemple, les représentations de Lady Wonder (Dame Prodige), cette jument du début du siècle aux pouvoirs si extraordinaires ; cette jument, selon J. B. Rhine, pouvait lire dans les pensées humaines, rien de moins ! Un spectateur était invité à écrire sur un carnet un chiffre que la jument « lisait » dans son esprit. Milbourne Christopher, un illusionniste américain, montra que le présentateur de Lady Wonder pratiquait tout bonnement ce que l'on appelle « la lecture du crayon » et transmettait ensuite un signal à sa jument. La lecture du crayon consiste simplement à suivre le déplacement de l'extrémité haute d'un long crayon lorsqu'une personne écrit, et d'en déduire ainsi la

* Le plus vieil accessoire truqué qui nous soit parvenu est certainement, à l'heure actuelle, le « vase magique » du IVe siècle av. J.-C. qui se trouve au musée Allard-Pierson d'Amsterdam et qui permet de verser, par un seul col, des liquides différents.

a. Vue globale montrant le système créant la dépression pour faire « boire » le cheval.

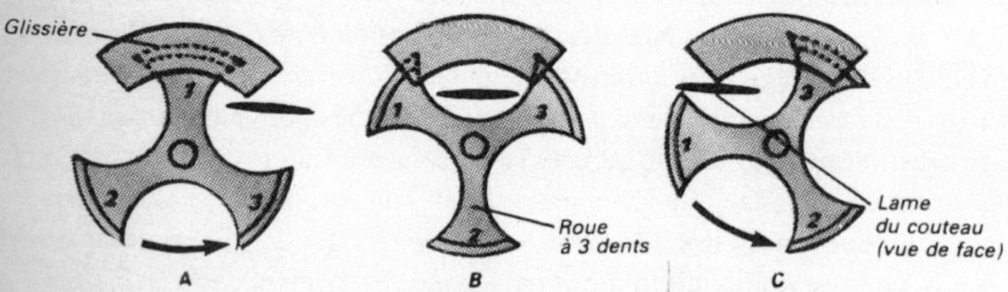

b. Détail de l'ingénieux mécanisme situé dans le cou de la bête (ci-dessus et ci-contre).

12. La « décollation magique » rapportée par Héron d'Alexandrie, il y a 2 000 ans environ.

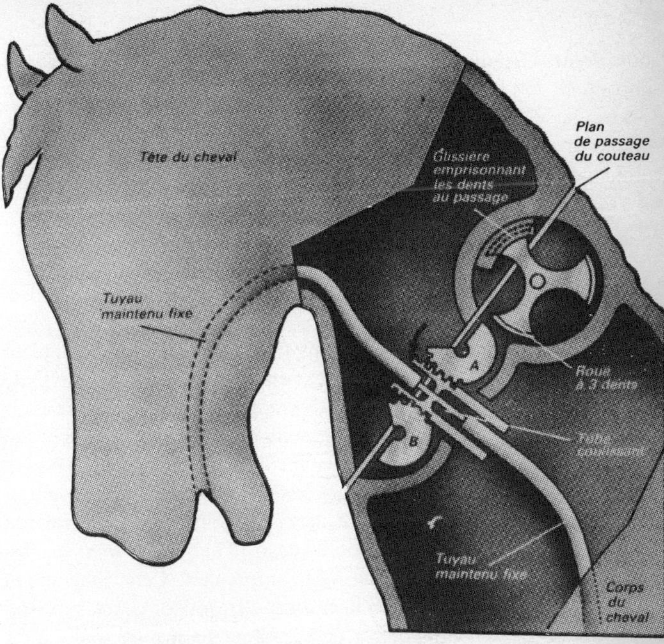
Tête du cheval
Glissière emprisonnant les dents au passage
Plan de passage du couteau
Tuyau maintenu fixe
A
Roue à 3 dents
Tube coulissant
B
Tuyau maintenu fixe
Corps du cheval

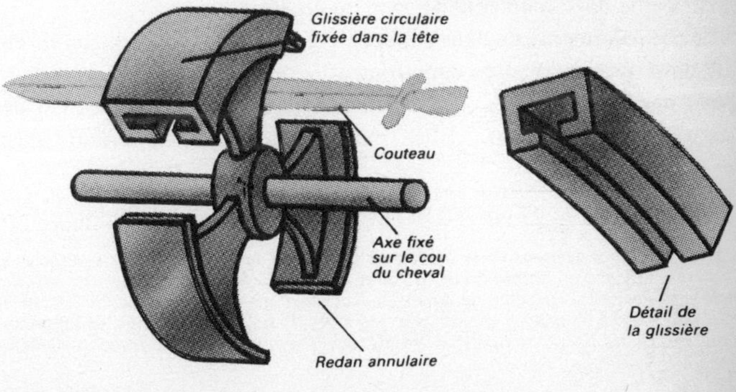
Glissière circulaire fixée dans la tête
Couteau
Axe fixé sur le cou du cheval
Redan annulaire
Détail de la glissière

chose écrite. Comment Milbourne Christopher s'y prit-il ? Eh bien, très simplement.

Lorsque ce fut son tour d'écrire un nombre sur le carnet, l'illusionniste (qui s'était présenté sous un faux nom), connaissant bien les techniques de son « métier », fit le *mouvement* de main correspondant à un 8 mais ne *toucha* le papier qu'à certains moments de manière à écrire effectivement ce que l'on peut appeler géométriquement un demi-huit, à savoir un 3. La jument « télépathe », qui répondait aux demandes des spectateurs en relevant avec son museau des chiffres ou des lettres placés devant elle, annonça un 8...

Joseph Banks Rhine, le grand parapsychologue « scientifique », placé devant cette preuve de la supercherie, s'en tira en expliquant que Lady Wonder, la jument miraculeuse, avait vraiment des pouvoirs paranormaux à l'origine, qu'elle les perdit ensuite et, qu'en conséquence, son propriétaire en avait été réduit (le malheureux) à tricher !

Pour rester un instant encore dans le domaine équestre, je voudrais vous signaler le fabuleux « cheval décapité » qui remonte à près de 2 000 ans et qui nous montre que le degré d'habileté atteint par les illusionnistes de l'Antiquité était assez surprenant. Cette magnifique construction mécanique (cf. illustration *12*) rapportée par Héron d'Alexandrie permet de montrer un cheval de bronze ou toute autre matière adéquate, de le faire boire puis de le décapiter complètement en passant une épée d'un côté de son cou à l'autre *.

Le socle surmonté de deux statuettes, homme et cheval, dissimule en fait deux réservoirs. Le compartiment supérieur (AEFB) est rempli d'eau par l'ouverture (T) qui est ensuite rebouchée. L'écoulement de l'eau (du compartiment AEFB vers le compartiment inférieur, avec

* Cette magnifique construction a été « remise à jour » par Pierre Courbier dans un de ses articles dignes d'éloges sur les innovations du passé (*Science et Vie,* n° 782, novembre 1982, p. 102).

Pour le lecteur désireux de se renseigner plus avant sur les faiseurs de « miracles » antiques, l'idéal me semble de se procurer *La Science des philosophes et l'Art des thaumaturges dans l'Antiquité* de Albert de Rochas, Paris, Éd. L'Escalier de feu, 1977 (fac-similé de la deuxième édition avec planches, Paris, Dorbon-Aîné, sd [approximativement 1882] qui donne l'intégralité des *Pneumatiques* de Héron d'Alexandrie).

sortie d'air), commandé par la position de la statuette de l'homme, produit une dépression qui permet au cheval de « boire » lorsque l'on plonge son museau dans un verre d'eau.

Le présentateur prend ensuite une dague et tranche brusquement la tête du cheval... qui pourtant ne tombe pas, l'équidé pouvant même recommencer à boire ! Le secret de cette décollation magique réside dans un très ingénieux système détaillé sur le dessin. Je vous laisse imaginer l'effet que pouvait produire ce prodige sur les populations...

Mémoires d'un voyant

L'expérience de « double vue » que je faisais étant enfant et dont je vous ai parlé au début de cet ouvrage vous a peut-être paru impressionnante ; elle l'était en tout cas pour l'ensemble des personnes devant lesquelles je l'effectuais et pourtant rien n'est plus simple. Elle est essentiellement le résultat de ce que l'on appelle « le temps d'avance ». J'avais demandé, avant l'expérience, à une personne de l'assistance (disons, ma tante Mme B) d'inscrire, par exemple, le nombre 842 lorsque je présenterais mon numéro et de plier son papier de manière suffisamment particulière pour que je puisse le reconnaître ensuite. Lors de mon expérience, les papiers pliés portant des nombres écrits par les spectateurs étaient placés dans une urne ou un chapeau et mélangés. Il me suffisait alors de plonger ma main dans l'urne et de prendre n'importe quel papier plié *sauf* celui de Mme B (que je pouvais reconnaître à son mode de pliage particulier). Je portais ensuite le papier plié à mon front et après quelques secondes de concentration et d'hésitation nécessaires au charme et à la crédibilité de la démonstration de mon pouvoir « psi », j'annonçais « 842 ». « Exact, c'est moi », criait Mme B. Pendant que l'ensemble de l'assistance poussait des petits cris de stupeur et d'étonnement, je dépliais devant eux (pas *vers* eux) le papier que j'avais porté à mon front comme pour vérifier mon annonce et le posais sur la table tout en disant : « C'est bien ça », et en lisant pour moi en même temps le nombre qu'une des personnes de l'assistance (différente de Mme B) avait écrit dessus, par exemple 327. Plongeant alors ma main de nouveau dans l'urne, j'en retirais un autre papier (toujours pas celui de Mme B) que je portais à mon front. Je pouvais ainsi facilement annoncer après concentration le nombre 327 (lu précédemment), ce qui stupéfiait littéralement mon auditoire. Et le scénario se poursuivait jusqu'à épuisement des billets ou épuisement de l'intérêt des spectateurs, auquel cas le voyant que j'étais arguait d'une fatigue intellectuelle trop intense pour pouvoir continuer aussi longtemps cette expérience de double vue...

Mais passons à une preuve beaucoup plus puissante, apparemment, de pouvoir paranormal. Je voudrais vous entretenir ici d'une expérience que j'ai effectuée plusieurs fois avec de petites variantes de présentation, mais toujours avec un résultat intéressant. Faisant une petite synthèse, je vous livre maintenant ce que pourrait être, dans son déroulement, le cas type de : la télépathie au téléphone.

Le pouvoir de l'esprit

Devant faire une petite conférence sur les « phénomènes paranormaux » pour un auditoire composé en majeure partie de collègues physiciens, je commence par une introduction suffisamment ambiguë pour que l'auditoire puisse difficilement se situer par rapport à mon propos. Je parle ensuite du contrôle de son propre corps par la pensée et des pouvoirs étendus que l'on prête à cette dernière. Afin de bien montrer la puissance que peut avoir l'esprit, je propose « à l'improviste » de faire une démonstration séance tenante : je vais arrêter mon cœur par le simple pouvoir de ma pensée ! Je demande alors que l'on désigne quelqu'un pour venir contrôler afin que l'on ne puisse point dire ensuite que j'avais un comparse dans la salle. Les personnes présentes s'étant mises d'accord sur la personne qui me contrôlera, celle-ci vient me rejoindre sur l'estrade où elle entreprend de me prendre le pouls comme je le lui ai proposé. Après quelques longues et fortes inspirations et expirations dignes d'un grand « initié », je me concentre énergiquement sur ce qui devrait être un acte impossible à réaliser et qui, pourtant, se réalise. « Son cœur ne bat plus, son cœur ne bat plus », s'écrie le « contrôleur », et cela dure plus d'une minute, montre en main.

Après quoi, visiblement épuisé sinon exténué par l'effort sans précédent que je viens de faire, j'enchaîne rapidement ma petite conférence en déclarant que contrôler son propre corps par sa pensée n'est que le premier stade de ce qui devrait mener au contrôle d'une pensée extérieure dont une des manifestations est ce que l'on appelle couramment la télépathie. Ayant expliqué qu'il est nécessaire pour une expérience de télépathie d'avoir deux cerveaux « accordés » en quelque sorte sur la même « longueur d'onde », et que des expériences préliminaires m'ont fait découvrir deux collègues avec qui cela semble marcher assez bien, à savoir MM. B. et C., je propose d'effectuer avec ce dernier, qui se trouve chez lui dans sa famille à plusieurs kilomètres de là, une tentative *.

Je demande alors aux membres de l'assistance si quelques-uns d'entre eux ont amené un jeu de cartes comme cela avait été suggéré à l'annonce de la conférence. Plusieurs jeux ayant été présentés, l'un d'entre eux est tiré au sort par les membres de l'assistance eux-mêmes (je précise ici au lecteur que je ne connais absolument personne parmi les spectateurs). Le jeu tiré au sort est ensuite contrôlé, battu et rebattu puis, et tout cela toujours uniquement par l'assistance, une carte est choisie ; cette carte, la dame de cœur, par exemple, est placée devant moi afin que je puisse me concentrer sur son image. Sortant mon agenda, je note le nom et le numéro de téléphone de mon collègue « receveur » (je suis moi l'« émetteur ») sur une feuille que je donne à l'une des deux personnes qui ont été désignées par les autres pour téléphoner au « sujet psi » qui

* Je remercie au passage MM. Bossis et Cabrol, mes deux compères en télépathie !

doit recevoir l'image que je vais chercher à transmettre. Les deux spectateurs chargés de cette mission sortent de la salle et vont téléphoner dans une *autre* pièce tandis que, sous le contrôle de toutes les autres personnes, je demeure dans la salle de conférences à me concentrer sur la carte choisie.

Au bout de plusieurs « longues » minutes, les deux personnes sont de retour et annoncent qu'après quelques instants d'hésitation et de concentration, le « receveur » a, aussi incroyable que cela puisse paraître, déclaré « voir »... la dame de cœur ! Un tel coup au but met une animation certaine dans la salle. Je propose alors de mettre par écrit au tableau ce qui s'est passé afin d'essayer de voir quelles sont les possibilités qui s'offrent à notre réflexion pour résoudre cette surprenante énigme.

Toute la manipulation des cartes ayant été faite par les spectateurs eux-mêmes, la carte n'a pas été « forcée » mais bien choisie librement.

Puisque j'ai donné le nom de la personne avec qui j'allais entreprendre l'expérience *avant* le début de celle-ci, ce nom ne pouvait en aucun cas servir de code.

Ne connaissant pas à l'avance la salle dans laquelle je devais faire ma conférence, il semble impossible que j'aie pu cacher dans celle-ci un micro-émetteur d'une portée de plusieurs kilomètres.

La conversation téléphonique s'étant déroulée hors de la salle et hors de ma présence, il m'était impossible de transmettre une information quelconque.

Les deux spectateurs qui ont téléphoné déclarent que le « receveur » n'avait en aucune façon cherché à leur « tirer les vers du nez ». Quant à eux, ils s'étaient contentés de demander la personne en expliquant très succinctement la situation.

Une forte majorité des membres de l'assistance arrive ainsi à la conclusion que, si « truc » il y a, le truc est, ne peut être, que dans le numéro de téléphone que j'ai donné *après* avoir eu connaissance de la carte choisie. Il me suffisait de disposer de 52 numéros de téléphone différents et de 52 comparses, chacun correspondant à une possible carte. Seulement voilà : cette belle hypothèse s'écroule d'elle-même lorsque l'on consulte un annuaire de la région. Le nom et le lieu de résidence donnés *avant* le choix de la carte n'offrent qu'une seule possibilité et le numéro de téléphone donné est bien identique à celui de l'annuaire.

La réflexion collective que nous venons de faire après le magnifique succès de cette expérience de télépathie semble donc nous mener à la conclusion que cette expérience est intrucable, donc intruquée, et qu'en conséquence le résultat peut être valablement interprété comme le résultat d'une « communication télépathique » entre deux cerveaux.

La solution est pourtant d'une simplicité désarmante !

Chaussette trouée et cœur stoppé

Mais avant de vous fournir la clef de cette énigme télépathique, je voudrais vous parler d'une histoire de médiums qui me revient à l'esprit (sans jeu de mots !).

Dans une salle plongée dans la pénombre, on entend une clochette tinter plusieurs fois. Nous assistons à la manifestation d'un esprit invoqué par un médium. Ce dernier est assis sur une chaise devant une table, les mains bien à plat sur celle-ci ; un « huissier » assis en face du médium pose ses mains sur celles du médium et ses pieds sur ceux du médium pour empêcher tout mouvement des membres. Sur le côté de la table se trouve une petite clochette posée sur une chaise. Bien que les mains et les pieds du médium soient ainsi strictement contrôlés, la clochette se met à tinter prouvant ainsi la présence matérielle d'un esprit lorsque l'obscurité est faite dans la pièce (les yeux des esprits doivent être trop sensibles pour qu'ils puissent se manifester en pleine lumière).

Ce type de séance, assez prisé au début du siècle (nous ne sommes plus aussi naïfs maintenant, n'est-ce pas ?), fut dénoncé par plusieurs illusionnistes et essentiellement par Houdini, le roi de l'évasion.

« Les mains et les pieds bien contrôlés », avons-nous dit ? Il eût été beaucoup plus précis, ou plus simplement juste, de déclarer « les mains et les *chaussures* bien contrôlées ». En effet l'huissier a beau appuyer très fortement son « pied » sur « celui » du médium, il n'empêchera pas ce dernier de retirer facilement son pied de sa chaussure (comportant une petite coquille d'acier en son extrémité pour supporter une forte pression) toujours contrôlée par l'huissier. Ce pied (recouvert d'une chaussette coupée à son extrémité afin de laisser toute l'habileté nécessaire aux orteils) guidé par un esprit médiumnique pourra alors se saisir de la clochette placée à proximité et la faire tinter à convenance.

Ridiculement simple dites-vous ? C'est pourtant un effet (que j'appelle effet « paillasson ») qui marche encore très bien quant à son principe fondamental, à savoir désigner quelque chose par un mot qui se rapporte à autre chose. Ainsi, lorsque devant les nombreux témoins qui constituaient mon auditoire, j'ai déclaré arrêter mon *cœur* par le pouvoir de ma pensée, personne ne fut choqué, personne n'émit la moindre réserve devant le fait que, pour attester cela, je fasse contrôler mon *pouls*. Et pour réduire les pulsations « cardiaques » à zéro, comprimer sous l'aisselle une balle de caoutchouc, fixée à la chemise par une épingle à nourrice, suffit amplement !

En ce qui concerne l'expérience de « télépathie » elle-même, la solution d'une simplicité désarmante annoncée plus haut est la suivante : l'information sur la carte choisie est transmise par les personnes qui téléphonent elles-mêmes, sans qu'elles s'en rendent compte, par le prénom de mon « receveur ». Ce prénom n'est à aucun moment, avant le choix de la carte, précisé oralement. Je l'écris simplement après consultation de mon agenda, consultation dont le seul but est de m'éviter de retenir par cœur 54 prénoms associés à 54 valeurs de cartes *. Ainsi après avoir apparemment vérifié le numéro du corres-

* 54 valeurs et prénoms car, pour avoir été pris en défaut par mon frère lors d'une de mes démonstrations de pouvoir télépathique, j'ai jugé plus prudent d'ajouter aux 52 cartes conventionnelles et aux 52 prénoms correspondants, un prénom pour désigner le joker et un prénom pour désigner la carte de garde que l'on trouve dans certains jeux neufs.

pondant à appeler, j'écris son prénom (ici par exemple Dominique pour dame de Cœur), son nom (M. C. ou M. B.) et son numéro de téléphone ; le tout sur un papier que je donne à la personne ou aux personnes qui vont téléphoner. Ainsi, le nombre de spectateurs dans la salle disposant de tous les éléments pour résoudre l'énigme se réduit à 1 ou 2 car les personnes qui ont téléphoné ne pensent jamais à signaler aux autres qu'elles disposaient du prénom de la personne à appeler en plus des informations déjà données ; cela ne leur vient pas à l'esprit car elles pensent disposer des mêmes informations que les autres et rien de plus. On peut, de toute manière, glisser négligemment le prénom du « receveur » dans une phrase anodine au moment où les personnes qui doivent téléphoner quittent la salle, puis retourner à l'estrade en disant, négligemment aussi : « Bien, il est temps que je regarde cette carte que vous avez choisie et que je me concentre dessus. » Une dizaine de minutes plus tard (ou plus), ce que votre assistance aura retenu de cet instant, si elle en a retenu quelque chose, c'est que vous avez effectivement donné le prénom (sans « vous en rendre compte ») avant de regarder la carte !

Si vous doutez, lecteur, de l'impact que peut avoir un tel tour, je vous engage vivement à le réaliser vous-même pour vous rendre compte de la facilité avec laquelle les choses se passent. Un conseil cependant : c'est la qualité de la présentation qui *fait* un tour, qui le crée réellement et qui le rend opérant, ce n'est pas la technique, le « truc » qui est derrière.

Je ne voudrais pas clore ce chapitre sur le rôle critique que peut et que doit jouer l'illusionnisme dans l'étude des phénomènes « paranormaux » sans vous parler très brièvement des fameux « guérisseurs philippins », ces « chirurgiens » qui opèrent « à main nue » et qui ont tant défrayé la chronique il y a quelques années (rappelez-vous le Pr Bender et ses déclarations sur la pénétration de « la matière à travers la matière » guidée par l'esprit du médium). Or, il suffit qu'un illusionniste compétent assiste à ces fameuses opérations pour démonter toute la supercherie : les « opérations miracles » étaient (sont toujours) tout simplement

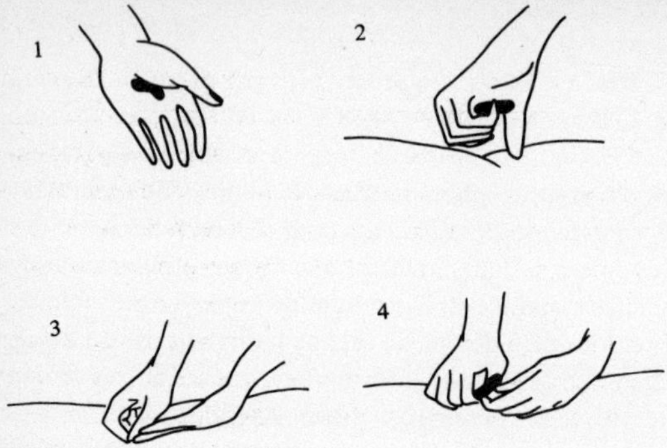

a. L'apparition de la chair.

La chair qu'extrait le « guérisseur » est constituée d'entrailles animales (ou humaines). Le « guérisseur » utilise un des plus vieux trucs des illusionnistes : l'« empalmage» ; le morceau à « extraire » est caché dans la main, coincé dans la paume légèrement repliée.

1. Le « guérisseur » a « empalmé » le morceau de viande. Avec un peu d'entraînement, c'est facile et presque indécelable par un œil non professionnel,
2. Le « guériseur » pose la main sur le malade et, entre deux doigts, saisit le morceau de viande,
3. de l'autre main, il masque l'opération,
4. il tire sur la viande et celle-ci semble sortir du ventre du malade.

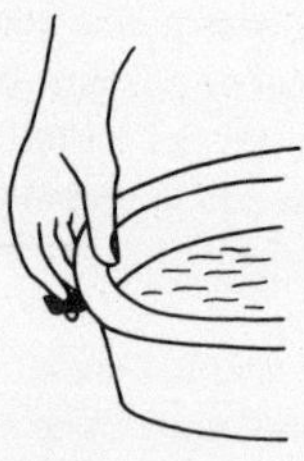

b. Sous le rebord de la cuvette.

Une « guérisseuse » cache les morceaux de viande qu'elle va « extraire » sous le rebord d'une cuvette et s'en saisit lorsqu'elle se « lave » les mains.

13. Quelques astuces des « guérisseurs philippins » (démontées par l'illusionniste Kassagi dans la revue *Télé-Star* du 4 mai 1977). Les illustrations et commentaires sont inspirés du reportage de cette revue.

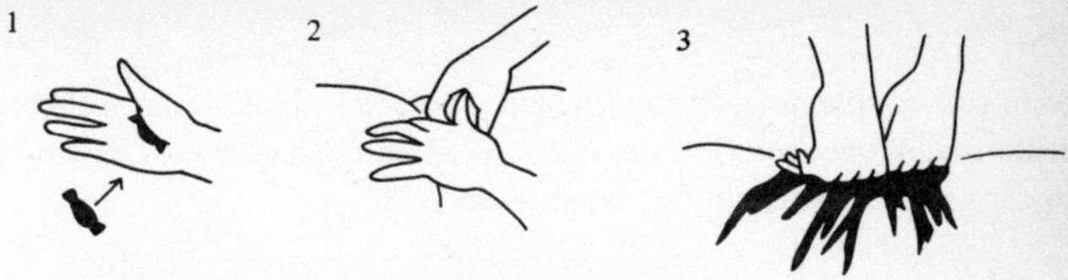

c. Le truc du sang.

Le liquide est contenu dans un petit bout de boyau ligaturé aux deux extrémités. Ce « sang » (il s'agit parfois d'un colorant) peut être séché mais sera alors dissous dans de l'eau.

1. Le « guérisseur » empalme la capsule de sang,
2. il incise le boyau avec son ongle,
3. il se mouille souvent et abondamment les mains pour dissoudre le sang séché et le faire couler en quantité suffisante.

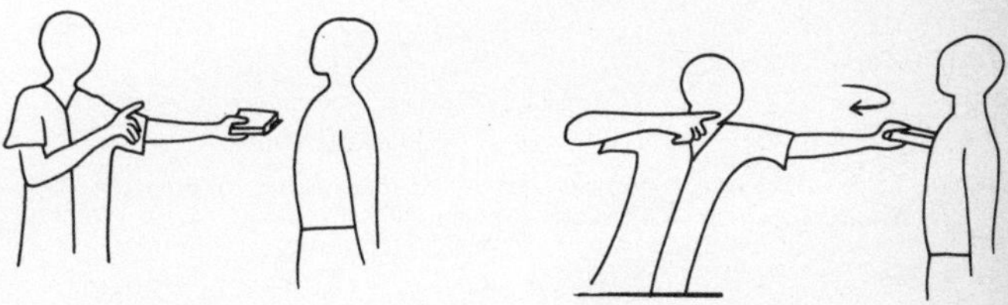

d. La coupure miraculeuse.

Deux « guérisseurs » déclarent qu'ils peuvent inciser la peau à distance. En réalité, ils appliquent une bible sur le corps du malade. De cette bible, une lame de rasoir dépasse à peine et incise légèrement la peau ; c'est une coupure très rapide et nette. Le malade ne voit ni ne sent rien (on lui a demandé de se concentrer) ; aucun sang n'apparaît avant quelques secondes. Le « guérisseur » retire la Bible et, lorsqu'il pointe son doigt vers la poitrine du malade, comme par miracle, le sang jaillit !

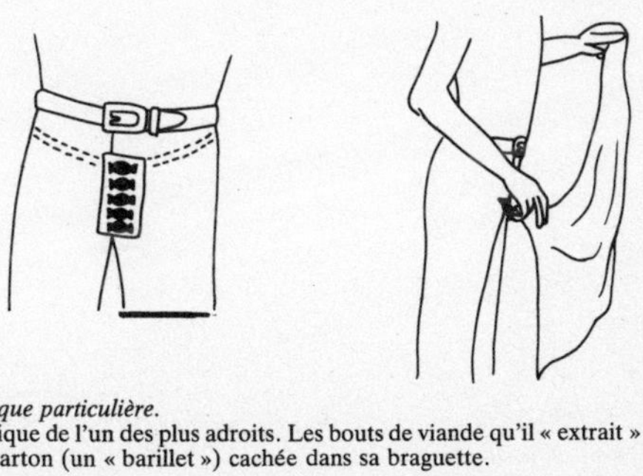

e. Une technique particulière.

Voici la technique de l'un des plus adroits. Les bouts de viande qu'il « extrait » sont disposés sur une plaque de carton (un « barillet ») cachée dans sa braguette.

des tours de magie que des personnages peu scrupuleux utilisaient (utilisent) pour exploiter de manière éhontée le désir légitime de guérison de tout malade (cf. illustrations *13*).

Alors que ces lignes cherchaient leur forme définitive, une illustration parfaite du rôle critique que doit jouer l'illusionnisme dans le domaine « paranormal » a été donnée par ce qu'il faut bien considérer comme un très gros pavé dans la mare trouble du Psi...

Références

1. M. Seldow, *Les Illusionnistes et leurs secrets,* Paris, Le Livre de poche, 1976.
2. G. Majax, *Le Grand Bluff,* Paris, Nathan, 1978.

3. Le « projet Alpha »
ou Un gros pavé dans la mare

Le fléau du monde psi

James Randi, surnommé « le Stupéfiant », est un magicien américain réputé, très doué dans son art et fier de sa profession. Il est également, depuis 35 ans, un enquêteur très actif sur les allégations du « paranormal », supernaturel, occulte... Il est le créateur des « prix Uri » (du prénom d'une célébrité du monde parapsychologique) décernés chaque année, outre-Atlantique, à ceux qui ont le plus déliré dans ce domaine ; le trophée consiste en une petite cuillère d'acier tordue reposant sur un socle de plastique translucide.

Randi est depuis longtemps, selon la belle formulation d'un magazine américain [1], devenu « le fléau du monde psi », se rendant dans de nombreux pays pour dénoncer les escrocs, les tricheurs qui prétendent posséder des pouvoirs de perception extra-sensorielle, psychokinèse, clairvoyance, prémonition ou autre fantastique merveille que ne se lassent pas de nous rapporter les éminents « parapsychologues » et les médias qui leur offrent très (trop) souvent une caisse de résonance dont la portée est véritablement disproportionnée par rapport à la « qualité » des faits allégués.

Fui ou même insulté par quelques « parapsychologues », Randi a tout de même toujours essayé de faire comprendre aux chercheurs en « parapsychologie » la nécessité d'une certaine rigueur dans leur démarche. *En vain.* Ces chercheurs ont été continuellement, d'une manière incroyablement répétitive, trompés par leurs sujets ou leurs propres désirs d'obtenir des résultats positifs. Je n'en voudrais pour « preuve » chez nous que le pitoyable exemple offert par Charles Crussard avec son « protégé » Jean-Pierre Girard, le digne émule de Uri Geller [2].

Que l'on puisse apprendre aussi peu (pour ne pas dire rien) des expériences passées doit certainement relever d'un phénomène « paranormal »...

Randi a très souvent demandé aux « parapsychologues » de resserrer quelque peu leurs contrôles de laboratoire et il a même insisté sur la nécessité de la présence d'un illusionniste compétent lors de tout test d'un « sujet psi ». *En vain.* Il décida donc il y a quelques années de monter une opération qui pourrait tester de manière très claire la compétence réelle de ces personnes qui refusaient l'aide proposée ; le nom de code choisi pour cette expérience fut « projet Alpha ».

L'existence et les résultats de l'expérience, qui a duré plusieurs années, furent annoncés publiquement le 28 janvier 1983, d'abord par un courrier de Randi aux parapsychologues, puis par une conférence de presse organisée à New York par le magazine *Discover.* Un rapport complet a été publié [3] dans la revue du Comité américain pour l'investigation scientifique des allégations du paranormal, comité dont Randi est l'une des figures les plus marquantes.

Une opportunité saisie

L'annonce, en 1979, de l'attribution d'une subvention de 500 000 dollars (environ 500 millions de centimes) à l'université Washington de Saint-Louis (Missouri) pour créer un laboratoire McDonnell pour la recherche psychique * sembla à Randi l'opportunité idéale pour faire démarrer l'expérience à laquelle il avait pensé depuis quelque temps et destinée à tester principalement deux hypothèses.

* Du nom du mécène James S. McDonnell, président de la compagnie d'aéronautique McDonnell-Douglas et fervent adepte du « paranormal ».

Les parapsychologues se sont lamentés pendant de nombreuses années sur le fait qu'ils n'avaient aucun moyen financier et *qu'en conséquence* ils ne pouvaient pas mener de « bonnes » recherches dans le domaine « psi ». La première hypothèse de Randi, liée à ces sempiternelles lamentations, était que la *quantité* du support financier n'améliorerait en rien la *qualité* des recherches menées.

La deuxième hypothèse était que les parapsychologues n'accepteraient pas l'assistance d'un expert prestidigitateur dans la définition de procédures correctes de contrôle et n'arriveraient donc pas à détecter diverses sortes de trucages de simple magie.

Il y a quelque temps, le sociologue anglais Trevor Pinch, parapsychologue à ses heures, avait directement suggéré que les sceptiques, puisqu'ils se disaient si forts, n'avaient qu'à essayer d'introduire un prestidigitateur déguisé en sujet « psi » dans un laboratoire. Le plan de Randi était ainsi, comme nous allons le voir, en accord avec les besoins exprimés par certains membres de la communauté parapsychologique !

Le directeur du laboratoire McDonnell nouvellement créé était le professeur de physique Peter Phillips qui s'intéressait à la parapsychologie depuis plus de dix ans. Il déclara à la presse que le laboratoire entendait faire de la recherche sur les torsions psychokinétiques de métal par des enfants et adolescents. Randi demanda donc à deux jeunes prestidigitateurs qui avaient été en contact avec lui et avaient exprimé de l'intérêt pour son travail critique d'écrire au laboratoire McDonnell en déclarant posséder des pouvoirs « psi ».

Le projet Alpha démarrait.

Le laboratoire de recherche psychique avait été contacté par environ 300 candidats en réponse à des annonces dans les médias. Les deux jeunes collègues en magie de Randi, Steven Shaw, employé d'hôpital à Washington (Pennsylvanie) et magicien-mentaliste à temps partiel, et Michael Edwards, étudiant à Marion (Iowa) et bien connu dans sa région comme magicien, furent les seuls sujets choisis par le laboratoire à partir de ce large groupe de candidats. Ils avaient respectivement 18 et 17 ans quand le projet démarra.

Il avait été établi, bien avant le début du projet Alpha, qu'à une date adéquate la supercherie serait révélée. De plus, les « sujets » étaient convenus avec Randi que, au cas où un expérimentateur leur demanderait directement s'ils se servaient de tours, ils répondraient aussitôt : « Oui, et nous avons été envoyés ici par James Randi. »

Avant même que les garçons soient testés au laboratoire, Randi envoya à Phillips une liste de 11 points clés concernant les tests faits avec des sujets humains. Par exemple, il le prévenait de ne pas permettre aux sujets de modifier l'expérience en en changeant le protocole. De la même manière, il suggérait que des demandes capricieuses des sujets pourraient bien être le moyen d'introduire des conditions autorisant la fraude. Par-dessus tout, Randi lui recommandait fortement la présence d'un prestidigitateur. A cette fin, il offrit d'assister aux tests du laboratoire McDonnell à ses propres frais, sans aucune demande d'être crédité de sa participation ou assistance dans les rapports qui seraient ensuite publiés.

Télépathie, psychokinèse et autres merveilles

Dès le début, les chercheurs ignorèrent ces quelques règles.

Triste habitude dans ce domaine, ce furent les « sujets doués » qui menèrent en réalité les expériences.

Inspirés par les « comédies » qui eurent lieu au SRI (Stanford Research Institute) quand Geller y fut examiné dans les années soixante-dix, chaque fois que les protocoles n'étaient pas à leur convenance, les sujets imposèrent leurs conditions par de petits accès de colère !

Bien que Randi ait clairement prévenu Phillips de ne pas permettre que plus d'un objet de test (une cuillère ou une clé, par exemple) soit placé devant le sujet pendant les tests, la table du laboratoire fut habituellement couverte de très nombreux objets. Les spécimens n'étaient pas marqués de manière permanente, mais au contraire portaient des... étiquettes de papier attachées avec des bouts de ficelle.

Dans un test de télépathie, un sujet recevait une enveloppe scellée contenant un dessin fait d'après une liste de « cibles ». Laissé tout seul avec l'enveloppe, le sujet devait ensuite rendre celle-ci à un expérimentateur qui l'examinerait avant de l'ouvrir pour voir si elle portait des traces d'altération. Le sujet annonçait alors sa sélection à partir de l'ensemble de « cibles ».

Ces séries de tests furent un magnifique succès. Pas à 100 %, uniquement parce que les garçons réalisèrent que 100 % de succès, cela ferait suspecter la fraude ; ils ont donc, à dessein, minimisé leurs succès ! La méthode pour réussir était on ne peut plus simple. Aussi incroyable que cela puisse paraître, l'enveloppe était « fermée » uniquement avec quelques agrafes ; il suffisait donc de les enlever, jeter un rapide coup d'œil au dessin et replacer les agrafes à l'intérieur des trous originaux !

Dans un cas, Michael perdit deux agrafes ; pour s'en sortir, il décida, contrairement à la règle définie, d'ouvrir lui-même l'enveloppe en présence de l'expérimentateur. La brisure du protocole ne choqua personne et ce cas fut compté comme un plein succès ; en termes clairs, le sujet avait été autorisé à modifier l'expérience, sans que cela soit déclaré comme tel.

Une autre expérience, menée par Steven, portait sur une petite plaque de plastique à la surface de laquelle un sillon peu profond avait été creusé ; dans ce sillon était posée une petite tige de métal de quelques centimètres de long. Toute l'expérience reposait sur l'hypothèse (très naïve) de base qu'il était impossible d'enlever la tige à la main sans retourner la plaque ou utiliser un instrument quelconque.

On demanda à Steven de passer son doigt sur le métal et de le courber par le pouvoir de sa pensée. Steven découvrit rapidement que la tige sortait du sillon tout simplement quand il pressait son doigt sur une extrémité, la chair pénétrant alors dans le sillon. Il enleva ensuite la tige sans se faire remarquer, la courba légèrement et la remit en place sur le côté, la gorge étant assez large pour absorber la courbure. Il ne lui restait plus qu'à passer son doigt pour tourner la tige de 90° et faire apparaître la courbure. La tige se redressait en sortant de la gorge ; cette prouesse fut bien sûr estimée impossible à réaliser par trucage.

Une autre manipulation consistait à déterminer si les « sujets psi » pouvaient faire varier l'intensité du courant nécessaire pour « griller » des fusibles ; l'intensité était augmentée graduellement jusqu'à ce que le fusible saute et la valeur ainsi obtenue était alors enregistrée. Les deux jeunes sujets obtinrent d'excellents résultats en causant, apparemment par le seul pouvoir de leur pensée, la rupture prématurée des fusibles. En fait, ils furent autorisés à manipuler librement les fusibles et purent ainsi réinsérer plusieurs fois le même fusible grillé ! Aussi bizarre que cela paraisse, le circuit était ainsi fait qu'il ne détectait pas un fusible grillé d'entrée ; il fallait que l'intensité atteigne un certain seuil. De même, les deux « psi » se rendirent compte qu'en appuyant sur le fusible dans son plot, ou simplement en le touchant au passage, les instruments enregistraient des résultats inhabituels qui étaient interprétés par les expérimentateurs comme... de merveilleux effets « psi ».

Steven suggéra même qu'il pouvait affecter une caméra vidéo. Assis devant une caméra, il agita mystérieusement les mains au-dessus de l'instrument et, par deux fois, fit varier l'image. Cet « événement » est montré dans le film officiel du laboratoire McDonnell. Alors que les chercheurs semblaient ainsi reconnaître que cet événement était impossible par d'autres moyens que « paranormaux », la solution était d'une effarante simplicité : Steve toucha simplement le bouton de contrôle sur le côté de la caméra deux fois au nez et à la barbe du personnel du laboratoire.

Pour moins d'un dollar

On donna également aux « sujets psi » de petites boîtes en plastique scellées qu'ils purent emporter chez eux ; ces boîtes contenaient divers objets qu'ils devaient affecter de manière paranormale. Les scellés étaient obtenus en perçant de petits trous dans la boîte et le couvercle et en passant au travers un fil de fer de manière à fixer le couvercle sur la boîte. La boucle extérieure du fil de fer était ensuite recouverte de cire marquée d'un symbole. Randi nous rapporte qu'il n'y eut aucune difficulté pour ouvrir les boîtes, en affecter le contenu et replacer les « scellés ». Dans quelques cas, il fallut refondre légèrement la cire pour remettre les scellés en place.

Le plus stupéfiant de l'affaire, qui a littéralement abasourdi nos trois compères (Randi, Shaw et Edwards), c'est que l'impression sur la cire était obtenue à l'aide d'un sceau portant une ancre ou un symbole d'oiseau, tampon standard de tout bon bazar.

Pour moins d'un dollar, ils furent ainsi capables de déjouer la « sécurité » d'un projet demi-millionnaire en dollars !

Ce qu'il faut également souligner, c'est le fait que, dans tous les cas où il y eut une interaction physique avec le matériel, les magiciens laissèrent intentionnellement des traces d'altération. Elles ne furent *jamais* remarquées.

Un épisode assez comique nous est offert par le test qui consistait à essayer de griller un fusible à demi enfoncé dans un bouchon, le tout étant scellé dans une boîte en plastique. Ce fusible fut grillé simplement en enfonçant des aiguilles au travers du plastique afin d'en toucher les deux extrémités ; une rapide visite à une batterie de voiture fit le reste…

Ce magnifique résultat n'émerveilla pas les membres du laboratoire, sous le prétexte que des scientifiques pensaient qu'une centrifugeuse pouvait produire le brisement du fil du fusible !

Hormis le fait qu'il semble très difficile de briser par la « force centrifuge » un fil de masse très petite comme celle du fusible, il est très facile de faire la différence entre un fusible brisé et un fusible fondu (par des moyens « paranormaux » ou autres).

En termes clairs, pour *une* fois que les chercheurs étaient dans le *vrai,* c'était pour une *mauvaise* raison !

La bande vidéo du laboratoire McDonnell montre également les sujets imposant, par le pouvoir de leur esprit, à un petit « rotor » en papier monté sur un axe de pointer dans la direction qu'ils désiraient et cela sous une cloche en verre.

Si vous pensez « cloche à vide », vous avez perdu. En fait, il s'agissait d'une cloche en verre (le couvercle d'une horloge) placée sur une base en bois possédant un sillon dans lequel venait se poser la base du dôme. Une fermeture « supplémentaire » était constituée par une feuille d'aluminium brillant disposée à l'intérieur de l'évidement.

Les garçons déplacèrent simplement le dôme et, en le replaçant, ils laissèrent tomber une petite bille d'aluminium brillant dans la fente (invisible sur le fond d'aluminium brillant lui aussi) ; ce qui créa un espace à la base du dôme, espace dans lequel en soufflant discrètement les deux « psi » faisaient tourner le rotor dans le sens qu'ils voulaient. Pouvant tout toucher librement, il leur était très facile de retirer la bille après l'expérience.

Un homme nouveau : le « psychokinète »

Un objet conçu au laboratoire pour tester les sujets du projet Alpha consistait en un aquarium retourné, boulonné et cadenassé sur une solide table. Des objets étaient placés à l'intérieur et le tout était laissé toute la nuit dans une pièce fermée à clé. Les serrures étant d'excellente qualité, et le Pr Phillips portant les clefs de la porte et du cadenas autour de son cou, la sécurité était réputée absolue.

Elle ne l'était pas. Edwards et Shaw laissèrent simplement une fenêtre non verrouillée et revinrent la nuit. Ils découvrirent plusieurs manières d'ouvrir l'aquarium « scellé » et purent ainsi faire selon leurs désirs en ce qui concerne les objets contenus qui furent découverts au matin par le personnel du laboratoire tordus, courbés, cassés, déplacés... par de mystérieuses forces paranormales. D'étranges signes cabalistiques furent même tracés par de petits objets dans une couche de café dans laquelle ils avaient été placés, ce qui impressionna fortement certains membres du laboratoire.

Le comble de ce test est peut-être que le magicien amateur à l'origine du système « aquarium scellé » pense toujours qu'il est impossible de le prendre en défaut dans sa « spécialité » de faire des containers... aux fermetures inviolables !

Le personnel du laboratoire croyait fermement que Michael et Steven étaient des sujets dotés de pouvoirs « psi ». C'est en fait cette croyance qui a rendu les tours si aisés à exécuter. Edwards et Shaw étaient d'ailleurs des « sujets psi » tellement doués que les membres du laboratoire inventèrent pour eux le terme « psychokinète ».

De simples tours de magie, effectués dans des conditions de contrôle dont le moins que l'on puisse dire est qu'elles étaient très informelles, furent déclarés événements PK (psychokinèse) et des descriptions imprécises des circonstances dans lesquelles les expériences s'étaient déroulées furent rédigées.

Un autre facteur « dormitif » pour les chercheurs du laboratoire mis en évidence par Randi est l'acceptation totale, sans la moindre question (la croyance, pour employer un mot plus précis), des travaux de leurs collègues.

Les résultats les plus douteux, sérieusement remis en question et quelquefois même violemment dénoncés par des « collègues », furent acceptés comme tels à partir du moment où cela correspondait aux besoins.

Pendant les 3 années ou Steve et Mike furent (à temps partiel, bien sûr) au laboratoire McDonnell, Randi écrivit plusieurs fois au Pr Phillips pour offrir d'assister, comme consultant, aux expériences. Le directeur du laboratoire n'accepta jamais.

En juillet 1981, à un congrès de magiciens à Pittsburgh, Randi laissa filtrer quelques vagues allusions sur le projet Alpha... et apprit 11 jours plus tard qu'une rumeur avait atteint le laboratoire McDonnell. Ceci avait été fait afin d'*alerter* les parapsychologues. Au contraire, les rumeurs furent rapportées à Steve et Mike au laboratoire comme de bonnes blagues ; on ne leur demanda même pas s'il y avait quelque chose de vrai là-dedans.

Juste avant cela, Phillips avait demandé à Randi de lui procurer une bande vidéo sur laquelle on pourrait voir de « faux effets » PK en train de se produire, avec un commentaire expliquant la manière de faire ces tours. Philipps voulait présenter cette bande au meeting de l'Association de parapsychologie en août à Syracuse (New York). Randi accepta et lui fit parvenir une bande où on le voyait effectuer de nombreux tours de PK avec, « dans un but éducatif », un épisode où l'on voit Uri Geller utiliser lors d'une torsion de cuillère une des méthodes dévoilées (la bande vidéo en témoigne). Le magicien demanda en retour une copie de la bande vidéo du laboratoire sur les sujets en cours de test, bande qui avait été préparée afin d'être montrée parallèlement à la sienne au congrès de Syracuse.

A cette convention, Phillips montra les deux bandes et fut littéralement... accusé de travailler avec Randi dans le but de discréditer l'Association de parapsychologie !

Après le congrès, Randi mit Phillips au pied du mur et insista pour lui désigner, ainsi qu'à son principal chercheur, les points où la bande vidéo montrait l'évidence de la fraude. Visiblement secoués, les deux hommes remercièrent Randi qui les quitta raisonnablement persuadé de les avoir impressionnés assez pour modifier leur point de vue. Randi contacta alors Edwards et Shaw pour les informer que Phillips était maintenant très soupçonneux et que le projet Alpha allait probablement se terminer.

Les filets s'élargissent

A leur retour au laboratoire, Steven Shaw et Michael Edwards se rendirent compte de grands changements dans le protocole ; les précautions tenaient maintenant compte des recommandations de Randi. Par exemple, les échantillons étaient marqués de manière très visible, macroscopique, et également de manière moins évidente, microscopique.

Notons au passage qu'il s'agit du système que Randi avait créé pour les tests qu'il fit avec Chris Evans et David Davies en France pour le magazine *Nature* sur le « sujet psi » Jean-Pierre Girard ; ce médium aux pouvoirs tant célébrés chez nous, et dont je vous ai déjà dit ce qu'on pouvait en penser (cf. p. 131), échoua complètement dans une série de tests sur des barres de métal cylindriques portant sur leur longueur des bandes diversement colorées (une rotation destinée à révéler une torsion préaccomplie était ainsi rapidement mise en évidence) et identifiées également par de très petites gravures faites sous microscope [2].

Devant les succès obtenus par les deux « sujets psi », de nombreux parapsychologues extérieurs au laboratoire McDonnell désiraient fortement tester leurs fantastiques pouvoirs. Deux célébrités de la parapsychologie, le Dr Berthold Schwarz et le Pr Walter Uphoff, n'ont pas tari d'éloges sur les deux sujets. Le Dr Schwarz a même fait paraître en 1982 un article de 51 pages intitulé « La domestication du Poltergeist, observations cliniques sur la télékinèse de Steve Shaw [4] », article dans lequel il rapporte avec enthousiasme les expériences faites, avec Steven Shaw comme sujet, chez lui et au National Institute for Rehabilitation Engineering (NIRE) à Butler dans le New Jersey.

En fait, bien sûr, l'expérimentateur était Shaw et Schwarz était le sujet !

La liste des « expériences » serait trop longue à rapporter. Je vous dirai seulement qu'à un moment on donna une caméra à Steve et on lui demanda de photographier, entre autres, le directeur du NIRE. Le film développé montra un curieux « tourbillon » au centre de quelques images. J'ose à peine vous dire ce que le grand psychiatre Schwarz découvrit dans ce tourbillon : des visages mouvants, un bébé, un portrait de Jésus, un OVNI... et j'en passe ! Ces figures qui ne pouvaient bien sûr avoir été produites que par des moyens paranormaux étaient dans la réalité dues au fait que Steve avait... craché sur l'objectif !

Dans d'autres occasions, les deux jeunes prestidigitateurs sujets psi purent voir dans ses œuvres John Thomas Richards, le « médium » qui travaille avec le célèbre William E. Cox, et eurent ainsi du mal à ne pas s'écrouler de rire quand ils le virent produire ses phénomènes paranormaux (esprit frappeur entre autres merveilles) par des moyens simples qu'ils connaissaient bien, le tout étant bien sûr déclaré valide et exempt de toute fraude par les brillants esprits chercheurs en parapsychologie.

Un autre grand croyant, le Pr Otto H. Schmitt (Minnesota), a testé les garçons. Ces derniers eurent à cette occasion une magnifique inspiration. Schmitt leur avait donné de petites montres à affichage digital scellées de manière permanente en leur demandant d'essayer de les affecter par leurs pouvoirs paranormaux.

Mike profita d'une pause repas dans un restaurant self-service pour glisser la montre dans son sandwich et placer ensuite ce dernier dans le four à micro-ondes qui réchauffe les plats. Comme l'on pouvait s'y attendre, la montre devint folle et les louanges du Pr Schmitt sur ce qui, selon lui, était de merveilleux exemples de forces psychiques se répandirent dans les médias...

Un peu après, un congrès de parapsychologie à Madison (Wisconsin) programma Mike, Steve et Masuaki Kiyota (un tordeur de cuillères, sujet principal du livre lucratif de Uphoff, *Mind over Matter*). L'éblouissant final de ce meeting de parapsychologie fut l'apparition de Uri Geller dans sa torsion routinière fort appréciée aussi chez nous par les courageux esprits qui luttent contre les « tabous scientifiques ».

James Randi, rejeté en tant que tel par Uphoff, avait pu s'inscrire sous le pseudonyme d'Adam Jersin (cela vous rappelle quelque chose ?). Il s'y rendit avec une barbe teinte, une perruque rousse et autres gadgets criants complétant son déguisement. Le magicien poussa même la plaisanterie jusqu'à se faire dédicacer des livres par... Uphoff et Geller en personne ! Pour apprécier tout le piment de la situation, je signale que Uri Geller a été publiquement dénoncé comme un escroc par Randi dans son ouvrage *la Vérité sur Uri Geller* [5].

Après ce congrès, Steve et Mike partirent pour l'Angleterre où ils purent faire profiter de larges auditoires de leurs dons miraculeux ; ce qu'une certaine presse répandit bien entendu très largement...

Cela dura quelque temps, puis vint une conférence de presse, le 28 janvier 1983...

Voilà donc l'historique du projet Alpha.

Errare Humanum est, sed...

Randi pense que si le projet Alpha a permis de faire prendre conscience aux parapsychologues qu'ils peuvent être trompés par les sujets ou par eux-mêmes (ignorance des principes de l'illusionnisme et convictions préétablies), alors son but aura été atteint.

Certains parapsychologues ridiculisés se rabattirent sur l'argument choc que j'ose à peine reproduire : « Steve et Mike ont été des sujets psi tout le temps et mentent quand ils disent qu'ils ont truqué » ou encore : « Comment peuvent-ils savoir qu'ils sont des truqueurs ? » On croit rêver. On se demande vraiment pourquoi des chercheurs à l'esprit aussi brillant n'appliquent pas leur richesse de pensée aux sciences plus conventionnelles pour faire évoluer les connaissances humaines.

D'autres parapsychologues ont argué du fait qu'ils ont publié simplement des feuilles d'information, des rapports, etc., et qu'ils n'ont pas fait de publication scientifique « sérieuse » sur le sujet. Cette échappatoire consiste à dire : « J'ai le droit d'affirmer et de répandre des imbécillités mais vous n'avez pas le droit de le faire remarquer, puisque je n'ai pas publié sérieusement. »

Quelques voix commencent toutefois à dire, dans les rangs même de la parapsychologie, que cette expérience était « nécessaire », « splendide », « utile », « un assainissement important »... On peut alors se poser la question : pourquoi ne l'ont-ils pas faite eux-mêmes ? Y a-t-il eu réellement prise de conscience chez certains parapsychologues ? On aurait pu le penser en voyant, dans un premier temps, P.R. Phillips lui-même (le directeur du Laboratoire de recherche psychique) écrire à Randi pour le féliciter de l'expérience « qui fut bien conçue et bien conduite » et pour l'assurer qu'il avait « un grand respect pour la manière dont le projet Alpha avait été mené [6] ». Mais, dans un deuxième temps, lors d'un colloque, en octobre 1983, organisé à l'université de l'État de New York, à Buffalo, sur le thème « Science, scepticisme et paranormal », ce même Phillips, dans une note assez acrimonieuse distribuée par des adeptes du paranormal, reproche à Randi d'avoir contrevenu à l'éthique de la recherche en faisant pénétrer les deux jeunes gens dans le laboratoire sous une fausse qualité. Devant un tel cheminement de pensée, on ne peut que songer au vieil adage : *perseverare diabolicum*...

Je propose pour ma part d'applaudir très fortement James Randi et ses deux jeunes collègues Steven Shaw et Michael Edwards pour la magnifique expérience qu'ils ont su mener à bien sur près de 4 ans.

Cette expérience aura peut-être pour conséquence de désigner les illusionnistes comme les « ennemis » du domaine « psi », pour reprendre le vocabulaire guerrier de Crussard qui juge du « danger » des arguments et non de leur valeur *.

De toute manière, c'était déjà le cas. Les ondes « négatives » que dégagent les illusionnistes étaient déjà les plus nocives et, par voie de conséquence, les magiciens les personnes les plus rejetées.

Il y a deux raisons qui font que les conditions permettant de détecter les fraudes sont plus essentielles encore dans le domaine PK que dans tout autre :

1. les allégations sont extra-ordinaires et demandent donc des preuves très fortes,
2. ce domaine a toujours été imbibé de fraude.

Je rappellerai ici le cas de W. Levy (successeur de J.B. Rhine à la direction du célèbre Institut de parapsychologie de Durham) pris en flagrant délit de fraude. Un peu plus en arrière dans le temps, à l'époque où d'éminents physiciens étaient convaincus de la réalité des tables

* Dans une lettre à François de Closets parue dans *Science et Avenir,* n° 366, août 1977, p 718 (« Courrier des lecteurs »), Charles Crussard, directeur scientifique à Péchiney-Ugine-Kuhlmann, nous apprend qu'il a « souhaité rencontrer Randi pour jauger le *danger* (souligné par moi, H.B.) de ses arguments ». Vous pensez qu'il s'agit d'un « écart » de langage ; eh bien non, car M. Crussard récidive juste après et peut ainsi « tout de suite rassurer (François de Closets) en ce qui concerne nos essais avec J.-P. Girard, ce *danger* (souligné par moi, H.B.) est nul »... et nous rapporte également un peu plus loin que Randi « a concentré ses *attaques* (souligné par moi, H.B.) sur quelques essais de flexion de barres longues »...

tournantes et autres ectoplasmes, un service énorme fut rendu à la science par les Robert-Houdin, Robin, Houdini, Heuzé qui démasquèrent les imposteurs. Randi est leur digne successeur dans ce combat pour la raison.

La torsion de métal par des moyens paranormaux représente en effet une telle violation des lois de la nature que la *première* tâche de tout expérimentateur compétent doit être de déterminer si un « sujet psi » qui tord des cuillères est en train de tricher ou non.

Pour généraliser, on peut dire que, sans la présence d'un illusionniste compétent, *aucun* test d'un « sujet psi » ne mérite ne serait-ce que 10 centimes de crédit ; c'est une des importantes leçons de la mystification montée par Randi.

Ce projet représente un triomphe de la méthode scientifique, exercée par un magicien prenant comme sujets des scientifiques qui ne l'exerçaient pas !

Les parapsychologues croient (ou font croire) qu'ils appliquent la méthode scientifique dans leurs recherches et se replient, pour expliquer leurs échecs, sur de pauvres excuses. Randi a également jeté un éclairage particulier sur cet aspect de la question. Il faut à ce propos rappeler qu'il n'appartient pas aux sceptiques de prouver que le « paranormal » n'existe pas (impossibilité logique) mais que la charge de la preuve appartient aux parapsychologues, qui, curieusement, l'oublient très souvent !

La mise en lumière, de manière peut-être crue mais indiscutable, de l'incompétence flagrante d'enquêteurs du domaine « psi » est un des plus grands services rendus à la cause de la démarche scientifique.

Ce gros pavé dans la mare « psi » ne fera sans doute pas vaciller les certitudes de plusieurs de nos savants spécialistes en « parapsychologie », mais permettra au public informé de l'existence et des résultats du projet Alpha de mieux se rendre compte du vide complet sur lequel repose (!) actuellement le spiritisme moderne.

Les mots parapsychologie et psychotronique font peut-être plus sérieux, mais où est la différence ?

Références

1. Magazine *Discover,* mars 1983.
2. J. Randi, *Flim-Flam !, op. cit.,* p. 284-292.
Voir également *La Recherche,* n° 83, novembre 1977, p. 1 002 ; n° 86, février 1978, p. 187 et n° 89, mai 1978, p. 508.
3. J. Randi, *The Skeptical Inquirer,* vol. VII, n° 4, été 1983, et vol. VIII, n° 1, automne 1983.
J'ai publié, en collaboration avec Michel Rouzé, un compte rendu de l'expérience : « Le projet d'Alpha : rapport sur trois années de “ psi ” », *Science et Vie,* n° 796, janvier 1984, p. 8.
4. B. Schwarz, *Journal of the American Psychosomatic Dentistry and Medecine,* supplément au journal, n° 6, 1982.
5. J. Randi, *The Truth about Uri Geller,* New York, Prometheus Books, 1983 (édition revue et augmentée de *The Magic of Uri Geller,* New York, Ballantine Books, 1975).
6. Lettre de P. R. Phillips à J. Randi du 8 février 1983. James Randi m'a aimablement communiqué une documentation (sur le « projet Alpha » et ses conséquences) dont cette lettre fait partie.

Réflexions

1. Paranormal et zététique

Après ces divers chapitres sur quelques documents, hommes et méthodes du « paranormal », chapitres qui, je le répète encore, ne se sont pas voulus traitements exhaustifs mais uniquement illustrations représentatives d'un propos, je voudrais maintenant revenir à ce propos plus général en essayant de dégager quelques idées forces.

Les caractéristiques du paranormal

Globalement, les cultes de déraison et tout ce qui, de manière générale, peut être recouvert par l'étiquette « paranormal » attirent et fascinent. Ils permettent de contourner les « frontières de l'inconnu »...

La parapsychologie, quant à elle, présente un attrait supplémentaire dans notre civilisation à la technicité galopante : elle semble offrir « enfin » une réconciliation entre l'intuition et la rationalité que tant de personnes supposent complètement déconnectées.

Une des sources de l'occultisme est ce que l'on peut nommer l'angoisse existentielle qui se traduit, dans ce domaine, par le symptôme caractéristique d'une agressivité aiguë envers quiconque ose mettre en doute ou contester. Pour beaucoup de nos concitoyens, il y a, d'une part, le monde de tous les jours et ses tracas et, d'autre part, la nécessité, le besoin (d'où l'existence) d'un autre monde, un autre univers. Une des méthodes de diversion vers cet « ailleurs » est la recherche de gratifications au seul niveau de l'imaginaire, avec toutes les conséquences que cela peut entraîner.

Ce qui se dégage de l'ensemble de telles « fuites », qu'il est inutile ici de toutes passer en revue, est la caractéristique commune sous-jacente à tout le « paranormal », à savoir : la pensée magique l'emporte très largement sur la pensée rationnelle. Par opposition à cette dernière, la pensée magique ne redoute ni l'obscurité ni les contradictions. Au contraire, on peut même dire que *la difficulté de compréhension et l'ambiguïté des significations sont reçues comme autant de gages fondamentaux de l'authenticité et de la profondeur d'une connaissance.*

La caractéristique de la « démarche » magique peut être définie par : « analogies et correspondances ». En effet, au lieu de rechercher entre les phénomènes des rapports de cause à effet, la démarche magique cherche à établir entre lesdits phénomènes des liens par analogie et correspondance (la différence entre corrélation et causalité n'est pas toujours très bien perçue). L'inhibition du sens critique est totale.

Un des leitmotive, sinon *le* leitmotiv, du « paranormal » consiste à déclarer que des « forces » peuvent être mises en valeur par certains individus ou que quelques individus ont « obtenu » l'accès à une connaissance secrète...

Ce qui mérite d'être souligné est le fait que, généralement, les individus qui sont censés posséder des « pouvoirs » n'en sont pas les générateurs mais uniquement les « focaliseurs », les « médiums ». On peut donc dire, en schématisant à peine, que le « paranormal » a une existence propre. Il n'est pas nécessairement « focalisé » sur un individu mais, lorsque cela est le cas, cet individu devient un « élu » ; ce qui rappelle fortement le phénomène « surdoué », domaine où l'on retrouve, par un hasard qui n'en est pas un, les mêmes personnages...

Imperméable à toute analyse, cette « élection » a pour conséquence que l'on ne peut blâmer l'individu lors d'un échec puisqu'il n'est que le médium de ces pouvoirs et non point la source. Plus grave encore, on assiste, chez les non-élus, à l'émergence d'un *fatalisme béat* qui incite, par exemple, les jeunes gens à penser qu'ils ne pourront jamais être des participants conscients, des *acteurs* compétents dans le monde. En effet, dans ce type de raisonnement, on ne devient pas « sensitif », on est (on naît ?) ou on n'est pas ! Le manque d'initiative ou l'échec dans une action entreprise deviennent justifiables, quelquefois inévitables. C'était écrit... Le destin explique l'échec.

L'« élection » aboutissant à la déresponsabilisation de l'individu, les tenants du « paranormal » contribuent ainsi à une mystification de la connaissance qui a pour résultat une conception du monde dans laquelle de nombreux éléments sont irrémédiablement hors de la compréhension, hors du contrôle, de la majorité des individus. Cela est particulièrement grave pour les enfants chez qui nous devons, dans toute la mesure de nos moyens, développer l'initiative et la confiance en soi. Nous devons leur montrer ainsi que le monde ne se stratifie pas en ceux qui sont « élus », savent et agissent et ceux qui s'étonnent, regardent et suivent sans comprendre.

La meilleure thérapie contre la déformation nuisible des modes de pensée à laquelle nous assistons actuellement est très certainement le développement et l'utilisation d'une réflexion critique, le développement et l'utilisation de la zététique *.

Il ne suffit pas...

Bien qu'il y ait une différence énorme entre, d'une part, un usage soigneux des méthodes de recherche et, d'autre part, une tendance à des généralisations hâtives basées sur des évidences tenues, il faut bien sûr se garder de toute forme extrême de scientisme qui serait alors tout aussi

* Zététique : la méthode zététique, ou, substantivement, la zététique, méthode dont on se sert pour pénétrer la raison des choses (Littré).

dogmatique que le subjectivisme dont nous déplorons ici les conséquences. Les limites (non figées) de la science doivent être acceptées en tant que telles ; il est bien évident que la démarche scientifique n'a pas sa place dans tous les domaines et cela doit être rappelé. La démarche scientifique n'a de sens que dans un contexte limité (ce qui ne veut pas dire petit) et la rationalité scientifique n'empiète en rien sur la liberté de penser et de rêver. L'imagination vagabonde est une des composantes fondamentales de l'être humain mais il ne faut pas confondre poésie, rêverie, spéculation, hypothèse de salon et hypothèse de travail. Kipling disait : « Rêve, mais sans laisser ton rêve être ton maître. »

Ceci étant clarifié, comment pouvons-nous développer, comment pouvons-nous cultiver la démarche zététique ?

Un des lieux privilégiés, dans notre type de société, pour permettre ce développement est l'ensemble du système éducatif. Encore faut-il que la forme soit bien définie lorsque l'on est d'accord sur le fond !

Il ne suffit pas d'informer les enfants et jeunes gens des faits bruts ou encore de « répandre » un ensemble de connaissances. En effet, une telle éducation ne serait rien d'autre que l'apprentissage de la routine, une forme d'endoctrinement, et irait, bien sûr, à l'encontre du but recherché. Il faut ajouter, de manière complémentaire, le développement chez l'individu de l'intelligence critique, du « scepticisme ». Cela doit être un des objectifs clés de l'éducation, à l'intérieur comme à l'extérieur du milieu scolaire.

Il ne suffit pas pour former des « citoyens responsables » de faire mémoriser, emmagasiner des amas de faits aux adolescents lors de leur scolarité ou aux adultes après cette scolarité. Il ne suffit pas de leur donner la maîtrise d'une spécialité ou une profession. Cela est nécessaire, mais non pas suffisant. L'éducation ne doit pas se restreindre à cela. Une des tâches principales doit être de donner la possibilité de tester des idées, d'évaluer des hypothèses sous une forme ou une autre, d'apprécier des arguments à leur juste valeur... en bref de faire acquérir ou de développer un comportement objectif et impartial vis-à-vis de l'information reçue.

Il faut de même se rappeler que, au-delà de l'enseignement, se place la culture et que cette dernière sera atrophiée si elle n'est point prévue comme un des objectifs de l'enseignement. En effet, comme Paul Langevin le précisait déjà, « il est essentiel de donner un sens dynamique à la culture : l'enseignement ne peut donner, en réalité, qu'un commencement de culture, qui met l'individu à même de désirer et de goûter celle-ci »...

Il faut également se garder d'imaginer que le simple fait d'être dans une société scientifique et technique « avancée » ait pour implication une élimination rapide de la pensée irrationnelle. *Au contraire,* si nous n'y prenons garde, le danger existe que la science elle-même soit pénétrée par des modes de pensée non rationnels et pénétrée d'autant plus fort et plus profondément que la technique prend une ampleur de plus en plus nécessaire. La science moderne, par sa complexité, semble être devenue quasiment incompréhensible ; ses résultats, tels qu'ils sont présentés, sont aussi crédibles ou aussi inintelligibles que les effets de la magie...

On dit quelquefois que les enfants et jeunes gens d'aujourd'hui comprennent beaucoup mieux la science. Rien n'est moins sûr... Les « jeunes » sont, à notre époque, peut-être beaucoup moins effarouchés par la science et la technologie que leurs prédécesseurs (une absurdité, cher Watson, si l'on pense à la technique actuelle, une possibilité si l'on pense à la technique dont disposaient nos aïeux quand ils étaient jeunes) mais ils ne me semblent pas la *comprendre* plus. Beaucoup d'enfants peuvent en effet parler de science et cela sonne comme s'ils savaient de quoi ils parlent, mais cela *sonne* seulement... Comme l'ont déjà très bien souligné deux philosophes [1], faut-il, dans un tel climat de « compréhension », s'étonner ensuite du développement extraordinaire, de l'essor sans précédent que connaissent les pseudo-sciences ? Quand les gens en sont quasiment arrivés à acheter leur ordinateur personnel sans même avoir le moindre rudiment sur son mode de fonctionnement hormis de savoir quelle est la touche à frapper pour obtenir ceci ou cela, comment pourraient-ils ne pas ajouter à leur nouvel achat les calculatrices de biorythmes ou d'horoscopes ?

Le but de l'éducation au sens large doit donc être de former des personnes aptes à la réflexion, réceptives aux nouvelles idées et capables d'avoir une attitude « sceptique ». Nous ne devons pas nous borner à la transmission nécessairement finie d'une matière, d'un sujet ou d'une discipline. La relation « informateurs-informés », enseignants-enseignés, ne prend sa pleine signification que si elle stimule un processus dynamique de recherche d'informations.

Je voudrais, au passage, attirer l'attention sur le fait que cet objectif est d'autant plus nécessaire que *nous sommes actuellement dans une phase de modification des processus d'acquisition des connaissances et que, de plus, l'expansion de l'information est essentiellement caractérisée par une substitution de l'image visuelle et de la sensation immédiate au symbole écrit et à l'analyse étayée.*

En effet, en tant que moyen de communication, le symbole écrit (le livre, par exemple) permet, pour une information, l'analyse détaillée, construite, critique, et disponible sur un intervalle de temps conséquent, alors que les médias actuels font une place grandissante à l'image instantanée et aux stimuli qu'elle déclenche (la télévision pour redonner un exemple).

Cette substitution « symbole écrit-analyse étayée » par « image visuelle-sensation immédiate » (indépendamment du sujet traité) est essentiellement due au développement des médias électroniques. C'est-à-dire qu'elle est, en partie, le résultat du *support* de l'information et non point du *contenu* de cette même information ; raison pour laquelle ce remplacement fondamental passe relativement inaperçu.

Ce problème du progressif et sournois *remplacement de la raison par la sensation* mériterait d'être largement pris en considération et étudié de manière globale. En ce qui nous concerne ici, c'est une de ses conséquences qui m'intéresse particulièrement, à savoir : ce remplacement conforte de manière évidente le type de pensée qui sous-tend le « paranormal » et donc augmente l'audience de ce dernier.

Développer la zététique

Revenons-en au développement de la zététique qui est le but fixé, but que cet ouvrage voudrait s'efforcer d'atteindre. Comment peut-on définir, essayer de définir, ce « comportement scientifique » ?

Tout d'abord, et j'insiste sur ce point, avoir des « lettres de créance » scientifiques dans un domaine donné ne signifie en aucune façon adopter *automatiquement* une attitude scientifique dans d'autres domaines, face à d'autres problèmes.

Il faut également souligner que la capacité de poser un problème en des termes justes représente souvent un pas en avant d'ampleur décisive, ce qui montre que le plus important n'est pas forcément le résultat.

C'est la méthode plus que le résultat qui, en fait, caractérise l'esprit de la science.

Cela dit, un des principes clés de la méthodologie scientifique est le fait que *personne* n'est légitimé pour déclarer vraie une allégation s'il ne peut l'étayer de preuves ou d'arguments.

Il ne suffit pas d'être persuadé « intérieurement » de la justesse ou de la véracité de certaines « convictions » pour en faire des vérités scientifiques. Une condition nécessaire est que ces convictions doivent être, à un certain niveau, objectivement vérifiables par d'autres personnes. Une opinion justifiée ne l'est pas parce qu'elle semble subjectivement vraie. Elle l'est parce qu'elle a été confirmée par une communauté de chercheurs ; elle l'est parce qu'elle est reliée à une justification rationnelle qui est indépendante des désirs.

Les critères pour tester une conviction dépendent du sujet considéré et sont donc par là même spécifiques, mais l'on peut toutefois définir des critères généraux qui doivent, *nécessairement* et *simultanément,* être pris en considération quel que soit le sujet abordé. Par exemple :

— L'*évidence* des faits, qui constitue ce que l'on pourrait appeler le « critère expérimentaliste ». Avant toute tentative d'explication d'un phénomène, il faut bien évidemment s'attacher d'abord à la vérification de l'existence réelle dudit phénomène. Ce que l'on « oublie » quelquefois dans le domaine « paranormal ».

— Les *arguments* avancés doivent être compatibles avec d'autres théories établies et s'enchaîner rigoureusement, c'est-à-dire qu'ils doivent répondre à un « critère de cohérence logique ».

— Les *conséquences* observées ou déduites : ce qui constitue un « critère utilitaire ».

La science ne dispense pas constamment des vérités, des « révélations » globales ; elle conçoit lentement des approximations de plus en plus fines de la réalité. En fait, la science emploie les mêmes méthodes d'intelligence critique que celles dont tout un chacun fait usage dans sa vie de tous les jours, dans sa formulation d'idées sur le « monde pratique ». A peu de chose près, c'est la même méthode que toute personne utilise lorsqu'elle fait des plans, des projets, choisit et décide. En effet, on ne peut pas ne pas l'utiliser lorsque l'on a affaire aux problèmes concrets que l'on rencontre dans l'existence.

La méthode scientifique n'est donc pas un quelconque art ésotérique auquel seuls quelques rares initiés pourraient avoir accès.

Le paradoxe consiste en ce que de très nombreuses personnes abandonnent l'usage de leur esprit critique, de leur intelligence pratique quand elles abordent les sujets « transcendantaux » et que, de plus, cet abandon, par une rétroaction inévitable, n'est pas sans effet sur leur comportement initial. Cette situation met, en quelque sorte, en évidence l'aptitude déplorable de l'esprit à ne voir et ne retenir dans sa perception du monde que les aspects conformes à ses préconceptions ou ses pulsions névrotiques.

Lorsque les preuves ne sont pas suffisantes dans un domaine donné, nous devons, si possible, suspendre notre jugement. Il faut alors établir des hypothèses d'essai basées sur des degrés de probabilité, hypothèses qui ne doivent en aucun cas être considérées comme absolues ou finales ; de même, dans les sciences qui font intervenir le facteur temps sur une certaine échelle et où l'expérience est quasiment impossible. Lorsque, de plus, intervient un facteur historique, tout recours à la méthode expérimentale est illusoire et l'on doit donc apprécier le degré de probabilité d'une hypothèse, comme nous le dit Léonard Ginsburg [2] :

a. à la solidité de ses étais,

b. à la rigueur et à la continuité de sa construction,

c. à sa non-contradiction avec les faits,

d. à sa fécondité.

— Les étais doivent être solides, c'est-à-dire que l'idée de base doit s'appuyer sur des faits et non sur l'imagination.

— La construction doit être rigoureuse, c'est-à-dire que les différentes parties du raisonnement doivent s'enchaîner de manière rationnelle et éviter les lacunes qui permettent l'introduction de suppositions qui rejailliront sur le résultat final et diminueront donc son coefficient de probabilité.

— Le principe de non-contradiction avec les faits est un critère sélectif, c'est-à-dire que la théorie doit expliquer les phénomènes concernés mais aussi ne pas contredire d'autres phénomènes et qu'en conclusion elle est ou *possible* ou fausse.

— Quatrième point : la fécondité. Si plusieurs hypothèses ont passé le filtre de la non-contradiction, on peut juger de leur fécondité respective par l'ensemble de phénomènes qu'elles expliquent, l'ensemble des données qu'elles permettent de réunir. Le degré explicatif d'une théorie entre donc dans le coefficient de probabilité et cela corrobore le principe de parcimonie des hypothèses.

Références

1. D. Radner et M. Radner, *Science and Unreason,* Belmont (USA), Wadsworth Publishing Company, 1982. Un ouvrage fondamental.

2. L. Ginsburg, « Comment tuer les dinosaures ? », *Science et Avenir,* n° 340, juin 1975, p. 602.

2. Des stigmates au chasseur de sangliers

ou A la découverte et re-découverte de quelques facettes de l'art du doute

A la lecture des chapitres précédents, on peut se rendre compte, comme l'ont souligné des collègues canadiens [1], qu'un besoin existe : un besoin de « moyens » pratiques d'enquête critique. *C'est ici que peut se situer un réel intérêt des pseudo-sciences.* En effet, par un juste retour des choses, les phénomènes « paranormaux » offrent un support motivant qui peut permettre de focaliser l'attention et, par les cas quelquefois outrés qu'ils présentent, de bien faire comprendre certains points de la méthodologie scientifique.

L'ensemble du propos de cet ouvrage était de permettre d'identifier, d'analyser et de comprendre une théorie pseudo-scientifique : les réflexions qui vont suivre ont donc également ce but, mais je pense qu'il peut être utile de faire remarquer tout d'abord que *la pseudo-science porte ses propres stigmates,* c'est-à-dire qu'une théorie « paranormale », quelle qu'elle soit, présente, simultanément ou non, des marques particulières, comme par exemple :

— Le recensement des « mystères » : les mystères sont le fondement même de la théorie (en science les « anomalies » arrivent toutes seules « sur » le scientifique ; on ne les cherche pas en tant que telles).

— Le mythe pour preuve : l'hypothèse est censée être confirmée par le mythe auquel on fait appel.

— L'analogie pour preuve : l'hypothèse est censée être cohérente avec les connaissances scientifiques parce qu'elle est analogue à quelque chose de déjà accepté.

— L'approche « bulldozer » : la quantité de cas est censée confirmer..., la variété des cas est censée confirmer..., l'infirmation des théories concurrentes est censée confirmer...

— La forme scénario : pas de théorie, pas de loi, uniquement une histoire, un scénario.

— La forme inrévisable : la « théorie » est à prendre telle quelle ou à laisser (refus de réviser l'opinion à la lueur des critiques).

— La forme incriticable : la « théorie » est basée sur des déclarations si vagues que la critique n'a pas de prise.

— Un mode particulier de rejet des données : ce rejet se fait essentiellement par la démonstration de fraude ou de possibilité de fraude (en science, le rejet des données se fait essentiellement par l'accroissement des connaissances des chercheurs sur leur sujet).

...

Sans vouloir, bien sûr, tenter de passer en revue l'ensemble des multiples facettes de l'art du doute que constitue un système autocorrectif de découverte comme la science, je voudrais maintenant livrer, sans ordre préconçu, quelques réflexions.

L'erreur est humaine.

Ne pas oublier cette évidence peut à la fois permettre de comprendre (sur le plan humain) les « écarts » dans le « paranormal » de quelques personnes par ailleurs tout à fait estimables, et également de demeurer conscient que l'on peut soi-même être en train de commettre une erreur.

La faillibilité permanente ne l'est pas.

Il en va de la faillibilité permanente comme de l'infaillibilité : ni l'une ni l'autre ne sont le privilège de quelques-uns ou même d'un seul. Mais, si pour la deuxième, cela peut sembler une évidence, en ce qui concerne la première l'on y prête beaucoup moins d'attention. C'est pourquoi je me permettrai de rappeler ici que *personne* n'a le privilège de *toujours* se tromper. Même un astrologue ou un voyant fera quelquefois des prédictions qui se révéleront justes par la suite.

La charge de la preuve appartient à celui qui déclare.

« Est-ce qu'on ne pourrait pas trouver enfin un contradicteur ? On n'en trouve jamais, cela devient lassant [2]. » Ce cri du cœur d'un parapsychologue militant pourrait laisser supposer que la balle est dans le camp des « sceptiques » et qu'il leur appartiendrait de contredire, de montrer la fausseté de la parapsychologie. C'est pourquoi il me semble nécessaire de rappeler, dans un sens beaucoup plus large, que c'est à celui qui affirme quelque chose de neuf d'amener la preuve de la validité de ce qu'il déclare *. Il faut bien se garder d'*inverser* les rôles, ce que cherchent à faire très souvent les tenants du « paranormal ». Par exemple, à la question : « Pourquoi êtes-vous tellement sceptique au sujet des fantômes ? », on est évidemment tenté de répondre en donnant les raisons qui font que l'existence des fantômes nous paraît hautement improbable. Ce qui est, à mon avis, une erreur (que je commets parfois moi-même) car la seule réponse juste est plutôt la question elle-même : « Pourquoi, *vous*, croyez-vous aux fantômes ? »

Un mot écrit n'est pas auto-validant.

L'impact de la chose écrite est beaucoup plus profond que ce qu'une analyse superficielle pourrait laisser supposer. De même, il faut insister sur le fait que poser une hypothèse ne constitue en rien une confirmation de celle-ci ; il faut en tester les conséquences et examiner les alternatives possibles.

Quantité n'est pas qualité.

Sans les arguments, une théorie est *au mieux* une spéculation intéressante. Pour éviter cet écueil, on ne doit point être conduit à

* Dans cette optique, j'ai lancé sur le service Minitel ZET un appel à preuves-défi aux détenteurs de « pouvoirs spéciaux » en leur offrant la possibilité de faire tester la réalité de leurs dons par l'illusionniste Gérard Majax et moi-même. Le « défi Majax-Broch » est assorti d'un *prix de 50 millions de centimes !* Avis aux amateurs.

déclarer recevable une argumentation quelconque. Ce n'est pas la *quantité* de preuves qui fait qu'une théorie est correcte mais la *qualité* de la preuve ; de même, une collection d'anecdotes ne constitue pas une évidence scientifique.

Possible n'est pas toujours possible.

Le mot possible est très (trop) souvent utilisé par les tenants du « paranormal ». Or ce terme peut recouvrir en fait, suivant le cas, des « réalités » bien différentes qu'il faut distinguer tout de même un peu. On peut schématiquement distinguer possibilité physique et possibilité logique.

— Une possibilité physique est un événement permis par les lois de la nature : on peut « être à une place donnée à deux instants différents » mais non « être à un instant donné à deux endroits différents ».

— Une possibilité logique est simplement un événement décrit par une phrase non autocontradictoire : « Un parapsychologue est un homme doué de raison » est une possibilité logique, « Un homme n'est pas un mammifère » est une impossibilité logique.

Ce qu'il faut souligner, c'est qu'une possibilité logique n'est pas forcément une possibilité physique et la phrase citée comme exemple de possibilité logique peut en être une illustration flagrante. Notons au passage que les partisans du « paranormal » donnent souvent au mot possible la signification audacieuse de « cohérent avec la *future* science » !

Compétitif n'est pas forcément contradictoire.

Il faut peut-être insister sur le fait que des hypothèses compétitives ne sont généralement *pas* contradictoires logiquement. « Les extra-terrestres viennent de Vénus » est seulement une théorie compétitive de « Les extra-terrestres viennent de Mars » ; la théorie contradictoire serait : « Les extra-terrestres ne viennent pas de Mars. » Cette différence entre contradictoire et compétitif fait que très souvent, dans un débat, si l'opposant a tort, cela ne signifie *nullement* que nous ayons raison ; on ne peut pas avoir raison tous les deux mais on peut, par contre, avoir tort tous les deux ! Infirmer les hypothèses concurrentes ne constitue donc généralement aucune preuve en faveur de l'hypothèse que l'on défend.

L'origine de l'information est fondamentale.

Il faut toujours garder un petit doute présent à l'esprit tant que l'on n'a pas pu faire vérifier ou vérifier soi-même quelque chose, soit directement, soit par les gens ou les œuvres du domaine considéré. Ainsi, pour donner un exemple, le dictionnaire *Petit Larousse illustré*, qui est un élément de référence courant, présente au mot « Zodiaque » un article décrivant cette zone de la « sphère » céleste. Le lecteur de cet article de dictionnaire sera mis au courant du phénomène de la précession des équinoxes (c'est-à-dire du lent pivotement de l' « axe » de la Terre, comme celui d'une toupie) qui a décalé les signes du zodiaque par rapport aux constellations qui leur ont donné leurs noms. *Grosso modo*, à l'heure actuelle, les personnes naissant, par exemple, sous le *signe* de la Vierge « ont » en réalité un Soleil qui traverse non pas la *constellation* de la Vierge mais celle du Lion. Conclusion : les Vierges sont des Lions. Bien. Le lecteur apprendra aussi que la coïncidence entre les 12 signes et les constellations est censée se rétablir après un cycle de 25 790 ans. Seulement un petit détail a échappé à l'auteur de cet article du dictionnaire comme à ceux de tous les autres dictionnaires que j'ai consultés. Ce petit détail qui surprendra, j'en suis sûr, de nombreux lecteurs est le suivant : le Soleil, dans son mouvement apparent, ne parcourt pas 12 constellations mais 13 * !

L'Union astronomique internationale a fixé en 1925 les frontières des 88 constellations en traçant leurs limites. On peut ainsi découvrir que *les constellations zodiacales sont au nombre de 13* et que la pauvre

* L'erreur est commise également, aussi incroyable que cela paraisse, par des ouvrages traitant d'astronomie, ce qui devient réellement inadmissible. Je signale au passage que le « problème » de la 13e constellation zodiacale est soulevé ici uniquement en tant qu'illustration de l'importance de l'origine d'une information ; la zone de la « sphère » céleste dénommée Zodiaque recouvre également des parties d'autres constellations : Orion, Le Cocher, Le Sextant, ... Pour les lecteurs intéressés par les errements de l'astrologie, je conseille la lecture revigorante de *L'Astrologie* de P. Couderc, Paris, PUF, coll. « Que sais-je ? », n° 508, Paris, 1974.

constellation « oubliée », Ophiucus, n'a rien d'une « petite » constellation. Elle devrait même jouer un rôle essentiel en astrologie puisque le Soleil, dans son mouvement apparent, s'y trouve pendant environ trois fois plus de temps que dans la constellation adjacente du Scorpion ! ! !

La compétence de l'informateur l'est tout autant.

Il faut également écouter tous les avis des chercheurs travaillant dans le domaine intéressé et se rappeler que le « déplacement de domaine de compétence » est assez fréquent. J'ai ainsi assisté une fois à une conférence de parapsychologie où le conférencier *annoncé* comme « lauréat de l'Académie » (et « docteur de l'université de Paris ») nous entretenait essentiellement de physique, ce qui aurait pu laisser supposer qu'il était, par exemple, lauréat de l'Académie des sciences ; les renseignements pris (avant la conférence) indiquaient que l'orateur en question avait été, près de quarante ans plus tôt, effectivement lauréat de l'Académie... française pour une œuvre littéraire sur un poète russe ! Je crois qu'il faut être clair à ce propos et, pour ma part, j'insiste sur le fait que, *dans ce cadre*, le respect s'attache à la *compétence* et non à l'homme, c'est-à-dire, comme nous le dit assez crûment Gérald Messadié en guise d'exemple, que « l'opinion de Leprince-Ringuet sur la société ne vaut guère plus que celle de Mireille Mathieu sur les trous noirs [3] ».

Une théorie scientifique est testable.

On peut se poser diverses questions sur une nouvelle théorie : les expériences ont-elles été reprises avec succès par des expérimentateurs indépendants ? Les phénomènes sont-ils reproductibles et indépendants de paramètres « personnels » ?...

Mais le point le plus important réside dans le fait que, pour acquérir le qualificatif « scientifique », une théorie doit être testable (d'aucuns diront réfutable), c'est-à-dire que l'on doit pouvoir concevoir et réaliser des expériences susceptibles de confirmer ou d'infirmer cette théorie. Dans un cas concret, on peut par exemple demander à une personne quel est le fait, l'expérience qui pourrait la faire changer d'avis. Si rien ne peut constituer une évidence contre une hypothèse, alors cette hypothèse est irréfutable : elle est non scientifique.

Une allégation extraordinaire nécessite une preuve plus qu'ordinaire.

Toute observation ou théorie nouvelle doit être re-située dans l'édifice scientifique. Comment cette nouvelle théorie se situe dans l'ensemble des données et lois du domaine considéré est en effet un problème important. Un point sur lequel il me semble nécessaire d'attirer l'attention est que *plus les allégations sortent du cadre connu, plus les étais doivent être solides et les vérifications poussées.* Ainsi, si quelqu'un déclare que, ayant lâché une pomme du deuxième étage d'une maison, il l'a vue tomber vers le sol, on peut ne pas lui demander de preuve trop « contraignante », n'est-ce pas ? En revanche, si, ayant lâché la pomme, il déclare avoir vu cette dernière s'élever majestueusement dans l'air, on est en droit de lui demander des preuves un peu plus convaincantes que cette seule déclaration ou que l'appel à la cavorite antigravitationnelle de H.G. Wells !

La nature est sûre.

La nature est d'un « fonctionnement » sûr. Ceci n'entre pas dans le débat au goût du jour entre « nature déterministe » ou « nature probabiliste » ; en effet, si la nature est déterministe, alors elle est « sûre » et si la nature est probabiliste, alors elle l'est « sûrement » (ce qui signifie qu'il existe des distributions connaissables pour la réalisation d'événements).

Indépendamment de l'observateur, la nature *est.* On n'a pas à croire en la gravitation pour observer son action, ses diverses manifestations ; on *ne devrait pas* avoir à croire en la perception extra-sensorielle pour observer son action.

L'alternative est féconde.

L'un des outils les plus puissants sinon les plus créatifs qui soient à notre disposition consiste à se poser simplement la question : « Existe-t-il une autre explication possible qui donnerait le même résultat ? »

Par exemple dans le domaine de la PES (perception extra-sensorielle) ou de l'« action de l'esprit sur la matière » on peut, devant un cas concret de phénomène « paranormal », se poser la question et découvrir ainsi que l'on peut obtenir le même résultat par des moyens normaux (rappelez-vous le « sang » de saint Janvier) ; la méthode « illusionniste » est alors étayée et l'hypothèse « psychique » devient superflue.

L'inférence est nécessaire.

Une explication objective possède un pouvoir de prédiction (le mot a été un peu galvaudé mais « prévision » ne me paraît pas aussi bon) que ne possède pas une explication qui est simplement subjective. En termes clairs, une explication doit déboucher sur des inférences, c'est-à-dire qu'elle doit pouvoir se mettre elle-même sous la forme « si-alors » : « Si ceci est vérifié, alors on en déduit que... »

L'histoire des sciences et des techniques a son utilité.

Une certaine connaissance de l'histoire des sciences et des techniques permet de situer « concrètement » une donnée dans son contexte précis. Ainsi la « vision » du sous-marin attribué à Jules Verne plusieurs décennies *après* la mise en service effective de submersibles peut être mieux appréhendée ; ainsi la connaissance assez détaillée des méthodes de mesure, de transport et de construction des anciens permet également de juger du sérieux des hypothèses de l'archéologie-fiction relatives aux pyramides de Gizeh (Égypte), aux « pistes » de Nazca (Pérou) ou encore au temple de Baalbek (Liban)...

A titre de renseignement anecdotique, on peut de la même manière apprendre que les signes du zodiaque * étaient à l'origine, chez les Chaldéens, irréguliers et au nombre de 11 pour devenir ensuite, chez les Grecs au Ve siècle avant notre ère, réguliers (30° chacun) et au nombre

* Pour les inconditionnels du zodiaque, je signale qu'en complément de la précession, de la 13e constellation zodiacale et autres merveilles astrales dont j'ai déjà parlé, ils peuvent enfin découvrir leur VÉRITABLE signe zodiacal de naissance (qui n'est pas celui qu'ils pensaient connaître !) en consultant le service Minitel ZET.

de 12, les pinces du Scorpion s'étant transformées en... Balance[4] ; demandons donc à un astrologue moderne sur quoi il s'appuierait pour tirer l'horoscope d'Assurbanipal !

Les « astuces » et sophismes des charlatans aussi.

Il faut se familiariser avec les « astuces » des tenants du « paranormal » et pour cela, en plus de l'approche par l'histoire des sciences et des techniques dont je viens de parler, un des meilleurs moyens est de connaître et de diffuser largement les « mises au point » publiées : la documentation thématique située en fin d'ouvrage espère répondre en partie à ce besoin.

Une mention toute particulière doit être accordée ici au rôle critique que peut jouer l'illusionnisme dans une très grande partie des sujets paranormaux. Nombre de fraudes dans les domaines « para » relèvent en effet des techniques de l'illusionnisme ; cela pourrait d'ailleurs laisser supposer une relation, pour ne pas dire une équivalence, entre illusionnisme et charlatanisme. Rien n'est plus faux. L'illusionnisme est un art pratiqué par de réels artistes. Bien sûr, des personnes peu scrupuleuses utilisent les techniques de l'illusionnisme dans le seul but d'exploiter la crédulité humaine mais, par là même, elles s'excluent du groupe d'artistes que sont les véritables illusionnistes et méritent uniquement le nom de charlatans.

Les vrais magiciens, les illusionnistes, sont prêts à saisir l'opportunité de pratiquer devant un auditoire de scolaires, d'étudiants ou tout autre public. Une démonstration de « pouvoirs psi » suivie d'une discussion critique possède une grande efficacité. On touche ainsi du doigt sa propre « vulnérabilité » et cette simple prise de conscience permet de développer un germe de comportement critique qui sera utile ultérieurement. Ce qui est essentiel, en fait, c'est d'assister à des « phénomènes paranormaux », à des performances apparemment impossibles et pourtant œuvres d'un simple « mortel » qui précisera bien que c'est uniquement une *habileté* fruit d'un *travail* et non un *pouvoir* « paranormal », fruit d'un *don*, qui est à la base des merveilleux phénomènes auxquels on vient (ou on est en train) d'assister.

Le bizarre est probable.

Dans la vie courante, nous sommes « frappés » par certaines « coïncidences » que nous trouvons stupéfiantes : la prémonition de l'oncle Hector, un très « bizarre » tirage des rois, être du même signe astrologique qu'une personne avec qui nous avons fait connaissance et sympathisé ou encore une suite « incroyable » au jeu de pile ou face, etc.

Le chapitre « Les 3 C » a déjà développé plusieurs exemples de ce type et je voudrais simplement ici faire ressortir un élément fondamental. On peut dire, pour schématiser un peu, qu'une « coïncidence » que nous retenons peut avoir dans la réalité deux origines différentes. Soit elle provient d'une cause cachée (tricherie délibérée, fraude, mauvais matériel ou équipement défaillant...), c'est-à-dire d'une cause externe ; soit elle est le simple résultat du hasard et son impact réside alors dans une cause interne, à savoir : notre inaptitude à nous rendre compte que des événements inhabituels sont *probables* sur un grand nombre d'individus ou sur un laps de temps important. En fait, nous remarquons et retenons les choses inhabituelles qui, *pour nous*, ont une signification (vraie ou fausse, peu importe) et nous ne remarquons *pas* celles qui n'en ont pas. Ce tri des événements crée l'illusion d'un petit échantillon, c'est-à-dire d'un ensemble à effectif réduit, ce qui a pour conséquence « naturelle » de nous faire attribuer une très faible probabilité (une « improbabilité ») à l'événement observé. S'ajoute ensuite à ce filtrage inconscient le fait que nous sommes très peu doués pour estimer les combinaisons possibles d'événements... et le « fantastique » apparaît !

Les yeux du cœur ont une mauvaise vision.

Ce que nous voyons, ce que nous percevons et sur quoi nous pourrions « témoigner », est en partie déterminé par ce à quoi l'on pense à l'instant précis de l'observation, par nos désirs profonds, par nos motifs modulés par nos expériences passées qui ne font souvent qu'être renforcés, inconsciemment ou non, par l' « exposition sélective ». Cette « exposition sélective » est un principe psychologique bien documenté qui nous montre que nous choisissons nos revues, nos quotidiens, nos stations de radio, nos magazines télévision et même nos autorités de manière que nos vues soient largement confirmées [5]. Et si d'aventure, malgré cette coquille protectrice, nous subissons une information « contraire », il nous reste toujours le recours à ce que l'on appelle la « validation subjective » qui permet, lorsque cela est nécessaire, de mal recevoir ou mal interpréter la donnée opposée à nos désirs. La « validation subjective » permet par exemple de percevoir comme reliés deux événements qui ne le sont *pas* et cela simplement parce qu'une envie, une hypothèse ou une croyance demande ou nécessite une relation. Ce qui débouche très facilement sur ce que l'on peut appeler le « comportement superstitieux » (cas spécial de la pensée magique), comportement basé sur la certitude qu'a une personne que ses actions propres déterminent le cours des événements alors que dans la réalité il n'en est rien.

Dans le domaine si attirant du « paranormal », il est essentiel de « voir » avec son cerveau et non pas seulement avec son cœur !

La force d'une croyance peut être immense.

Ne pas sous-estimer la force d'une croyance est un élément essentiel qui peut permettre de mieux comprendre certains aspects troublants de la pensée de quelques « savants » du « paranormal ». On prend garde ainsi à l'impact profond que peut avoir cette croyance sur le mode de raisonnement d'une personne par ailleurs tout à fait « normale », impact qui peut déboucher très facilement sur un « effet bipède » (dont je parlerai plus avant) dans toute sa splendeur. Je rappellerai ici la question que J.B. Rhine se posait, traduisant les pensées de l'ensemble de la communauté « psi », après la découverte de la fraude du directeur de l'Institut de parapsychologie : « Comment a-t-il pu sentir la nécessité de faire une telle chose après tous les succès qu'il avait eus ? » Le désir de croire aux « miracles » pousse ainsi de nombreuses personnes à être concrètement des observateurs très peu soigneux qui rejettent toute évidence montrant qu'ils ont pu être dupés.

Toujours sur ce même sujet, je ne résiste pas au plaisir de vous livrer la lettre qu'un chasseur de sanglier écrivait à François Canac [6] :

Réflexions

« Savez-vous que mon garde-chasse repère avec le pendule la présence de sangliers dans une forêt ? J'ai même découvert un fait nouveau et extrêmement intéressant, c'est que les sangliers sont sensibles au fluide radiesthésique. Et la meilleure preuve c'est que, quand je vais à l'endroit indiqué par le garde-chasse, les sangliers qui se sont méfiés sont toujours partis. »

Références

1. I. Kelly, K. Crilly, *Alberta Science Education journal*, vol. XVII, n° 3, juin 1979, p. 12. K. Mazurek, B. Titley, *The B.C. Teacher*, mai-juin 1979, p. 182, et novembre-décembre 1979, p. 52.
2. R. Chauvin, « L'expérimentation en parapsychologie », *La Parapsychologie devant la science, op. cit.*
3. G. Messadié, *Science et Vie*, n° 728, mai 1978, p. 146.
4. T.G. Cowling, « Astrology, religion and science », *Q. Journal Roy. Astr. Soc.*, vol. 23, 1982, p. 515.
5. D. Marks et R. Kamman, *The Psychology of the Psychic*, Buffalo NY, Prometheus Books, 1982. Cet ouvrage fait très bien le point sur tous les aspects que nous évoquons brièvement dans ce chapitre.
6. F. Canac, L. Barrabe, A. Dognon, G. Darmois, P. Schutzenberger, « La radiesthésie », *Publications de l'Union rationaliste,* Paris, 1956.

3. Du paillasson au bipède humain

ou Origine et évolution des activités de l'homo parasapiens au travers de quelques effets

Je voudrais enfin présenter une liste d'effets types qui peuvent servir de référence pour un premier jugement devant un phénomène « paranormal », devant un discours sur le « paranormal » (quel qu'en soit le fond), comme d'ailleurs devant tout autre type de phénomène ou de discours : « Suis-je en présence, puis-je être dans ce cas en présence d'une manifestation de l'effet Schizo ? De l'effet Paillasson ? De l'effet Bipède ? Ou encore de l'effet Bof ?... Ou encore de l'effet... » Non, n'ajoutons point de raton laveur à cette liste qui n'a rien d'exhaustif ni d'ordonné.

EFFET PAILLASSON

C'est peut-être l'un des plus importants dans le domaine qui nous intéresse ici. Cet effet consiste à désigner une chose ou un objet par un mot qui se rapporte à une autre chose ; il permet de tirer des implications sans commune mesure avec celles que l'on serait en droit de tirer. Cet effet est assez répandu dans la vie de tous les jours et c'est ce qui le rend si opérant.

Un paillasson porte par exemple l'inscription « Essuyez vos pieds SVP ». Pourtant personne ne s'est jamais enlevé les chaussures et les chaussettes pour s'exécuter ! Et c'est pourquoi le pied du médium n'était pas contrôlé par le pied de l' « huissier » lorsque, comme je vous l'ai rapporté, l'esprit invoqué agitait la sonnette dans l'obscurité. Et c'est aussi pourquoi je n'ai jamais arrêté mon cœur par le seul pouvoir de ma pensée contrairement à ce que le contrôle de mon pouls semblait prouver !

Comment résister au plaisir de vous livrer un autre exemple d'effet paillasson que j'ai eu l'occasion de montrer, en octobre 1985, lors de l'émission de télévision *Droit de réponse* consacrée à la voyance ?

Une lettre portant la mention « à n'ouvrir qu'en direct lors de l'émission » et adressée à l'animateur de cette dernière, Michel Polac, fut donc ouverte en présence des caméras pour laisser découvrir trois prédictions que j'avais faites. Le cachet de la poste faisant foi de la date d'envoi de la lettre, preuve était ainsi donnée que mes dons de double vue m'avaient permis de prédire plusieurs jours à l'avance... le détournement tragique d'un paquebot italien avec plus de 400 personnes à bord, la disparition à quelques heures d'intervalle de deux célébrités du cinéma (Orson Welles et Yul Brynner) et la présence à l'émission d'une médium américaine non annoncée !

Au cours de cette même émission, alors que les médiums de service invités (Mario de Sabato, Nathaniel et un couple de médiums dont j'ai oublié les noms) faisaient la démonstration flagrante de leur non-pouvoir, de leur incompétence, en demeurant bouche bée, entre autres, lors d'un test de voyance au téléphone, je relevais brillamment leur flambeau en annonçant en direct sur le plateau « Toulouse » et « Dominique Baudis » comme la ville d'appel et le correspondant *anonymes* de Michel Polac pour ce test.

Ces exploits mémorables firent une telle sensation qu'ils me valurent, dans les jours qui suivirent, un fort courrier de personnes me déclarant que j'étais le seul médium valable et me demandant de... leur prédire l'avenir !

J'avais cru être suffisamment clair et avoir bien défini ma position. Manifestement, tel n'était pas le cas ; *errare, errare...*

Cela dit, l'exploit « Dominique Baudis, Toulouse » relève de la simple déduction logique à partir des petits riens qu'inconsciemment Michel Polac avait laissé filtrer dans ses paroles et gestes (déduction également aidée par la déesse Chance). Ou alors, après tout, suis-je peut-être réellement un médium qui s'ignore ?

Le premier exploit, quant à lui, est tout simplement... un double effet paillasson ! Le cachet de la poste en effet ne faisait pas foi de la date à laquelle la lettre avait été expédiée mais uniquement de la date à laquelle l'enveloppe (l'*enveloppe,* pas la *lettre,* premier effet paillasson) avait été tamponnée (*tamponnée,* pas *expédiée* au destinataire, deuxième effet paillasson).

Et avouez que faire une prédiction sur des événements *après* qu'ils se sont produits ne relève pas d'une très grande difficulté, même pour un médium peu doué comme je le suis.

EFFET IMPACT

Après l'importance du *choix* des mots dont l'effet Paillasson est une illustration concrète, il faut, lorsque les mots choisis semblent corrects, tenir compte du *poids* des mots, c'est-à-dire de leurs possibles connotations, de leur impact réel. Dans le domaine du « paranormal », la connotation des mots est très souvent utilisée, inconsciemment ou non, pour induire une idée quelque peu différente de celle qu'ils prétendent représenter.

Ainsi lorsque l'on nous pose la question : « Que pensez-vous des OVNI ? », on entend presque automatiquement : « Pensez-vous que des êtres intelligents extra-terrestres visitent notre planète ? » Ce qui est une question au contenu beaucoup plus large que la première. Bien sûr, l'interprétation de la question posée se fait en fonction de l'image que beaucoup de médias véhiculent à propos des « soucoupes volantes » mais l' « élargissement » constaté réside également dans les termes utilisés ou plutôt dans la connotation que l'on s'accorde à leur donner en général [1].

OVNI signifie Objet Volant Non Identifié.

Le mot « objet » possède une connotation très forte de quelque chose de bien « réel », de concret, de « palpable » et qui, de plus, possède une frontière bien définie. Testez votre entourage sur, par exemple, un dé et un rond de fumée. Le mot objet sera appliqué presque automatiquement au premier cité mais quasiment jamais au deuxième. Qualifie-t-on souvent d'objet un nuage ?

L'adjectif « volant » porte lui aussi, bien que moins fortement, une connotation qui induit dans l'esprit quelque chose qui peut se soutenir, se mouvoir dans l'air par lui-même. On dit d'un oiseau qu'il vole, on ne le dit point d'un nuage ou du faisceau de lumière émis par le phare d'une voiture.

Sans vouloir ergoter, on peut remarquer que le terme « identifié » porte lui aussi quelques connotations. On « identifie » un planeur, un avion à réaction ou un ballon-sonde, on « identifie » rarement quelque chose de moins « palpable » comme du gaz ionisé par exemple. Et je ne parle pas de la connotation militaire que l'on peut ajouter au terme « identifié ».

Aurions-nous la même tendance à élargir la question initiale si elle était posée par exemple comme suit : « Que pensez-vous des PANE, Phénomènes Aériens Non Expliqués * ? »

EFFET PUITS

La mécanique quantique nous offre l' « effet tunnel ». Qu'à cela ne tienne, le « paranormal » (et bien d'autres « domaines ») nous offre quant à lui l'effet Puits, qui consiste en ceci : « Plus un discours est

* L'organisme français GEPAN (dépendant du Centre national d'études spatiales), que les pouvoirs publics se sont crus obligés de créer il y a plusieurs années, porte très honnêtement le nom de Groupe d'étude des phénomènes aériens non identifiés. A ce propos, si vous avez le cœur à rire de voir sur quoi se sont basés les « promoteurs » du GEPAN pour sa création, je vous engage vivement à lire « GEPAN, donc je suis ! » de G. Barthel, J. Brucker et M. Monnerie dans *Science et Vie*, n° 751, avril 1980, p. 27. Ça ne vaut pas les « avions-renifleurs » mais quand même...

profond, profond dans le sens de creux, plus les personnes qui l'écoutent peuvent se reconnaître et se reconnaître majoritairement dans ce discours. » Des expériences très concrètes [2] ont en effet montré que pour un individu, des déclarations vagues et générales ont beaucoup plus de pouvoir persuasif qu'une description assez appropriée faite par des psychologues de métier (« effet Barnum ») ; ou encore que, dans le cadre de l'analyse de problèmes personnels profonds, des oui ou non totalement aléatoires (décidés avant le questionnement) en réponse à des questions précises ont été jugés comme des réponses très encourageantes par les « sujets-patients » questionneurs !

Un exemple très concret peut être rapporté ici. Lors d'un débat dans un établissement éducatif, j'ai demandé à des étudiants de noter sur une fiche leurs nom, prénom, date et heure de naissance et le thème de leur dernier rêve ; à la suite de quoi, j'ai présenté, une semaine plus tard, à chacun d'entre eux une description *personnalisée* de son caractère.

Près de 70 % des étudiants ont jugé que la description était excellente, bonne ou assez bonne.

Ce résultat est intéressant si l'on songe que j'avais été présenté comme un « démystificateur » et non comme un « astrologue » ou autre gourou, que la fameuse description personnalisée avait été faite *à l'avance* et surtout qu'elle était *strictement la même* pour tout le monde !

L'effet Puits est ainsi une des raisons du succès des horoscopes. « Vous faites parfois partie des forts » : cette phrase totalement creuse et, telle quelle, dénuée de tout sens, sera ainsi acceptée comme foncièrement vraie par toute personne à qui son horoscope la livrera car cette personne y ajoutera les *circonstances* qui, seules, en font une phrase ayant un sens. Je suis fort en muscles, je suis fort en orthographe, je suis fort en pâtisserie, je suis fort en fainéantise, je suis fort en... faiblesse (pourquoi pas ?) et ainsi de suite.

EFFET BOULE DE NEIGE

Untel déclare que Machin a dit que Chose avait appris chez Truc que... Le témoignage de énième main n'offre évidemment que très peu de valeur mais il permet la manifestation de l'« effet boule de neige », dont j'ai offert un exemple par les « travaux » de Backster sur son philodendron chéri, effet qui consiste en ce que chaque intermédiaire rajoute un élément de son cru à l'histoire (je n'ose dire le fait) de départ. C'est ainsi que certains auteurs peu scrupuleux n'ont pas hésité à déclarer que « *tous* les laboratoires » avaient pu vérifier les dons de télépathie d'un philodendron ou d'un citronnier !

EFFET PETITS RUISSEAUX

L'effet « petits ruisseaux » consiste à développer des théories grandioses à partir de petits « oublis » ou petites « erreurs » qui sont absolument nécessaires pour la crédibilité desdites théories ; le chapitre sur la pyramide française de Falicon et les délires qu'elle a permis en a donné des exemples. Pour mettre en évidence cet effet, on peut se poser simplement la question : « Tous les paramètres sont-ils donnés et donnés correctement (unités utilisées, cohérence globale, valeur fonction du temps...) ? »

EFFET CERCEAU

L'effet Cerceau est un cercle vicieux qui est assez répandu chez les tenants du « paranormal ». Il consiste, grave faute de logique, à admettre au départ ce que l'on entend prouver par la démonstration que l'on va faire. La reconstitution tridimensionnelle du « saint suaire » en est un bon exemple, auquel on peut ajouter les sempiternelles déclarations, dans toute expérience sur un « sujet psi », visant à faire prendre en compte le fait que le sujet ait échoué lors de tests destinés à déterminer si l'habileté ou la force nécessaires au trucage étaient présentes chez lui. Pour tout bon tordeur (de petites cuillères ou autres ustensiles) dont on veut démontrer l'honnêteté, on trouve des tests de ce type :

a. on admet que M. Tordant ne triche pas (cette « hypothèse » est très souvent sous-entendue !),

b. le pauvre « sujet psi » n'a pas réussi à tordre par sa seule force physique les barres de métal qu'on lui présentait à cet effet,

c. des barres, par contre, « se » sont tordues lorsqu'il s'est simplement concentré dessus,

d. conclusion : ces barres n'ont *donc* pu être tordues *que* par son pouvoir « psi »,

e. re-conclusion : M. Tordant n'est pas un tricheur !

EFFET CIGOGNE

L'effet Cigogne, ainsi dénommé d'après l'histoire que j'ai contée sur le nombre de cigognes et le nombre d'habitants de Strasbourg, consiste très simplement à confondre corrélation et causalité. La corrélation, relation réciproque entre deux choses qui, dans le sens qui nous intéresse ici, peut être définie comme un indice statistique précisant le degré de liaison entre deux variables, ne doit pas être confondue avec la causalité qui est, bien sûr, le rapport qui unit la cause à son effet. Cette assimilation est très souvent pratiquée par les tenants du « paranormal » et doit être soigneusement dénoncée.

Le fait que, par exemple, un degré de corrélation quasiment égal à l'unité ait été trouvé, dans une certaine région, entre les présences de grands champs de luzerne et de personnes du sexe féminin non mariées ne doit pas nous inciter à conclure que la luzerne empêche, par un pouvoir paranormal ou autre, les jeunes filles de se marier !

Cela doit évidemment nous inciter plutôt à approfondir cette corrélation afin de déterminer où est la causalité réelle dont cette corrélation n'est que la « visualisation » au travers de deux paramètres n'ayant aucun lien causal direct entre eux. On pourrait ainsi essayer de voir si, par exemple, la culture de la luzerne en abondance ne traduit pas surtout une économie pauvre et un habitat rural dispersé, lesquels pourraient, en conséquence, impliquer un temps de travail important et une diminution de la fréquence des rencontres entre individus ; ce qui, par là même...

De même, les « influences astrales » qui ont induit en partie l'astrologie ou qui semblent la conforter peuvent reposer sur un effet Cigogne.

Il en est ainsi pour la « Lune rousse ». Cette lunaison, commençant en avril, nous présente un astre des nuits de couleur on ne peut plus habituelle mais qui est censé agir sur les fragiles bourgeons naissants ; lorsque les pousses sont « roussies », c'est-à-dire abîmées par le gel, on accuse la lumière de la Lune d'être la *cause* de ces dégâts, d'où son nom de « Lune rousse ».

Avant de nous lancer dans de savantes théories explicatives sur le pouvoir occulte de la lumière de Séléné, examinons les deux cas météorologiques suivants :

— Le ciel est clair. Le rayonnement du sol et de ses végétaux vers le ciel est intense, puisque rien ne le limite fortement : la perte de chaleur des végétaux peut aller jusqu'au gel.

— Le ciel est couvert. Le rayonnement vers le ciel est faible, car il se produit ce que l'on nomme un « effet de serre » : la chaleur est peu dissipée et les végétaux ne risquent pas de geler.

La différence entre ces deux cas typiques, c'est que, dans le premier, on peut voir la Lune sans obstacles alors que, dans le deuxième, on ne la voit pas puisqu'elle est cachée par les nuages. Autrement dit, chaque fois que l'on verra la Lune, à cette période de l'année où les pousses commencent à sortir et où la température de nuit est encore assez basse, les végétaux risquent de geler alors que, si l'on ne voit pas l'astre lunaire, le risque de gel est inférieur ; et tout cela, *sans* que la Lune et sa lumière y soit pour quoi que ce soit !

En conclusion, la Lune n'est qu'un indicateur de ciel clair (donc de risque de gel), sa lumière n'a *aucun pouvoir roussisseur*.

EFFET SCHIZO

C'est, comme je l'ai rappelé, à celui qui affirme d'amener la preuve de la véracité de ses dires. Les tenants du « paranormal » oublient très souvent cette vérité si simple et appliquent le « principe » inverse. Certains vont même beaucoup plus loin et n'hésitent pas à nous faire la plus belle démonstration de ce que l'on peut nommer l'effet Schizo.

— Pouvez-vous me prouver que cela n'existe pas ? » lance ce parapsychologue à la face de son interlocuteur.

Celui-ci, tout abasourdi par une telle question qui lui semble, à première vue, relever d'une impossibilité et d'une foncière incompréhension des règles d'intelligence, n'a pas le temps de reprendre ses esprits que le chevalier servant du « psi » enchaîne magnifiquement par un corollaire qui, pour lui, veut traduire une évidence :

— Non, *donc* cela existe !

Il faut déclarer sans ambages que la non-impossibilité de quelque chose présentée comme argument en faveur de l'existence de cette chose est un sophisme qui s'apparente au délire schizophrénique.

EFFET 50 CENTIMES

On peut se poser la question : « Qu'est-ce qui peut expliquer la continuation d'une activité dans un domaine donné en dépit des sévères déboires subis par les personnes qui y travaillent ? » La réponse la plus judicieuse, à mon avis, a été fournie par un psychologue britannique [3] qui a fort bien montré que le ressort principal maintenant la recherche en parapsychologie est la tendance humaine à « en vouloir pour son argent », pour ses 50 centimes, lorsque l'on se rend compte que l'on s'est fourvoyé.

Se fourvoyer à cause d'un « sort » cruel peut avoir, en effet, comme conséquence d'aboutir à une dépense d'efforts incroyable alors que l'on se trouve dans un cul-de-sac manifeste ; la seule manière de « rentabiliser » le temps passé et surtout de « garder la face » vis-à-vis des autres et vis-à-vis de soi-même consiste alors à dire : « Ce n'est pas possible, il doit y avoir quelque chose de vrai ! » Et continuer...

Presque tout ce que l'on peut connaître des motivations et de la sensibilité humaines semble montrer que c'est l'incapacité de percevoir (ou tout au moins d'accepter comme tel) un mensonge pur et simple qui fait que de nombreux « parapsychologues » suivent cette ligne de conduite dont le point de départ n'est rien moins qu'obscur.

Le problème se pose de manière aiguë de nos jours. En effet, si, à l'époque où de pauvres méthodes de recherche étaient à la mode [4], on pouvait admettre qu'un esprit naïf comme Rhine puisse simultanément avoir des « succès » expérimentaux et garder entière son auréole d'honnêteté intellectuelle, il semble difficile d'aboutir à des conclusions semblables aujourd'hui. Les moyens actuels de contrôle et la sophistication possible des expériences pour éviter toute fraude peuvent amener, comme cela a déjà été fait [5], à se poser des questions sur l'intégrité intellectuelle des « chercheurs » du domaine paranormal. Ce domaine est nettement caractérisé par le fait que, quelle que soit la somme d'efforts et d'expérimentations qui ait été entreprise, la « recherche » n'a pas avancé d'un seul iota. Par exemple, ce qui reste concrètement de la psychokinèse après avoir déduit les cas de fraudes, c'est essentiellement la propension humaine à s'abuser soi-même et abuser les autres.

Et cette tendance ne doit pas être sous-estimée.

EFFET BOF ?

Comme nous avons pu le voir dans le chapitre sur l'approche mathématique de la question paranormale, les erreurs de raisonnement statistique ou de probabilité faussent de manière inconsciente le jugement que l'on peut porter sur tel ou tel événement. Cette méconnaissance est une des pierres de base de l'intérêt démesuré suscité aujourd'hui par l'astrologie et l'occulte.

Il est un autre aspect « mathématique » sur lequel je voudrais attirer l'attention ; c'est l'effet Bof ? (que souligne souvent un haussement d'épaules) ou encore, de manière plus précise, le principe de « raison insuffisante » ou principe d'indifférence qui peut s'énoncer comme suit : « Lorsque nous n'avons pas de bonnes raisons de supposer qu'une chose est vraie ou fausse, nous attribuons à chacune de ces possibilités la même probabilité. »

Ce principe d'indifférence qui, lorsqu'il n'est pas appliqué correctement, aboutit à des contradictions logiques et des résultats absurdes a été utilisé très souvent dans des domaines aussi divers que les sciences, la morale, la philosophie et la « parapsychologie ». Un exemple assez frappant de l'utilisation inconséquente de ce principe est ce que l'on peut appeler le paradoxe du cube inconnu [6].

Un cube, dont la longueur d'arête est comprise entre 2 et 4 cm, est caché dans une boîte. La « meilleure » estimation de la longueur de cette arête semble « donc » être 3 cm. C'est la première manifestation de l'effet Bof ? Voyons un peu maintenant le même problème sous un autre angle en déclarant : un cube dont le volume est compris entre 2 puissance 3 = 8 cm^3 et 4 puissance 3 = 64 cm^3 est caché dans une boîte. Une deuxième manifestation de l'effet Bof ? basée sur le fait que nous n'avons aucune raison de penser que le volume de ce cube soit inférieur ou supérieur à 36 (c'est-à-dire 64 + 8 divisé par 2, la moyenne), nous conduit donc à déclarer que la « meilleure » estimation du volume de ce mystérieux cube caché est 36 cm^3.

En termes clairs, l'effet Bof ? nous offrira ainsi un cube de 3 cm d'arête et de... 36 cm^3 de volume. Drôle de cube !

Voilà ce qu'il en coûte d'appliquer un principe lorsque les conditions ne le permettent pas *.

* C'est le genre d'ennui typique lorsque l'on travaille sur des valeurs minimales et maximales d'une variable donnée puis que l'on suppose que la valeur « réelle » se situe à mi-chemin entre les deux extrémités de la « fourchette » ainsi déterminée.

EFFET BIPÈDE

Le raisonnement à rebours, raisonnement sur lequel ce chapitre voudrait attirer l'attention, est un des plus pervers par les nombreuses formes qu'il peut présenter, formes dont certaines sont assez difficilement identifiables en tant que telles [7].

Écoutons par exemple ce savant qui est amené à la conclusion que son existence est indéniablement d'origine « surnaturelle ». Cette découverte est « prouvée » par le fait que la combinaison précise de gènes l'ayant « fabriqué » ne peut être due au hasard seul qu'avec 1 chance contre 10 puissance 10 000 ; ce qui montre manifestement que cela a été planifié et Dieu est là pour le confirmer.

Ce que ce prix Nobel vient de faire c'est un raisonnement à rebours, c'est-à-dire de remonter de l'effet présumé à la cause évidente possible ; c'est en quelque sorte un raisonnement *a posteriori.* Pour détailler un petit peu plus, ce que l'on peut faire remarquer c'est que la probabilité que quelque chose se produise de la manière précise dont elle s'*est* produite est quasiment nulle *avant* la réalisation ; mais une fois qu'elle s'est produite, la probabilité qu'elle se soit produite est tout simplement... 100 %* ! L'exemple de la combinaison de gènes pour donner naissance à un être humain *déterminé* peut être rapproché de la stupéfiante combinaison d'initiales dddddpppppdp (comme d'ailleurs rapproché du tirage des fèves dans les deux galettes des rois) dont je vous ai parlé dans un chapitre précédent et qui n'est stupéfiante que si elle a été décidée *avant* que d'apparaître. Décidée : mais par qui ? Voilà le fond du problème dans le cas de la combinaison de gènes. Ce qui sous-tend généralement ce genre de démarche, c'est le pouvoir de décision qui semble se dégager dans la nature et qui repose sur le principe « anthropique », à savoir : l'Univers est si exactement le type

* R. Estling *(op. cit.)* fait remarquer que ce type d'approche faussée a permis à plusieurs scientifiques (John Eccles, Karl Popper, Fred Hoyle, Francis Crick,...) d'affirmer, d'une manière ou d'une autre, que la vie est un plan délibéré et qu'en conclusion un planificateur doit exister.

même d'univers convenant à l'homme que l'on doit méditer sur les milliers et millions de coïncidences qui sont absolument nécessaires pour que cela soit comme cela, méditation dont la conclusion est nécessairement que Dieu ou quelqu'un d'autre du même nom doit avoir créé l'Univers avec l'homme à l'esprit !

Rappelons-nous que raisonner d'une ferme conviction vers une cause possible constitue de la très mauvaise logique et peut conduire à des conclusions dont le moins que l'on puisse dire est qu'elles ne sont pas très fondées. Retenons bien les dangers de l'effet Bipède et gardons-nous au maximum d'y succomber.

Pourquoi « bipède » ? Simplement parce que je trouve que le mode de raisonnement sur lequel ce chapitre voulait quelque peu attirer l'attention est très bien résumé par la légende d'un dessin humoristique * : « L'existence des pantalons prouve que Dieu a voulu que nous soyons des bipèdes. »

Références

1. A. Standen, « The semantic of UFOS », *Paranormal Borderlands of Science,* Buffalo NY, Prometheus Books, 1981, p. 464.

2. Pour une petite synthèse, lire l'article de R. Hyman, « Cold reading : how to convince strangers that you know all about them », *Paranormal Borderlands of Science, op. cit.,* p. 79.

3. H. B. Gibson, « The royal nonesuch of parapsychology », *Bulletin of the British Psychological Society,* vol. 32, 1979, p. 65.

4. Pour un exemple significatif, cf. l'article de J. L. Kennedy, « The virtual cues from the back of ESP cards », *Journal of Psychology,* vol. 6, 1938, p. 149.

5. Lire, par exemple, la critique du livre de R. Targ et H. Puthoff, *Mind Reach : Scientist look at Psychic Ability,* dans *British Journal of Psychology*, vol. 69, 1978, p. 411 (par G. Wagstaff).

6. M. Gardner, *La Magie des paradoxes,* Paris, Belin, 1980 ; cf. le chapitre sur le principe d'indifférence.

7. Cette section est inspirée d'un article de R. Estling («The trouble with thinking backwards », *New Scientist,* 2 juin 1983, p. 619) dont la tournure humoristique mérite à elle seule la lecture.

* Dessin accompagnant l'article cité.

4. Un impératif de notre époque

La ville de Watkins Glen, près de Binghamton, New York, utilise les services d'un radiesthésiste qui *siège* en cour de justice [1] ; ce qui signifie en termes clairs qu'un système judiciaire accepte les pouvoirs « surnaturels » comme vrais et permet qu'ils soient utilisés dans le déroulement d'un procès pour déterminer la culpabilité ou l'innocence d'un accusé ! On frémit à l'évocation de cette réalité délirante puis l'on se rassure rapidement. « C'est loin, l'État de New York », dites-vous ; c'est normal, cela se passe dans le pays où foisonnent les sectes et autres gourous prêcheurs... Tandis que chez nous, bien sûr, Descartes règne sereinement et nous sommes loin d'être aussi faibles d'esprit que ces bons nouveaux sauvages du nouveau monde.

Et pourtant...

— Vous avez dit Bélier ? Mon Dieu, c'est impossible ; les Béliers sont autoritaires, coléreux... Je ne peux vous embaucher. Vous ne convenez pas du tout à l'emploi que je propose [2]...

Rejetée pour... incompatibilité zodiacale ! ! Les Ages obscurs ne sont pas si loin puisque cela se passe dans une grande et belle ville de France en 1984.

On assiste à l'utilisation courante d'arguments émotifs et non rationnels dans des « discours » où la personne impliquée ne pèse plus le pour et le contre. L'habitude de l'erreur qui s'introduit ainsi sournoisement est très dangereuse ; amollir l'esprit critique, le sens du réel, c'est-à-dire affermir une conception magique du monde, peut avoir de tragiques conséquences. De nombreux exemples quotidiens nous montrent que, dans notre type de société, le vernis scientifique recouvre souvent une mentalité primitive. La raison est une conquête fragile qui doit être défendue si l'on ne veut pas qu'un tourbillon de déraison l'emporte ; tout peut avoir à ce niveau-là une influence déterminante et si, par exemple, l'influence des planètes est totalement inexistante sur le destin particulier d'une personne, celle de son horoscope peut ne *pas* l'être !

Il est inutile de discuter avec ceux qui font le commerce du « paranormal * » : ils savent mieux que quiconque de quoi il s'agit et certains ne s'en cachent d'ailleurs point en privé. Il faut ici rappeler que, comme l'a indiqué un psychologue canadien, bien des gens commettent des actes malhonnêtes plus pour un bénéfice psychologique que pour un bénéfice matériel ; le mystificateur en « paranormal » retire, lui, un triple bénéfice : il jouit de l'admiration sociale des croyants, il se sent supérieur à eux et enfin il peut s'enrichir financièrement. Le point de vue « sceptique » est malheureusement moins populaire, ce qui pousse certains à ne pas présenter les faits sous cet aspect (leur aspect !). Or, la prophylaxie des pseudo-sciences et de leurs dérivés devrait représenter un des impératifs de notre époque.

Les pseudo-sciences ne fournissent aucun matériau pour un débat scientifique mais fournissent par contre un intéressant moyen d'attirer l'attention sur certains aspects des sciences. Nous aboutissons ainsi à ce paradoxe apparent : les fausses sciences ont un pouvoir de performance nul, c'est-à-dire qu'aucun progrès ne peut leur être attribué et pourtant l'*on pourrait faire en sorte que, par l'exemple de leur déraison, les fausses sciences aboutissent... au progrès de la raison !*

Le développement de la zététique, thérapie nécessaire contre la déformation des modes de pensée, est une nécessité non seulement pour la vision « scientifique » du monde mais également pour la vision « poétique », car il n'existe pas de distanciation profonde entre les deux ; *le « paranormal » fait de la mauvaise science et de la mauvaise poésie et, en se réclamant de l'une et de l'autre, il les abîme toutes deux.*

* La tolérance des pouvoirs publics pose, dans ce domaine, de sérieux problèmes. Un exemple parmi d'autres : le tribut prélevé sur la crédulité humaine par les fausses sciences dépasse, et de loin, le montant du budget de la recherche scientifique !

Il n'est en rien question ici de vouloir supprimer le « merveilleux ». Une phrase de l'illusionniste Mystag résume très bien le point de départ du présent ouvrage :

« Tout être humain porte en lui le goût du merveilleux. *Aimer* le merveilleux est naturel, mais *croire inconditionnellement* en sa réalité constitue une grave déficience de l'intellect et une capitulation de l'esprit critique. »

Références

1. Rapporté par J. Randi dans *Flim-Flam !*, *op. cit.*, p. 5.
2. Article de faits divers (paru dans *Nice-Matin,* 23 février 1984, p. 5) concernant un des grands salons de coiffure de Nice.

Documentation thématique

Un esprit critique s'exerce à vide s'il n'est pas suffisamment informé et informé de façon suffisamment objective. Or, dans le domaine des phénomènes « paranormaux » la littérature à sensation est très facilement disponible ; la réfutation de pseudo-sciences ou même les simples informations critiques de certains faits ne sont pas, elles, tout aussi commodément accessibles. Leurs connaissance et diffusion sont pourtant cruciales et c'est dans une certaine mesure pour combler cette lacune que la présente documentation « para-critique » a été établie.

Le choix des ouvrages, articles et notes a été guidé par l'intention d'offrir, en une liste non exhaustive, un ensemble permettant de reconstruire assez rapidement une bibliographie beaucoup plus complète, tout en donnant directement des points d'information précis (avec adresses si nécessaires).

Pour une documentation plus large, qui ne pouvait trouver sa place ici, les lecteurs pourront consulter le service Minitel de l'université de Nice, 36.15 code ZET, qui offre des dossiers complets avec de très nombreuses références.

Après la présentation de ce service Minitel et les *Revues, Adresses* et *Ouvrages généraux* qui sont les éléments communs essentiels, j'ai opéré un découpage par thèmes afin de faciliter les recherches. Ce découpage est bien sûr arbitraire ; ces divers thèmes sont, en réalité, imbriqués et se chevauchent parfois même très largement. Toutefois cette division m'a paru nécessaire par souci de clarté et de commodité d'utilisation.

Les ouvrages ou articles « clés » de chaque thème sont placés en début de liste et signalés par le symbole « * ».

Les revues, ouvrages et articles cités sont en langue française. Toutefois, j'ai été dans l'obligation d'introduire des références en langue étrangère pour des écrits ne possédant aucun équivalent dans notre langue, écrits dont la connaissance me semble être nécessaire.

De même, on ne trouvera pas référence dans cette documentation à d'excellents ouvrages de démystification qu'il est très difficile, sinon impossible, de se procurer à l'heure actuelle.

Le service Minitel 36.15 code ZET de l'université de Nice

Ce service, que j'ai créé en 1986, s'intitule « Les Dossiers scientifiques du paranormal et de l'occulte » et propose une approche zététique (d'où le code d'accès ZET) de l'ensemble des phénomènes « paranormaux » ou « occultes » et des domaines annexes.

ZET est constitué de nombreux dossiers que je tiens à jour. Son but est de fournir, à toute personne intéressée par quelque phénomène inexpliqué que ce soit, un ensemble d'informations rigoureuses afin que cette personne puisse se forger, en toute connaissance de cause, sa propre opinion.

Les phénomènes sont décrits, étudiés et analysés dans des dossiers complets regroupés dans plusieurs ensembles thématiques. En plus de l'accès « classique » par menus et arborescences, l'accès direct à chaque dossier ou sous-thème précis est possible par mot clef.

La structure actuelle de ZET, qui compte *plusieurs milliers* d'écrans, peut être schématisée ainsi :

Dossiers

Ces dossiers couvrent les rubriques suivantes : les mystères de l'archéologie-fantastique, l'astrologie (avec la découverte de votre véritable signe zodiacal de naissance qui n'est pas celui dont les astrologues vous gratifient et que vous pensiez connaître !), la parapsychologie, le surnaturel, les médecines magiques (avec la vedette de notre fin de siècle : l'homéopathie...), les soucoupes volantes, les références (plus de 800) et coordonnées utiles.

Échos

Pour connaître les dernières nouvelles zététiques, les associations et groupements, les revues, ouvrages...

Messagerie

Pour questionner, informer, s'informer, échanger des messages en public ou en privé, débattre ou... critiquer...

Défi

Le service ZET a lancé un défi à tous les médiums ou sujets-psi prétendant posséder des pouvoirs extra-ordinaires en leur offrant la possibilité de faire prouver la réalité de leurs dons par Gérard Majax et Henri Broch. Les résultats de ces tests, quelle qu'en soit l'issue, seront publiés dans la revue *Science et Vie*.

Ce défi est assorti d'un prix de 50 millions de centimes offert par un groupe formé à l'initiative de Jacques Theodor, chercheur à l'université libre de Bruxelles !

Guide

Pour avoir des explications sur le service ZET, son maniement et sur SUPER (Serveur universitaire pour l'enseignement et la recherche).

Revues

On consultera avec le plus grand profit *tous* les numéros de la revue du comité « Para » des États-Unis, le *Skeptical Inquirer,* revue entièrement consacrée aux phénomènes « paranormaux » et en couvrant *tous* les aspects (je ne ferai donc plus référence à cette revue dans la documentation thématique qui suit) :

The Skeptical Inquirer, publication trimestrielle du Committee for the scientific investigation of claims of the paranormal, Box 229, Central Park Station, Buffalo NY 14215 USA.

A consulter également les *Nouvelles brèves* (« paraissant quand il sied ») du Comité « Para » belge :

Nouvelles brèves ; Comité belge pour l'investigation scientifique des phénomènes réputés paranormaux, av. D. Poplimont, 59. 1080 Bruxelles, Belgique.

De même, les mensuels français de vulgarisation scientifique (essentiellement *Science et Vie*), les *Cahiers de l'Union rationaliste* et ceux de l'*AFIS* (auxquels nous recommandons très vivement l'abonnement) :

Science et pseudo-sciences ; AFIS, 14, rue de l'École-Polytechnique 75005 Paris ; abonnement 1 an (12 numéros) 110 F (1989) CCP AFIS 21000 00 P Paris.

Il existe un éditeur américain ayant un catalogue spécialisé « Science et paranormal » vraiment digne d'intérêt :
Prometheus Books, 700 East Amherst Street, Buffalo NY 14215 USA.

Un éditeur bordelais lance une collection d'ouvrages zététiques. Une initiative à soutenir ! Demandez son catalogue.
L'Horizon chimérique, 7 rue Leyteire, 33000 Bordeaux.

Adresses de différents groupes d'étude des phénomènes « paranormaux » (diffusant ou non une revue)

AFRIQUE DU SUD. Association for the Rational Investigation of the Paranormal, M. Laserson, 4 Wales St., Sandringham 2192.

AUSTRALIE. Australian Skeptics, Barry Williams, P.O. Box 575, Manly, N.S.W. 2095.

BELGIQUE. Comité belge pour l'investigation scientifique des phénomènes réputés paranormaux, J. Dommanget, 59 av. D. Poplimont, 1080 Bruxelles.

CANADA. J.E. Alcock, Glendon College, York University, 2275 Bayview Ave., Toronto.

Sceptiques du Québec, R. Charlebois, CP 96, Ste-Elisabeth, Quebec, JOK 2J0.

DANEMARK. Skeptica, Postboks 12, 9320 Hjallerup.

ESPAGNE. Alternativa Racional a las Pseudociencias, L.A. Gamez-Dominguez, c/o Almirante A. Gaztaneta, 1-5° D, 48012 Bilbao.

ÉTATS-UNIS. Committee for the Scientific Investigation of Claims of the Paranormal, P. Kurtz, box 229, Buffalo, NY 14215-0229.

FINLANDE. S. Kivinen, département de philosophie, université d'Helsinki, Unioninkatu 40 B, 00170 Helsinki 17.

FRANCE. Comité français pour l'étude des phénomènes « paranormaux », C. Benski, Merlin Gerin, RGE/A2 38050 Grenoble Cedex.

GRANDE-BRETAGNE. M.J. Hutchinson, 10 Crescent View, Loughton, Essex 1G10 4PZ.

INDE. B. Premanand, 10 Chettipalayam Rd., Podanur 641-023 Coimbatore, Tamil Nadu.

IRLANDE. Irish Skeptics, P. O'Hara, P.O. box 20, Blackrock, Dublin.

ITALIE. L. Montali, 3 via Ozanam, Milano.

MEXIQUE. M. Mendez-Acosta, Apartado Postal 19-546, Mexico 03900, D.F.

NORVÈGE. NIVFO, K. Stenodegard, P.O. Box 2119, 7001, Trondheim.
NOUVELLE-ZÉLANDE. New Zealand Skeptics, D. Dutton, Dept. of Fine Arts, University of Canterbury, Christchurch.
PAYS-BAS. Stichting Skepsis, B. Van Gelder, Post bus 2657, 3500 GR, Utrech.
RÉPUBLIQUE FÉDÉRALE D'ALLEMAGNE. GWUP, A. Sarma, Postfach 1222, 6101 Rossdorf.
SUÈDE. Vetenskap och Folkbildning, S.O. Hansson, Sulite Imavagen 15, 161 33 Bromma.
SUISSE. C.M. Beeli, Muhlemattstr. 20, 8903 Birmensdorf.

Ouvrages plus ou moins généraux

Angela P., *Viaggio nel mondo del paranormale,* Milan, Garzanti, 1983.
Bessemans A., Hougardy A., *Les Fausses Sciences. Leurs caractères et leur prophylaxie,* rapport présenté à la Conférence sur la diffusion de la science que l'Unesco a organisée à Madrid du 19 au 22 octobre 1955. Publié dans l'hebdomadaire *Bruxelles-Médical,* revue belge des sciences médico-chirurgicales, nº 14, avril 1956, p. 697.
Broch H., *Réflexion critique et Pseudo-sciences,* plaquette (introduction + documentation thématique) publiée par le Centre régional de documentation pédagogique de l'Académie de Nice. Série « Documentation générale et points de vue », document B. 0010, CNDP-CRDP, Nice, 1982.
Fau G., « Les charlatans devant la justice », *Cahier rationaliste,* nº 262, février 1969.
Gardner M., *Science : Good, Bad and Bogus,* Buffalo NY, Prometheus Books, 1981.
Hines T., *Pseudoscience and the Paranormal,* Buffalo NY, Prometheus Books, 1988.
Imbert-Nergal R., « Sciences occultes : danger ! », supplément au *Cahier rationaliste,* nº 312, 1975.
Kurtz P., *The Transcendental Temptation,* Buffalo NY, Prometheus Books, 1986.
Majax G., *Le Grand Bluff,* Paris, Nathan, 1978.
Marks D. et Kamman R., *The Psychology of the Psychic,* Buffalo NY, Prometheus Books, 1980.
Pracontal M. de, *L'Imposture scientifique en dix leçons,* Paris, La Découverte, 1986.

Radner D., Radner M., *Science and Unreason,* Belmont (USA), Wadsworth Publishing Company, 1982.
Randi J., *Flim-Flam !,* Buffalo NY, Prometheus Books, 1982.
Rothman M.A., *A Physicist's Guide to Skepticism,* Buffalo NY, Prometheus Books, 1988.
Rouzé M., *La Parapsychologie en question,* Paris, Hachette, 1979.
Rouzé M., Farge Y., Galifret Y., Paty M., Lévy-Leblond J.M., Schatzman E., Vigier J.P., « La parapsychologie : oui ou non ? », *Raison présente,* nº 56, Paris, Nouvelles Éditions rationalistes, 1980.
Sergueiev B., *Tout sur le cerveau,* Moscou, Éd. Mir, coll. « Science pour tous », 1976.
Solet B., *Superstitions et Fausses Sciences,* Paris, Messidor/La Farandole, 1985.

Anatomie d'une mystification

Pour se rendre compte concrètement de la facilité avec laquelle on peut monter une mystification :

* Messadié G., « Le mystère du triangle des Bouches-du-Rhône », *Science et Vie,* n° 727, avril 1978, p. 24.
— « Le triangle des Bouches-du-Rhône : comment on monte une mystification », *Science et Vie,* n° 729, juin 1978, p. 34.

Rouzé M., « Apprenons à renifler la fausse science », *Cahier AFIS,* n° 141-142, janvier-février 1984, p. 1 (les « avions-renifleurs »).

Archéologie-fiction

Adam J.-P., *Le Passé recomposé,* Paris, Éd. du Seuil, coll. « Science ouverte », 1988.

Cosmonautes dans l'Antiquité

Broch H., *La Mystérieuse Pyramide de Falicon,* Paris, France-Empire, 1976 (cf. en particulier le chapitre « Mystique, archéologie-fiction et réalités »).

Isbell W., « Les dessins au sol du Pérou ancien », *Pour la science,* n° 14, décembre 1978, p. 92.

Rouzé M., « Le mystère de Nazca enfin élucidé », *Science et Vie,* n° 794, novembre 1983, p. 56.

Stierlin H., *Nazca, la clef du mystère,* Paris, Albin Michel, 1983.

Story R.-D., « Les dieux d'or de von Daniken », *Cahier rationaliste,* n° 343, juin-juillet 1978, p. 271.

Bimini

McKusick M., Shinn E.A., « Bahamian Atlantis reconsidered », *Nature,* vol. 287, 4 septembre 1980, p. 11.

Documentation thématique

Voir aussi :
« L'Atlantide des Bahamas devient plus que douteuse », *Science et Vie,* n° 759, décembre 1980, p. 60.

Mégalithes

Brown P.L., « Megalithic alignments », *Nature,* vol. 251, septembre 1974, p. 182.
Burl A., « Les cercles de pierre en Écosse », *Pour la science,* n° 52, février 1982, p. 24.
Kohler P., « Des pierres alignées ne font pas un observatoire », *Science et Vie,* n° 770, novembre 1981, p. 66.
Poplin F., « Les mégalithes », *La Recherche,* n° 48, septembre 1974, p. 789.

Glozel

Dalnoky R., « Accusé Glozel, levez-vous ! », *Science et Vie,* n° 745, octobre 1979, p. 50.
McKerrel H., Mejdahl V., François H., Portal G., « Études sur Glozel », extrait de la *Revue archéologique du Centre,* n° 57-58, 1976, p. 3.
Mejdahl V., « Further work on ceramic objects from Glozel », *Archæometry 22,* 2, 1980, p. 197.

Divers

Adam J.-P., « La supercherie de la Bibliothèque des Andes », *Science et Vie,* n° 715, avril 1977, p. 39 (les pierres d'Ica).
Forrest B., « Un pyramythe », *Kadath,* n° 44, hiver 1981, p. 3 (rayons X et pyramide de Chéphren).
Heizer R.F., « Ancient heavy transport. Methods and Achievements », *Science,* 153, n° 3738, 19 août 1966, p. 821.
Ledoux A., « Qui a aidé nos ancêtres à porter les statues géantes ? », *Science et Vie,* n° 702, mars 1976, p. 34.
Messadié G., « Sottisier soucoupiste de l'archéologie-fiction », *Historia,* hors série n° 46 (« Les soucoupes volantes »), mars 1976, p. 99.
Simeray J.-P., « Les statues marchaient debout ! », *Science et Vie,* n° 782, décembre 1982, p. 26 (l'île de Pâques).

Voir aussi :
« Planètes en collision, tremblements de terre », *Cahier AFIS,* nº 133, mai 1983, p. 1 (l'œuvre de I. Vélikovsky).

Astrologie

* Carlson S., « A double-blind test of astrology », *Nature,* vol. 318, 5 décembre 1985, p. 419.
* Couderc P., *L'Astrologie,* Paris, PUF, coll. « Que sais-je ? », nº 508, 1974.
* Culver R.B., Ianna P.A., *Astrology : True or False ?,* Buffalo NY, Prometheus Books, 1988.
* Kelly I.W., « Astrology and science : a critical examination », *Psychology Reports 44,* 1979, p. 1231. (Le Dr Kelly peut mettre à la disposition des personnes intéressées par ce thème particulier une très importante bibliographie commentée.)

Bok B., Jérôme L., *Objections to Astrology,* Buffalo NY, Prometheus Books, 1975.

Kohler P., « L'alignement des planètes de 1982 : un mythe », *Science et Vie,* nº 763, avril 1981, p. 32.

Pecker J.-C., « L'astrologie et la science », *La Recherche,* nº 140, janvier 1983, p. 118.

Rouzé M., « Effet Mars : la néo-astrologie en échec », *Science et Vie,* nº 762, mars 1981, p. 39.

Chirurgiens aux mains nues

* « Toute la vérité sur les guérisseurs philippins », *Télé-Star,* série de 3 reportages-articles :
  — « Le tricheur aux mains nues », 20 avril 1977, p. 12.
  — « Les scandaleux trafics des chirurgiens aux mains nues », 27 avril 1977, p. 12.
  — « Ils trichent tous ! », 4 mai 1977, p. 16.

Renaud J., Ledoux A., « Comment peut-on croire aux charlatans philippins ? », *Science et Vie,* nº 714, mars 1977, p. 27.

Rouzé M., « Chirurgiens à mains nues : les leçons d'un scandale », *Cahiers AFIS,* n° 67-68, avril-mai 1977, p. 1.
Valignat J.J., « Il faut qu'un ventre soit ouvert ou fermé », *Humanité-Dimanche,* n° 53, 2-8 février 1977, p. 40.

Couverture scientifique

* Rouzé M., « L'imposture de Cordoue », *Science et Vie,* n° 760, janvier 1981, p. 74.
Broch H., « Une épée de Damoclès sur l'éducation, la science et la culture », *European Journal of Science Education,* 1985, vol. 7, n° 4, p. 353.
Eberhardt M., « Les francs-tireurs de la physique moderne », *Science et Vie,* n° 750, mars 1980, p. 22.
Rouzé M., « La physique quantique, les voyantes et l'art de tuer votre propre arrière-grand-père », *Cahier AFIS,* n° 105, janvier 1981, p. 1.
— « La parapsychologie à l'Université », *Cahier AFIS,* n° 118-119, février-mars 1982, p. 1.
Tricot J., « Des polytechniciens saisis par l'étrange », *Science et Vie,* n° 745, octobre 1979, p. 44.

Médecines magiques

* Aulas J.-J., Bardelay G., Royer J.-F., Gauthier J.-Y., *L'Homéophatie,* Paris, Éd. médicales Roland Bettex, 1985.
* Bensaïd N., *Le Sommeil de la raison,* Paris, Éd. du Seuil, 1988.
* Coers C., *Médecins ou Magiciens ?,* Paris, Arthaud, 1985.
Benedetti S., « Henri Broch : " Benveniste est naïf et incompétent " » (interview en réponse au Dr Benveniste et à sa conférence sur la « métabiologie »), *Nice-Matin,* 19 décembre 1988, p. 2.
Escande J.-P., *Mirages de la médecine,* Paris, Albin Michel, 1987.
Rossion P., « La vérité sur la mémoire de l'eau », *Science et Vie,* n° 851, août 1988, p. 10.
Rouzé M., « Le torchon brûle chez les homéopathes », *Science et Vie,* n° 848, mai 1988, p. 26.

Il faut noter à propos de la « mémoire de l'eau » que la première réaction scientifique publique à la parution, le 30 juin 1988, des travaux du Dr Benveniste et ses collaborateurs a été celle du service Minitel ZET sur lequel je donnais, *dès le 6 juillet 1988,* une analyse critique démontrant, entre autres, une importante faille méthodologique (et des imprécisions fâcheuses) qui ôtait *toute valeur* aux résultats revendiqués. Un télex explicitant cela fut envoyé à l'*AFP* le 7 juillet 1988... ce qui n'empêcha point la plupart des médias de continuer pendant plusieurs mois à chanter les louanges des « molécules fantômes » et de la révolution scientifique que constituait cette découverte d'une « métabiologie » moléculaire !

Parapsychologie

* Broch H., Rouzé M., « Le projet Alpha : rapport sur 3 années de "psi" », *Science et Vie,* n° 796, janvier 1984, p. 8.
* Kurtz P., *A Skeptic's Handbook of Parapsychology,* Buffalo NY, Prometheus Books, 1985.
* Ledoux A., « Parapsychologie : les charlatans en blouse blanche », *Science et Vie,* n° 703, avril 1976, p. 68.
* Rouzé M., « Quand la parapsychologie essaie de faire peau neuve », *Cahier AFIS,* n° 90, octobre 1979, p. 1.
* — « La véridique histoire du père de la parapsychologie », *Science et Vie,* n° 755, août 1980, p. 16 (J.B. Rhine).
* — « Des charlatans déguisés en savants », *Science et Vie,* n° 774, mars 1982, p. 74.
* Spanos N.P., Chaves J.F., *Hypnosis, the Cognitive-Behavioral Perspective,* Buffalo NY, Prometheus Books, 1989.

Voir aussi :
* « Parapsychologie, naïveté et charlatanisme », *Cahier rationaliste,* n° 314, janvier 1975, p. 113.

Psychokinèse

Blanc M., « Uri Geller ou la grande illusion », *La Recherche,* n° 66, avril 1976, p. 385.
Bolzoni M., « Parapsychologie et illusionnisme », *La Recherche,* n° 83, novembre 1977, p. 1002.

Cuniot A., « Vous avez dit psychokinèse ? », *L'Humanité,* 17 février 1988, p. 16 (le gourou Yves Lignon).
Randi J., *The Truth about Uri Geller,* Buffalo NY, Prometheus Books, 1983.
Rouzé M., « Cuillers tordues et paraphysique », *Cahier AFIS,* n° 111-112, juillet-août 1981, p. 1.
— « Spécial parapsychologie. Quelques mots sur l'affaire Uri Geller », *Cahier AFIS,* n° 59, mars-avril 1976, p. 1.
Tricot J., Ledoux A., « La reconversion des illusionnistes », *Science et Vie,* n° 733, octobre 1978, p. 26 (encart « La métallurgie contre le paranormal : le nitinol »).

Voir aussi :
« Parapsychologie et illusionnisme : une controverse », *La Recherche,* n° 86, février 1978, p. 187.
« Parapsychologie et illusionnisme (fin) », *La Recherche,* n° 89, mai 1978, p. 508.

Spiritisme, voyance, précognition...

Broch H., « Jules Verne visionnaire ? », *Courrier de l'Unesco* (« Les lecteurs écrivent »), mai 1978, p. 33.
Engels F., « La science de la nature dans le monde des esprits », *Dialectique de la Nature,* Paris, Éditions sociales, 1968, p. 57.
Ledoux A., « Des voyants bien peu lucides », *Science et Vie,* n° 728, mai 1978, p. 68.
Rouzé M., « Soixante ans après Jules Romains, les Chinois réinventent la vision paroptique », *Cahier AFIS,* n° 101-102, octobre 1980, p. 1.
— « Connaissez-vous les vraies lignes de la main ? », *Science et Vie,* n° 790, juillet 1983, p. 41.
— « Les tables tournantes de Victor Hugo à Jersey : vers une explication du mystère, *Cahier AFIS,* n° 107, mars 1981, p. 1.

Voir aussi :
« La Nostradamite, un mal qui fait des ravages », *Cahier AFIS,* n° 114-115, octobre-novembre 1981, p. 1.
« L'ingénieuse association du voyant et du parapsychologue », *Cahier AFIS,* n° 120, avril 1982, p. 9 (G. Croiset et C. Tenhaeff).
« Poltergeists, maisons hantées et les mystères du téléphone », *Cahier AFIS,* n° 127-128, novembre-décembre 1982, p. 1.

Méditation transcendantale

Broch H., « Méditation transcendantale : une nouvelle escroquerie », *Patriote Côte d'Azur,* n° 445, 2-8 avril 1976, p. 2 (avec bibliographie).

Kanas N., Horowitz M.J., « Reactions of transcendental meditators and nonmeditators to stress films », *Archives of General Psychiatry,* vol. 34, 1977, p. 1431.

Suaire de Turin

Arcis P., d', « Mémoire de Pierre d'Arcis, évêque de Troyes, au pape d'Avignon Clément VII », Paris, Bibliothèque nationale, collection de Champagne, v. 154, fol. 138.

Benedetti S., « Saint suaire : sept siècles de méprise », *Nice-Matin,* 14 octobre 1988.

Broch H., « Le Saint Suaire de Turin. Un faux mystère... mais une vraie escroquerie ! », *Patriote Côte d'azur,* n° 816, 13-19 mai 1983.

Rouzé M., « L'authenticité du suaire de Turin tient à un fil », *Science et Vie,* n° 783, décembre 1982, p. 24.

— M., « Le suaire de Turin ne se rend pas », *Science et Vie,* n° 855, décembre 1988, p. 18.

Divers

Broch H., « Les mystificateurs de la sainte Hémoglobine », *Patriote Côte d'Azur,* n° 732, 2-9 octobre 1981, p. 2 (sang de saint Janvier).

Horowitz K.A., Lewis D.C., Gasteiger E.L., « Plant primary perception : electrophysiological unresponsiveness to brine shrimp killing », *Science, 189,* 1975, p. 478.

Ledoux A., « Photos Kirlian : ce n'est pas sorcier ! », *Science et Vie,* n° 699, décembre 1975, p. 60.

Rouzé M., « Et revoici la dianétique ! », *Cahier AFIS,* n° 129, janvier 1983, p. 9.

Ziegler G., « Les sorciers : ça sert à quoi ? », *Humanité-Dimanche,* n° 187, 23-29 octobre 1974, p. 33.

Voir aussi :

« Biorythmes et rythmes biologiques », *Cahier AFIS,* n° 121, mai 1982, p. 4.

« Le nuage qui enleva un régiment à Gallipoli... », *Science et Vie,* n° 777, juin 1982, p. 68.
« Cancer, noyaux d'abricots et parapsychologie », *Cahier AFIS,* n° 122, juin 1982, p. 9 (le laetrile).

Radiesthésie

* Rouzé M., *La Radiesthésie,* Paris, Hachette, 1978.
Canac F., Barabe L., Dognon A., Darmois G., Schutzenberger P., *La Radiesthésie,* Paris, Éditions rationalistes, 1956.
Renault P., « Le nouveau signal des sourciers », *Science et Vie,* n° 855, décembre 1988, p. 26.

Voir aussi :
Nouvelles brèves du Comité « Para » belge, n° 43, septembre 1976.
A la suite d'un article de Y. Rocard sur le « signal du sourcier » (*La Recherche,* n° 124, juillet-août 1981) : mise au point de H. Broch d'après les documents des *Nouvelles brèves* (*La Recherche,* n° 125, septembre 1981) avec réponse de Y. Rocard puis re-mise au point par J. Dommanget, président du Comité « Para » belge (*La Recherche,* n° 130, février 1982) avec réponse de Y. Rocard.

Rôle critique de l'illusionnisme

Le rôle critique de l'illusionnisme est fondamental et c'est pourquoi la connaissance de la littérature magique est une nécessité.

* Dif M., *Mythologie du merveilleux,* Eyrein, Éd. Garry, 1983.
* Mystag, *Mensonges et Vérités de la magie,* Éditions mystagogiques, 1976.
Broch H., « Paranormal et art du doute », *Science et Avenir,* hors série n° 56 (« L'irrationnel face à la science »), 1986, p. 60.
Guillemin F., *Les Sorciers d'aujourd'hui* et *Magie traditionnelle,* édité par l'auteur (sans date) : 12, rue J.-Ferry, 29200 Brest.
Hladik J., *Prestidigitation et illusionnisme,* Paris, PUF, coll. « Que sais-je ? », n° 1276, 1974.
Seldow M., « Les illusionnistes et leurs secrets », Paris, Le livre de poche, n° 4732, 1976.

Voir aussi :
« L'illusionnisme, magie artistique et culturelle », *L'Idée libre,* n° 104, juillet-août 1976.
« Majax a tari la source de... l'huile miraculeuse », *France-Soir,* 13 septembre 1988.

Soucoupes volantes

* Barthel G., Brucker J., *La Grande Peur martienne,* Paris, Nouvelles Éditions rationalistes, 1979.
* Klass P.J., *UFO Abductions, a Dangerous Game,* Buffalo NY, Prometheus Books, 1988.
* Monnerie M., *Le Naufrage des extra-terrestres,* Paris, Nouvelles Éditions rationalistes, 1979.

Barthel G., Brucker J., Monnerie M., « GEPAN donc je suis ! », *Science et Vie,* n° 751, avril 1980, p. 27.

Broch H., « Soucoupe Hebdo », *Patriote Côte d'Azur,* n° 320, 9-15 novembre 1973, p. 24.

Germain J.-R., « Au pays des singes verts », *Historia,* hors série n° 46 (« Les soucoupes volantes »), mars 1976, p. 79.

Renard J.-B., *Les Extraterrestres,* Paris, Le Cerf, 1988.

Rouzé M., « Lueurs sur les soucoupes volantes », *Cahier AFIS,* n° 48, octobre 1974, p. 1.
— « Révélations sur l'affaire de la soucoupe volante ultraviolette surgie d'un autre espace-temps », *Cahier AFIS,* n° 104, décembre 1980, p. 1.
— « Pourquoi donc les extra-terrestres aiment-ils les triangles isocèles ? », *Cahier AFIS,* n° 113, septembre 1981, p. 11.

Schatzman E., Leclant J., Laperrousaz E., Biraud F., Buvet R., « Les extra-terrestres », *Cahier rationaliste,* n° 305, décembre 1973, p. 117.

Triangle des Bermudes

* Kusche L., « Point par point, le triangle des Bermudes démonté », *Science et Vie,* n° 732, septembre 1978, p. 60.

Documentation thématique

Voir aussi :

« Un triangle qui n'est pas imaginaire », *Science et Vie,* n° 744, septembre 1979, p. 83.

« Les OVNI et le triangle des Bermudes : des bulles de gaz ? », *Science et Vie,* n° 794, novembre 1983, p. 90.

Appel aux lecteurs

Afin de tenir à jour cette documentation, je serais très heureux de recevoir toute information (avec références précises) que vous jugerez utile : articles divers, coupures de journaux, photocopies, etc.

Adresser l'information à l'auteur, aux bons soins des Éditions du Seuil, 27, rue Jacob, 75261 Paris Cedex 06 ou laisser un message sur le service Minitel 36.15 code ZET.

Table

Les documents

Les hommes

Les méthodes

Réflexions

Documentation thématique

Table des illustrations

COMPOSITION : IMPRIMERIE HÉRISSEY À ÉVREUX
IMPRESSION : BRODARD ET TAUPIN À LA FLÈCHE
DÉPÔT LÉGAL : MAI 1989. N° 10725 (1097B-5)

Collection Points

SÉRIE SCIENCES

dirigée par Jean-Marc Lévy-Leblond

S1. La Recherche en biologie moléculaire, *ouvrage collectif*
S2. Des astres, de la vie et des hommes, *par Robert Jastrow*
S3. Autocritique de la science
par Alain Jaubert et Jean-Marc Lévy-Leblond
S4. Le Dossier électronucléaire
par le syndicat CFDT de l'Énergie atomique
S5. Une révolution dans les sciences de la Terre, *par A. Hallam*
S6. Jeux avec l'infini, *par Rózsa Péter*
S7. La Recherche en astrophysique, *ouvrage collectif*
S8. Épuisé (voir S57)
S9. La Science chinoise et l'Occident, *par Joseph Needham*
S10. Les Origines de la vie, *par Joël de Rosnay*
S11. Échec et Maths, *par Stella Baruk*
S12. L'Oreille et le Langage, *par Alexandre Tomatis*
S13. Les Énergies du soleil, *par Pierre Audibert*
en collaboration avec Danielle Rouard
S14. Cosmic Connection ou l'Appel des étoiles, *par Carl Sagan*
S15. Les Ingénieurs de la Renaissance, *par Bertrand Gille*
S16. La Vie de la cellule à l'homme, *par Max de Ceccatty*
S17. La Recherche en éthologie, *ouvrage collectif*
S18. Le Darwinisme aujourd'hui, *ouvrage collectif*
S19. Einstein, créateur et rebelle, *par Banesh Hoffmann*
S20. Les Trois Premières Minutes de l'univers *par Steven Weinberg*
S21. Les Nombres et leurs mystères, *par André Warusfel*
S22. La Recherche sur les énergies nouvelles, *ouvrage collectif*
S23. La Nature de la physique, *par Richard Feynman*
S24. La Matière aujourd'hui, *ouvrage collectif*
S25. La Recherche sur les grandes maladies, *ouvrage collectif*
S26. L'Étrange Histoire des Quanta,
par Banesh Hoffmann, Michel Paty
S27. Éloge de la différence, *par Albert Jacquard*
S28. La Lumière, *par Bernard Maitte*
S29. Penser les mathématiques, *ouvrage collectif*
S30. La Recherche sur le cancer, *ouvrage collectif*
S31. L'Énergie verte, *par Laurent Piermont*
S32. Naissance de l'Homme, *par Robert Clarke*
S33. Recherche et Technologie, *Actes du Colloque national*

S34. La Recherche en physique nucléaire, *ouvrage collectif*
S35. Marie Curie, *par Robert Reid*
S36. L'Espace et le Temps aujourd'hui, *ouvrage collectif*
S37. La Recherche en histoire des sciences, *ouvrage collectif*
S38. Petite Logique des forces, *par Paul Sandori*
S39. L'Esprit de sel, *par Jean-Marc Lévy-Leblond*
S40. Le Dossier de l'énergie
par le Groupe confédéral énergie de la CFDT
S41. Comprendre notre cerveau, *par Jacques-Michel Robert*
S42. La Radioactivité artificielle
par Monique Bordry et Pierre Radvanyi
S43. Darwin et les Grandes Énigmes de la vie
par Stephen Jay Gould
S44. Au péril de la science ?, *par Albert Jacquard*
S45. La Recherche sur la génétique et l'hérédité
ouvrage collectif
S46. Le Monde quantique, *ouvrage collectif*
S47. une histoire de la physique et de la chimie
par Jean Rosmorduc
S48. Le Fil du temps, *par André Leroi-Gourhan*
S49. Une histoire des mathématiques
par Amy Dahan-Dalmedico et Jeanne Peiffer
S50. Les Structures du hasard, *par Jean-Louis Boursin*
S51. Entre le cristal et la fumée, *par Henri Atlan*
S52. La Recherche en intelligence artificielle *ouvrage collectif*
S53. Le Calcul, l'Imprévu, *par Ivar Ekeland*
S54. Le Sexe et l'Innovation, *par André Langaney*
S55. Patience dans l'azur, *par Hubert Reeves*
S56. Contre la méthode, *par Paul Feyerabend*
S57. La Recherche en neurobiologie, *ouvrage collectif*
(nouvelle édition)
S58. La Recherche en paléontologie, *ouvrage collectif*
S59. La Symétrie aujourd'hui, *ouvrage collectif*
S60. Le Paranormal, *par Henri Broch*

Collection « Science ouverte »

dirigée par Jean-Marc Lévy-Leblond

L'Encerclement, *par Barry Commoner*
(Auto)critique de la science, *par Alain Jaubert et J.-M. Lévy-Leblond*
Les Biocrates, *par Gérard Leach*
La Marijuana, *par Solomon H. Snyder*
Échec et Maths, *par Stella Baruk*
La Dimension humaine, *par Alexander Alland*
La Chair des dieux, *par Peter T. Furst*
Le Partage du savoir, *par Philippe Roqueplo*
Philosophie de la physique, *par Mario Bunge*
Le Cerveau conscient, *par Steven Rose*
Science, Technique et Capital, *par Benjamin Coriat*
La Science et le Militaire, *par Georges Menahem*
Machina Sapiens, *par William Skyvington*
Discours biologique et Ordre social, *par Pierre Achard Antoinette Chauvenet, Élisabeth Lage, Françoise Lentin Patricia Nève et Georges Vignaux*
L'Idéologie de/dans la science, *par H. Rose, S. Rose et al.*
La Lutte pour l'espace, *par Alain Dupas*
Fabrice ou l'École des mathématiques, *par Stella Baruk*
Les Formes dans la nature, *par Peter S. Stevens*
Les Trois Premières Minutes de l'univers, *par Steven Weinberg*
Éloge de la différence, *par Albert Jacquard*
Les Médecines de l'Asie, *par Pierre Huard, Jean Bossy, Guy Mazars*
Ces singes qui parlent, *par Eugene Linden*
L'Araignée et le Tisserand, *par G. Ciccotti, M. Cini G. Jona-Lasinio, M. De Maria*
Lamarck ou le mythe du précurseur *par Madeleine Barthélemy-Madaule*
Le Sexe et l'Innovation, *par André Langaney*
Contre la méthode, *par Paul Feyerabend*
Les Mécaniciens grecs, *par Bertrand Gille*
Les Manipulations génétiques, *par Agata Mendel*
Les Dragons de l'Éden, *par Carl Sagan*
Naissance de l'Homme, *par Robert Clarke*
La Terre en colère, *par Basil Booth et Franck Fitch*
Le Petit Savant illustré, *par Pierre Thuillier*
Dormir, rêver, *par William C. Dement*
Les Confessions d'un chimiste ordinaire, *par Jean Jacques*

Patience dans l'azur, *par Hubert Reeves*
La Civilisation du risque, *par Patrick Lagadec*
Au péril de la science ?, *par Albert Jacquard*
Comprendre notre cerveau, *par Jacques-Michel Robert*
Les Manèges de la vie, *par Paul Colinvaux*
L'Intelligence gaspillée, *par Michel Schiff*
Penser la technique, *par Philippe Roqueplo*
Les Savoirs ventriloques, *par Pierre Thuillier*
Le Calcul, l'Imprévu, *par Ivar Ekeland*
La Société digitale
par Pierre-Alain Mercier, François Plassard et Victor Scardigli
Poussières d'étoiles, *par Hubert Reeves*
L'Age du capitaine, *par Stella Baruk*
Le Paranormal, *par Henri Broch*
L'Univers presque ambidextre, *par Martin Gardner*
La Quatrième Dimension, *par Rudy Rucker*
Les Enfants d'Uranie, *par Evry Schatzman*
Vivent les bébés !, *par Dominique Simonnet*
A tort et à raison, *par Henri Atlan*
L'Héritage de la liberté, *par Albert Jacquard*
L'Heure de s'enivrer, *par Hubert Reeves*
Le Destin des Étoiles, *par George Greenstein*
La Matière première, *par Michel Crozon*
Figures de l'infini, *par Tony Lévy*
La Souris truquée, *par William Broad et Nicholas Wade*
Les Machines à penser, *par Jacques Arsac*
Le Sourire du flamant rose, *par Stephen Jay Gould*
États d'urgence, *par Patrick Lagadec*
Correspondance 1916-1955, *Albert Einstein et Max Born*
L'Aventure du vivant, *par Joël de Rosnay*
Le Passé recomposé, *par Jean-Pierre Adam*
Histoire mondiale des sciences, *par Colin Ronan*
Connaître, *par Francisco Varela*
La Terre en otage, *par Renaud Vié le Sage*

Collection Points

SÉRIE ROMAN

R1. Le Tambour, *par Günter Grass*
R2. Le Dernier des Justes, *par André Schwarz-Bart*
R3. Le Guépard, *par Giuseppe Tomasi di Lampedusa*
R4. La Côte sauvage, *par Jean-René Huguenin*
R5. Acid Test, *par Tom Wolfe*
R6. Je vivrai l'amour des autres, *par Jean Cayrol*
R7. Les Cahiers de Malte Laurids Brigge, *par Rainer Maria Rilke*
R8. Moha le fou, Moha le sage, *par Tahar Ben Jelloun*
R9. L'Horloger du Cherche-Midi, *par Luc Estang*
R10. Le Baron perché, *par Italo Calvino*
R11. Les Bienheureux de La Désolation, *par Hervé Bazin*
R12. Salut Galarneau !, *par Jacques Godbout*
R13. Cela s'appelle l'aurore, *par Emmanuel Roblès*
R14. Les Désarrois de l'élève Törless, *par Robert Musil*
R15. Pluie et Vent sur Télumée Miracle
par Simone Schwarz-Bart
R16. La Traque, *par Herbert Lieberman*
R17. L'Imprécateur, *par René-Victor Pilhes*
R18. Cent Ans de solitude, *par Gabriel Garcia Marquez*
R19. Moi d'abord, *par Katherine Pancol*
R20. Un jour, *par Maurice Genevoix*
R21. Un pas d'homme, *par Marie Susini*
R22. La Grimace, *par Heinrich Böll*
R23. L'Age du tendre, *par Marie Chaix*
R24. Une tempête, *par Aimé Césaire*
R25. Moustiques, *par William Faulkner*
R26. La Fantaisie du voyageur
par François-Régis Bastide
R27. Le Turbot, *par Günter Grass*
R28. Le Parc, *par Philippe Sollers*
R29. Ti Jean L'horizon, *par Simone Schwarz-Bart*
R30. Affaires étrangères, *par Jean-Marc Roberts*
R31. Nedjma, *par Kateb Yacine*
R32. Le Vertige, *par Evguénia Guinzbourg*
R33. La Motte rouge, *par Maurice Genevoix*
R34. Les Buddenbrook, *par Thomas Mann*
R35. Grand Reportage, *par Michèle Manceaux*
R36. Isaac le mystérieux (Le ver et le solitaire)
par Jerome Charyn
R37. Le Passage, *par Jean Reverzy*

R38. Chesapeake, *par James A. Michener*
R39. Le Testament d'un poète juif assassiné
par Elie Wiesel
R40. Candido, *par Leonardo Sciascia*
R41. Le Voyage à Paimpol, *par Dorothée Letessier*
R42. L'Honneur perdu de Katharina Blum, *par Heinrich Böll*
R43. Le Pays sous l'écorce, *par Jacques Lacarrière*
R44. Le Monde selon Garp, *par John Irving*
R45. Les Trois Jours du cavalier, *par Nicole Ciravégna*
R46. Nécropolis, *par Herbert Lieberman*
R47. Fort Saganne, *par Louis Gardel*
R48. La Ligne 12, *par Raymond Jean*
R49. Les Années de chien, *par Günter Grass*
R50. La Réclusion solitaire, *par Tahar Ben Jelloun*
R51. Senilità, *par Italo Svevo*
R52. Trente Mille Jours, *par Maurice Genevoix*
R53. Cabinet Portrait, *par Jean-Luc Benoziglio*
R54. Saison violente, *par Emmanuel Roblès*
R55. Une comédie française, *par Erik Orsenna*
R56. Le Pain nu, *par Mohamed Choukri*
R57. Sarah et le Lieutenant français, *par John Fowles*
R58. Le Dernier Viking, *par Patrick Grainville*
R59. La Mort de la phalène, *par Virginia Woolf*
R60. L'Homme sans qualités, tome 1, *par Robert Musil*
R61. L'Homme sans qualités, tome 2, *par Robert Musil*
R62. L'Enfant de la mer de Chine, *par Didier Decoin*
R63. Le Professeur et la Sirène
par Giuseppe Tomasi di Lampedusa
R64. Le Grand Hiver, *par Ismaïl Kadaré*
R65. Le Cœur du voyage, *par Pierre Moustiers*
R66. Le Tunnel, *par Ernesto Sabato*
R67. Kamouraska, *par Anne Hébert*
R68. Machenka, *par Vladimir Nabokov*
R69. Le Fils du pauvre, *par Mouloud Feraoun*
R70. Cités à la dérive, *par Stratis Tsirkas*
R71. Place des Angoisses, *par Jean Reverzy*
R72. Le Dernier Chasseur, *par Charles Fox*
R73. Pourquoi pas Venise, *par Michèle Manceaux*
R74. Portrait de groupe avec dame, *par Heinrich Böll*
R75. Lunes de fiel, *par Pascal Bruckner*
R76. Le Canard de bois (Les Fils de la Liberté, I)
par Louis Caron
R77. Jubilee, *par Margaret Walker*
R78. Le Médecin de Cordoue, *par Herbert Le Porrier*
R79. Givre et Sang, *par John Cowper Powys*

R80. La Barbare, *par Katherine Pancol*
R81. Si par une nuit d'hiver un voyageur, *par Italo Calvino*
R82. Gerardo Laïn, *par Michel del Castillo*
R83. Un amour infini, *par Scott Spencer*
R84. Une enquête au pays, *par Driss Chraïbi*
R85. Le Diable sans porte (*tome 1 :* Ah, mes aïeux !)
par Claude Duneton
R86. La Prière de l'absent, *par Tahar Ben Jelloun*
R87. Venise en hiver, *par Emmanuel Roblès*
R88. La Nuit du Décret, *par Michel del Castillo*
R89. Alejandra, *par Ernesto Sabato*
R90. Plein Soleil, *par Marie Susini*
R91. Les Enfants de fortune, *par Jean-Marc Roberts*
R92. Protection encombrante, *par Heinrich Böll*
R93. Lettre d'excuse, *par Raphaële Billetdoux*
R94. Le Voyage indiscret, *par Katherine Mansfield*
R95. La Noire, *par Jean Cayrol*
R96. L'Obsédé (L'Amateur), *par John Fowles*
R97. Siloé, *par Paul Gadenne*
R98. Portrait de l'artiste en jeune chien
par Dylan Thomas
R99. L'Autre, *par Julien Green*
R100. Histoires pragoises, *par Rainer Maria Rilke*
R101. Bélibaste, *par Henri Gougaud*
R102. Le Ciel de la Kolyma (Le Vertige, II)
par Evguénia Guinzbourg
R103. La Mulâtresse Solitude, *par Simone Schwarz-Bart*
R104. L'Homme du Nil, *par Stratis Tsirkas*
R105. La Rhubarbe, *par René-Victor Pilhes*
R106. Gibier de potence, *par Kurt Vonnegut*
R107. Memory Lane, *par Patrick Modiano*
dessins de Pierre Le-Tan
R108. L'Affreux Pastis de la rue des Merles
par Carlo Emilio Gadda
R109. La Fontaine obscure, *par Raymond Jean*
R110. L'Hôtel New Hampshire, *par John Irving*
R111. Les Immémoriaux, *par Victor Segalen*
R112. Cœur de lièvre, *par John Updike*
R113. Le Temps d'un royaume, *par Rose Vincent*
R114. Poisson-chat, *par Jerome Charyn*
R115. Abraham de Brooklyn, *par Didier Decoin*
R116. Trois Femmes, *suivi de* Noces, *par Robert Musil*
R117. Les Enfants du sabbat, *par Anne Hébert*
R118. La Palmeraie, *par François-Régis Bastide*
R119. Maria Republica, *par Agustin Gomez-Arcos*

R120. La Joie, *par Georges Bernanos*
R121. Incognito, *par Petru Dumitriu*
R122. Les Forteresses noires, *par Patrick Grainville*
R123. L'Ange des ténèbres, *par Ernesto Sabato*
R124. La Fiera, *par Marie Susini*
R125. La Marche de Radetzky, *par Joseph Roth*
R126. Le vent souffle où il veut
par Paul-André Lesort
R127. Si j'étais vous..., *par Julien Green*
R128. Le Mendiant de Jérusalem, *par Elie Wiesel*
R129. Mortelle, *par Christopher Frank*
R130. La France m'épuise, *par Jean-Louis Curtis*
R131. Le Chevalier inexistant, *par Italo Calvino*
R132. Dialogues des Carmélites, *par Georges Bernanos*
R133. L'Étrusque, *par Mika Waltari*
R134. La Rencontre des hommes, *par Benigno Cacérès*
R135. Le Petit Monde de Don Camillo
par Giovanni Guareschi
R136. Le Masque de Dimitrios, *par Eric Ambler*
R137. L'Ami de Vincent, *par Jean-Marc Roberts*
R138. Un homme au singulier, *par Christopher Isherwood*
R139. La Maison du désir, *par France Huser*
R140. Moi et ma cheminée, *par Herman Melville*
R141. Les Fous de Bassan, *par Anne Hébert*
R142. Les Stigmates, *par Luc Estang*
R143. Le Chat et la Souris, *par Günter Grass*
R144. Loïca, *par Dorothée Letessier*
R145. Paradiso, *par José Lezama Lima*
R146. Passage de Milan, *par Michel Butor*
R147. Anonymus, *par Michèle Manceaux*
R148. La Femme du dimanche
par Carlo Fruttero et Franco Lucentini
R149. L'Amour monstre, *par Louis Pauwels*
R150. L'Arbre à soleils, *par Henri Gougaud*
R151. Traité du zen et de l'entretien des motocyclettes
par Robert M. Pirsig
R152. L'Enfant du cinquième Nord, *par Pierre Billon*
R153. N'envoyez plus de roses, *par Eric Ambler*
R154. Les Trois Vies de Babe Ozouf, *par Didier Decoin*
R155. Le Vert Paradis, *par André Brincourt*
R156. Varouna, *par Julien Green*
R157. L'Incendie de Los Angeles, *par Nathanaël West*
R158. Les Belles de Tunis, *par Nine Moati*
R159. Vertes Demeures, *par William Henry Hudson*
R160. Les Grandes Vacances, *par Francis Ambrière*

R161. Ceux de 14, *par Maurice Genevoix*
R162. Les Villes invisibles, *par Italo Calvino*
R163. L'Agent secret, *par Graham Greene*
R164. La Lézarde, *par Édouard Glissant*
R165. Le Grand Escroc, *par Herman Melville*
R166. Lettre à un ami perdu, *par Patrick Besson*
R167. Evaristo Carriego, *par Jorge Luis Borges*
R168. La Guitare, *par Michel del Castillo*
R169. Épitaphe pour un espion, *par Eric Ambler*
R170. Fin de saison au Palazzo Pedrotti, *par Frédéric Vitoux*
R171. Jeunes Années. Autobiographie 1, *par Julien Green*
R172. Jeunes Années. Autobiographie 2, *par Julien Green*
R173. Les Égarés, *par Frédérick Tristan*
R174. Une affaire de famille, *par Christian Giudicelli*
R175. Le Testament amoureux, *par Rezvani*
R176. C'était cela notre amour, *par Marie Susini*
R177. Souvenirs du triangle d'or, *par Alain Robbe-Grillet*
R178. Les Lauriers du lac de Constance, *par Marie Chaix*
R179. Plan B, *par Chester Himes*
R180. Le Sommeil agité, *par Jean-Marc Roberts*
R181. Roman Roi, *par Renaud Camus*
R182. Vingt Ans et des poussières
par Didier van Cauwelaert
R183. Le Château des destins croisés
par Italo Calvino
R184. Le Vent de la nuit, *par Michel del Castillo*
R185. Une curieuse solitude, *par Philippe Sollers*
R186. Les Trafiquants d'armes, *par Eric Ambler*
R187. Un printemps froid, *par Danièle Sallenave*
R188. Mickey l'Ange, *par Geneviève Dormann*
R189. Histoire de la mer, *par Jean Cayrol*
R190. Senso, *par Camillo Boito*
R191. Sous le soleil de Satan, *par Georges Bernanos*
R192. Niembsch ou l'immobilité, *par Peter Härtling*
R193. Prends garde à la douceur des choses
par Raphaële Billetdoux
R194. L'Agneau carnivore, *par Agustin Gomez-Arcos*
R195. L'Imposture, *par Georges Bernanos*
R196. Ararat, *par D. M. Thomas*
R197. La Croisière de l'angoisse, *par Eric Ambler*
R198. Léviathan, *par Julien Green*
R199. Sarnia, *par Gerald Basil Edwards*
R200. Le Colleur d'affiches, *par Michel del Castillo*
R201. Un mariage poids moyen, *par John Irving*
R202. John l'Enfer, *par Didier Decoin*

R203. Les Chambres de bois, *par Anne Hébert*
R204. Mémoires d'un jeune homme rangé
par Tristan Bernard
R205. Le Sourire du Chat, *par François Maspero*
R206. L'Inquisiteur, *par Henri Gougaud*
R207. La Nuit américaine, *par Christopher Frank*
R208. Jeunesse dans une ville normande
par Jacques-Pierre Amette
R209. Fantôme d'une puce, *par Michel Braudeau*
R210. L'Avenir radieux, *par Alexandre Zinoviev*
R211. Constance D., *par Christian Combaz*
R212. Épaves, *par Julien Green*
R213. La Leçon du maître, *par Henry James*
R214. Récit des temps perdus, *par Aris Fakinos*
R215. La Fosse aux chiens, *par John Cowper Powys*
R216. Les Portes de la forêt, *par Elie Wiesel*
R217. L'Affaire Deltchev, *par Eric Ambler*
R218. Les amandiers sont morts de leurs blessures
par Tahar Ben Jelloun
R219. L'Admiroir, *par Anny Duperey*
R220. Les Grands Cimetières sous la lune
par Georges Bernanos
R221. La Créature, *par Étienne Barilier*
R222. Un Anglais sous les tropiques, *par William Boyd*
R223. La Gloire de Dina, *par Michel del Castillo*
R224. Poisson d'amour, *par Didier van Cauwelaert*
R225. Les Yeux fermés, *par Marie Susini*
R226. Cobra, *par Severo Sarduy*
R227. Cavalerie rouge, *par Isaac Babel*
R228. Tous les soleils, *par Bertrand Visage*
R229. Pétersbourg, *par Andréi Biély*
R230. Récits d'un jeune médecin, *par Mikhaïl Boulgakov*
R231. La Maison des prophètes, *par Nicolas Saudray*
R232. Trois Heures du matin à New York
par Herbert Lieberman
R233. La Mère du printemps, *par Driss Chraïbi*
R234. Adrienne Mesurat, *par Julien Green*
R235. Jusqu'à la mort, *par Amos Oz*
R236. Les Envoûtés, *par Witold Gombrowicz*
R237. Frontière des ténèbres, *par Eric Ambler*
R238. Les Deux Sacrements, *par Heinrich Böll*
R239. Cherchant qui dévorer, *par Luc Estang*
R240. Le Tournant, *par Klaus Mann*
R241. Aurélia, *par France Huser*
R242. Le Sixième Hiver, *par Douglas Orgill et John Gribbin*

R243. Naissance d'un spectre, *par Frédérick Tristan*
R244. Lorelei, *par Maurice Genevoix*
R245. Le Bois de la nuit, *par Djuna Barnes*
R246. La Caverne céleste, *par Patrick Grainville*
R247. L'Alliance, tome 1, *par James A. Michener*
R248. L'Alliance, tome 2, *par James A. Michener*
R249. Juliette, chemin des Cerisiers, *par Marie Chaix*
R250. Le Baiser de la femme-araignée
par Manuel Puig
R251. Le Vésuve, *par Emmanuel Roblès*
R252. Comme neige au soleil, *par William Boyd*
R253. Palomar, *par Italo Calvino*
R254. Le Visionnaire, *par Julien Green*
R255. La Revanche, *par Henry James*
R256. Les Années-lumière, *par Rezvani*
R257. La Crypte des capucins, *par Joseph Roth*
R258. La Femme publique, *par Dominique Garnier*
R259. Maggie Cassidy, *par Jack Kerouac*
R260. Mélancolie Nord, *par Michel Rio*
R261. Énergie du désespoir, *par Eric Ambler*
R262. L'Aube, *par Elie Wiesel*
R263. Le Paradis des orages, *par Patrick Grainville*
R264. L'Ouverture des bras de l'homme
par Raphaële Billetdoux
R265. Méchant, *par Jean-Marc Roberts*
R266. Un policeman, *par Didier Decoin*
R267. Les Corps étrangers, *par Jean Cayrol*
R268. Naissance d'une passion, *par Michel Braudeau*
R269. Dara, *par Patrick Besson*
R270. Parias, *par Pascal Bruckner*
R271. Le Soleil et la Roue, *par Rose Vincent*
R272. Le Malfaiteur, *par Julien Green*
R273. Scarlett, si possible, *par Katherine Pancol*
R274. Journal d'une fille de Harlem, *par Julius Horwitz*
R275. Le Nez de Mazarin, *par Anny Duperey*
R276. La Chasse à la licorne, *par Emmanuel Roblès*
R277. Red Fox, *par Anthony Hyde*
R278. Minuit, *par Julien Green*
R279. L'Enfer, *par René Belletto*
R280. Et si on parlait d'amour, *par Claire Gallois*
R281. Pologne, *par James A. Michener*
R282. Notre homme, *par Louis Gardel*
R283. La Nuit du solstice, *par Herbert Lieberman*
R284. Place de Sienne, côté ombre
par Carlo Fruttero et Franco Lucentini

R285. Meurtre au comité central
par Manuel Vázquez Montalbán
R286. L'Isolé soleil, *par Daniel Maximin*
R287. Samedi soir, dimanche matin, *par Alan Sillitoe*
R288. Petit Louis, dit XIV, *par Claude Duneton*
R289. Le Perchoir du perroquet, *par Michel Rio*
R290. L'Enfant pain, *par Agustin Gomez-Arcos*
R291. Les Années Lula, *par Rezvani*
R292. Michael K, sa vie, son temps, *par J.M. Coetzee*
R293. La Connaissance de la douleur, *par Carlo Emilio Gadda*
R294. Complot à Genève, *par Eric Ambler*
R295. Serena, *par Giovanni Arpino*
R296. L'Enfant de sable, *par Tahar Ben Jelloun*
R297. Le Premier Regard, *par Marie Susini*
R298. Regardez-moi, *par Anita Brookner*
R299. La Vie fantôme, *par Danièle Sallenave*
R300. L'Enchanteur, *par Vladimir Nabokov*
R301. L'Ile atlantique, *par Tony Duvert*
R302. Le Grand Cahier, *par Agota Kristof*
R303. Le Manège espagnol, *par Michel del Castillo*
R304. Le Berceau du chat, *par Kurt Vonnegut*
R305. Une histoire américaine, *par Jacques Godbout*
R306. Les Fontaines du grand abîme, *par Luc Estang*
R307. Le Mauvais Lieu, *par Julien Green*
R308. Aventures dans le commerce des peaux en Alaska,
par John Hawkes
R309. La Vie et demie, *par Sony Labou Tansi*
R310. Jeune Fille en silence, *par Raphaële Billetdoux*
R311. La Maison près du marais, *par Herbert Lieberman*
R312. Godelureaux, *par Éric Ollivier*
R313. La Chambre ouverte, *par France Huser*
R314. L'Œuvre de Dieu, la part du Diable, *par John Irving*
R315. Les Silences ou la vie d'une femme, *par Marie Chaix*
R316. Les Vacances du fantôme, *par Didier van Cauwelaert*
R317. Le Levantin, *par Éric Ambler*
R318. Béno s'en va-t-en guerre, *par Jean-Luc Benoziglio*
R319. Miss Lonelyhearts, *par Nathanaël West*
R320. Cosmicomics, *par Italo Calvino*
R321. Un été à Jérusalem, *par Chochana Boukhobza*
R322. Liaisons étrangères, *par Alison Lurie*
R323. L'Amazone, *par Michel Braudeau*
R324. Le Mystère de la crypte ensorcelée, *par Eduardo Mendoza*
R325. Le Cri, *par Chochana Boukhobza*
R326. Femmes devant un paysage fluvial, *par Heinrich Böll*
R327. La Grotte, *par Georges Buis*

R328. Bar des flots noirs, *par Olivier Rolin*
R329. Le Stade de Wimbledon, *par Daniele Del Giudice*
R330. Le Bruit du temps, *par Ossip E. Mandelstam*
R331. La Diane rousse, *par Patrick Grainville*
R332. Les Éblouissements, *par Pierre Mertens*
R333. Talgo, *par Vassilis Alexakis*
R334. La Vie trop brève d'Edwin Mullhouse, *par Steven Millhauser*
R335. Les enfants pillards, *par Jean Cayrol*
R336. Les Mystères de Buenos Aires, *par Manuel Puig*
R337. Le Démon de l'oubli, *par Michel del Castillo*
R338. Christophe Colomb, *par Stéphen Marlowe*
R339. Le Chevalier et la Reine, *par Christopher Franck*
R340. Autobiographie de tout le monde, *par Gertrude Stein*
R341. Archipel, *par Michel Rio*
R342. Texas, tome 1, *par James A. Michener*
R343. Texas, tome 2, *par James A. Michener*
R344. Loyola's blues, *par Erick Orsenna*
R345. L'arbre aux trésors, *par Henri Gougaud*
R346. Les Enfants des morts, *par Heinrich Böll*
R347. Les Cent Premières Années de Niño Cochise
par A. Kinney Griffitch et Niño Cochise
R348. Vente à la criée du lot 49, *par Thomas Pynchon*
R349. Confessions d'un enfant gâté, *par Jacques-Pierre Amette*
R350. Boulevard des trahisons, *par Thomas Sanchez*
R351. L'Incendie, *par Mohammed Dib*
R352. Le Centaure, *par John Updike*
R353. Une fille cousue de fil blanc, *par Claire Gallois*
R354. L'Adieu aux champs, *par Rose Vincent*
R355. La Ratte, *par Günter Grass*
R356. Le Monde hallucinant, *par Reinaldo Arenas*
R357. L'Anniversaire, *par Mouloud Feraoun*

Collection Points

1. Histoire du surréalisme, *par Maurice Nadeau*
2. Une théorie scientifique de la culture
   par Bronislaw Malinowski
3. Malraux, Camus, Sartre, Bernanos, *par Emmanuel Mounier*
4. L'Homme unidimensionnel, *par Herbert Marcuse* (épuisé)
5. Écrits I, *par Jacques Lacan*
6. Le Phénomène humain, *par Pierre Teilhard de Chardin*
7. Les Cols blancs, *par C. Wright Mills*
8. Stendhal, Flaubert, *par Jean-Pierre Richard*
9. La Nature dé-naturée, *par Jean Dorst*
10. Mythologies, *par Roland Barthes*
11. Le Nouveau Théâtre américain, *par Franck Jotterand* (épuisé)
12. Morphologie du conte, *par Vladimir Propp*
13. L'Action sociale, *par Guy Rocher*
14. L'Organisation sociale, *par Guy Rocher*
15. Le Changement social, *par Guy Rocher*
16. Les Étapes de la croissance économique, *par W. W. Rostow*
17. Essais de linguistique générale,
    par Roman Jakobson (épuisé)
18. La Philosophie critique de l'histoire, *par Raymond Aron*
19. Essais de sociologie, *par Marcel Mauss*
20. La Part maudite, *par Georges Bataille* (épuisé)
21. Écrits II, *par Jacques Lacan*
22. Éros et Civilisation, *par Herbert Marcuse* (épuisé)
23. Histoire du roman français depuis 1918
    par Claude-Edmonde Magny
24. L'Écriture et l'Expérience des limites, *par Philippe Sollers*
25. La Charte d'Athènes, *par Le Corbusier*
26. Peau noire, Masques blancs, *par Frantz Fanon*
27. Anthropologie, *par Edward Sapir*
28. Le Phénomène bureaucratique, *par Michel Crozier*
29. Vers une civilisation du loisir ?, *par Joffre Dumazedier*
30. Pour une bibliothèque scientifique, *par François Russo* (épuisé)
31. Lecture de Brecht, *par Bernard Dort*
32. Ville et Révolution, *par Anatole Kopp*
33. Mise en scène de Phèdre, *par Jean-Louis Barrault*
34. Les Stars, *par Edgar Morin*
35. Le Degré zéro de l'écriture, *suivi de* Nouveaux Essais critiques
    par Roland Barthes
36. Libérer l'avenir, *par Ivan Illich*
37. Structure et Fonction dans la société primitive
    par A. R. Radcliffe-Brown

38. Les Droits de l'écrivain, *par Alexandre Soljénitsyne*
39. Le Retour du tragique, *par Jean-Marie Domenach*
41. La Concurrence capitaliste
par Jean Cartell et Pierre-Yves Cossé (épuisé)
42. Mise en scène d'Othello, *par Constantin Stanislavski*
43. Le Hasard et la Nécessité, *par Jacques Monod*
44. Le Structuralisme en linguistique, *par Oswald Ducrot*
45. Le Structuralisme : Poétique, *par Tzvetan Todorov*
46. Le Structuralisme en anthropologie, *par Dan Sperber*
47. Le Structuralisme en psychanalyse, *par Moustafa Safouan*
48. Le Structuralisme : Philosophie, *par François Wahl*
49. Le Cas Dominique, *par Françoise Dolto*
51. Trois Essais sur le comportement animal et humain
par Konrad Lorenz
52. Le Droit à la ville, *suivi de* Espace et Politique
par Henri Lefebvre
53. Poèmes, *par Léopold Sédar Senghor*
54. Les Élégies de Duino, *suivi de* les Sonnets à Orphée
par Rainer Maria Rilke (édition bilingue)
55. Pour la sociologie, *par Alain Touraine*
56. Traité du caractère, *par Emmanuel Mounier*
57. L'Enfant, sa « maladie » et les autres, *par Maud Mannoni*
58. Langage et Connaissance, *par Adam Schaff*
59. Une saison au Congo, *par Aimé Césaire*
61. Psychanalyser, *par Serge Leclaire*
63. Mort de la famille, *par David Cooper*
64. A quoi sert la Bourse ?, *par Jean-Claude Leconte* (épuisé)
65. La Convivialité, *par Ivan Illich*
66. L'Idéologie structuraliste, *par Henri Lefebvre*
67. La Vérité des prix, *par Hubert Lévy-Lambert* (épuisé)
68. Pour Gramsci, *par Maria-Antonietta Macciocchi*
69. Psychanalyse et Pédiatrie, *par Françoise Dolto*
70. S/Z, *par Roland Barthes*
71. Poésie et Profondeur, *par Jean-Pierre Richard*
72. Le Sauvage et l'Ordinateur, *par Jean-Marie Domenach*
73. Introduction à la littérature fantastique
par Tzvetan Todorov
74. Figures I, *par Gérard Genette*
75. Dix Grandes Notions de la sociologie
par Jean Cazeneuve
76. Mary Barnes, un voyage à travers la folie
par Mary Barnes et Joseph Berke
77. L'Homme et la Mort, *par Edgar Morin*
78. Poétique du récit, *par Roland Barthes, Wayne Booth
Philippe Hamon et Wolfgang Kayser*

79. Les Libérateurs de l'amour, *par Alexandrian*
80. Le Macroscope, *par Joël de Rosnay*
81. Délivrance, *par Maurice Clavel et Philippe Sollers*
82. Système de la peinture, *par Marcelin Pleynet*
83. Pour comprendre les média, *par M. McLuhan*
84. L'Invasion pharmaceutique
par Jean-Pierre Dupuy et Serge Karsenty
85. Huit Questions de poétique, *par Roman Jakobson*
86. Lectures du désir, *par Raymond Jean*
87. Le Traître, *par André Gorz*
88. Psychiatrie et Anti-Psychiatrie, *par David Cooper*
89. La Dimension cachée, *par Edward T. Hall*
90. Les Vivants et la Mort, *par Jean Ziegler*
91. L'Unité de l'homme, *par le Centre Royaumont*
1. Le primate et l'homme
par E. Morin et M. Piattelli-Palmarini
92. L'Unité de l'homme, *par le Centre Royaumont*
2. Le cerveau humain, *par E. Morin et M. Piattelli-Palmarini*
93. L'Unité de l'homme, *par le Centre Royaumont*
3. Pour une anthropologie fondamentale
par E. Morin et M. Piattelli-Palmarini
94. Pensées, *par Blaise Pascal*
95. L'Exil intérieur, *par Roland Jaccard*
96. Semeiotiké, recherches pour une sémanalyse
par Julia Kristeva
97. Sur Racine, *par Roland Barthes*
98. Structures syntaxiques, *par Noam Chomsky*
99. Le Psychiatre, son « fou » et la psychanalyse
par Maud Mannoni
100. L'Écriture et la Différence, *par Jacques Derrida*
101. Le Pouvoir africain, *par Jean Ziegler*
102. Une logique de la communication
par P. Watzlawick, J. Helmick Beavin, Don D. Jackson
103. Sémantique de la poésie, *par T. Todorov, W. Empson J. Cohen, G. Hartman et F. Rigolot*
104. De la France, *par Maria-Antonietta Macciocchi*
105. Small is beautiful, *par E. F. Schumacher*
106. Figures II, *par Gérard Genette*
107. L'Œuvre ouverte, *par Umberto Eco*
108. L'Urbanisme, *par Françoise Choay*
109. Le Paradigme perdu, *par Edgar Morin*
110. Dictionnaire encyclopédique des sciences du langage
par Oswald Ducrot et Tzvetan Todorov

111. L'Évangile au risque de la psychanalyse (tome 1)
par Françoise Dolto
112. Un enfant dans l'asile, *par Jean Sandretto*
113. Recherche de Proust, *ouvrage collectif*
114. La Question homosexuelle, *par Marc Oraison*
115. De la psychose paranoïaque dans ses rapports
avec la personnalité, *par Jacques Lacan*
116. Sade, Fourier, Loyola, *par Roland Barthes*
117. Une société sans école, *par Ivan Illich*
118. Mauvaises Pensées d'un travailleur social
par Jean Marie Geng
120. Poétique de la prose, *par Tzvetan Todorov*
121. Théorie d'ensemble, *par Tel Quel*
122. Némésis médicale, *par Ivan Illich*
123. La Méthode
1. La Nature de la Nature, *par Edgar Morin*
124. Le Désir et la Perversion, *ouvrage collectif*
125. Le langage, cet inconnu, *par Julia Kristeva*
126. On tue un enfant, *par Serge Leclaire*
127. Essais critiques, *par Roland Barthes*
128. Le Je-ne-sais-quoi et le Presque-rien
1. La manière et l'occasion, *par Vladimir Jankélévitch*
129. L'Analyse structurale du récit, Communications 8
ouvrage collectif
130. Changements, Paradoxes et Psychothérapie
par P. Watzlawick, J. Weakland et R. Fisch
131. Onze Études sur la poésie moderne,
par Jean-Pierre Richard
132. L'Enfant arriéré et sa mère, *par Maud Mannoni*
133. La Prairie perdue (Le Roman américain)
par Jacques Cabau
134. Le Je-ne-sais-quoi et le Presque-rien
2. La méconnaissance, *par Vladimir Jankélévitch*
135. Le Plaisir du texte, *par Roland Barthes*
136. La Nouvelle Communication, *ouvrage collectif*
137. Le Vif du sujet, *par Edgar Morin*
138. Théories du langage, théories de l'apprentissage
par le Centre Royaumont
139. Baudelaire, la Femme et Dieu, *par Pierre Emmanuel*
140. Autisme et Psychose de l'enfant, *par Frances Tustin*
141. Le Harem et les Cousins, *par Germaine Tillion*
142. Littérature et Réalité, *ouvrage collectif*
143. La Rumeur d'Orléans, *par Edgar Morin*
144. Partage des femmes, *par Eugénie Lemoine-Luccioni*

145. L'Évangile au risque de la psychanalyse (tome 2)
par Françoise Dolto
146. Rhétorique générale, *par le Groupe m*
147. Système de la Mode, *par Roland Barthes*
148. Démasquer le réel, *par Serge Leclaire*
149. Le Juif imaginaire, *par Alain Finkielkraut*
150. Travail de Flaubert, *ouvrage collectif*
151. Journal de Californie, *par Edgar Morin*
152. Pouvoirs de l'horreur, *par Julia Kristeva*
153. Introduction à la philosophie de l'histoire de Hegel
par Jean Hyppolite
154. La Foi au risque de la psychanalyse
par Françoise Dolto et Gérard Sévérin
155. Un lieu pour vivre, *par Maud Mannoni*
156. Scandale de la vérité, *suivi de*
Nous autres, Français, *par Georges Bernanos*
157. Enquête sur les idées contemporaines
par Jean-Marie Domenach
158. L'Affaire Jésus, *par Henri Guillemin*
159. Paroles d'étranger, *par Elie Wiesel*
160. Le Langage silencieux, *par Edward T. Hall*
161. La Rive gauche, *par Herbert R. Lottman*
162. La Réalité de la réalité, *par Paul Watzlawick*
163. Les Chemins de la vie, *par Joël de Rosnay*
164. Dandies, *par Roger Kempf*
165. Histoire personnelle de la France
par François George
166. La Puissance et la Fragilité, *par Jean Hamburger*
167. Le Traité du sablier, *par Ernst Jünger*
168. Pensée de Rousseau, *ouvrage collectif*
169. La Violence du calme, *par Viviane Forrester*
170. Pour sortir du XXe siècle, *par Edgar Morin*
171. La Communication, Hermès 1, *par Michel Serres*
172. Sexualités occidentales, Communications 35
ouvrage collectif
173. Lettre aux Anglais, *par Georges Bernanos*
174. La Révolution du langage poétique
par Julia Kristeva
175. La Méthode
2. La Vie de la Vie, *par Edgar Morin*
176. Théories du symbole, *par Tzvetan Todorov*
177. Mémoires d'un névropathe, *par Daniel Paul Schreber*
178. Les Indes, *par Édouard Glissant*
179. Clefs pour l'Imaginaire ou l'Autre Scène
par Octave Mannoni

180. La Sociologie des organisations, *par Philippe Bernoux*
181. Théorie des genres, *ouvrage collectif*
182. Le Je-ne-sais-quoi et le Presque-rien
3. La volonté de vouloir, *par Vladimir Jankélévitch*
183. Le Traité du rebelle, *par Ernst Jünger*
184. Un homme en trop, *par Claude Lefort*
185. Théâtres, *par Bernard Dort*
186. Le Langage du changement, *par Paul Watzlawick*
187. Lettre ouverte à Freud, *par Lou-Andréas Salomé*
188. La Notion de littérature, *par Tzvetan Todorov*
189. Choix de poèmes, *par Jean-Claude Renard*
190. Le Langage et son double, *par Julien Green*
191. Au-delà de la culture, *par Edward T. Hall*
192. Au jeu du désir, *par Françoise Dolto*
193. Le Cerveau planétaire, *par Joël de Rosnay*
194. Suite anglaise, *par Julien Green*
195. Michelet, *par Roland Barthes*
196. Hugo, *par Henri Guillemin*
197. Zola, *par Marc Bernard*
198. Apollinaire, *par Pascal Pia*
199. Paris, *par Julien Green*
200. Voltaire, *par René Pomeau*
201. Montesquieu, *par Jean Starobinski*
202. Anthologie de la peur, *par Éric Jourdan*
203. Le Paradoxe de la morale, *par Vladimir Jankélévitch*

Collection Points

SÉRIE ACTUELS

A1. Lettres de prison, *par Gabrielle Russier* (épuisé)
A2. J'étais un drogué, *par Guy Champagne*
A3. Les Dossiers noirs de la police française, *par Denis Langlois*
A4. Do It, *par Jerry Rubin*
A5. Les Industriels de la fraude fiscale, *par Jean Cosson*
A6. Entretiens avec Allende, *par Régis Debray* (épuisé)
A7. De la Chine, *par Maria-Antonietta Macciocchi*
A8. Après la drogue, *par Guy Champagne*
A9. Les Grandes Manœuvres de l'opium
par Catherine Lamour et Michel Lamberti
A10. Les Dossiers noirs de la justice française, *par Denis Langlois*
A11. Le Dossier confidentiel de l'euthanasie
par Igor Barrère et Étienne Lalou
A12. Discours américains, *par Alexandre Soljénitsyne*
A13. Les Exclus, *par René Lenoir,* (épuisé)
A14. Souvenirs obscurs d'un Juif polonais né en France
par Pierre Goldman
A15. Le Mandarin aux pieds nus, *par Alexandre Minkowski*
A16. Une Suisse au-dessus de tout soupçon, *par Jean Ziegler*
A17. La Fabrication des mâles
par Georges Falconnet et Nadine Lefaucheur
A18. Rock babies, *par Raoul Hoffmann et Jean-Marie Leduc*
A19. La nostalgie n'est plus ce qu'elle était, *par Simone Signoret*
A20. L'Allergie au travail, *par Jean Rousselet*
A21. Deuxième Retour de Chine
par Claudie et Jacques Broyelle et Évelyne Tschirhart
A22. Je suis comme une truie qui doute, *par Claude Duneton*
A23. Travailler deux heures par jour, *par Adret*
A24. Le rugby, c'est un monde, *par Jean Lacouture*
A25. La Plus Haute des solitudes, *par Tahar Ben Jelloun*
A26. Le Nouveau Désordre amoureux
par Pascal Bruckner et Alain Finkielkraut
A27. Voyage inachevé, *par Yehudi Menuhin*
A28. Le communisme est-il soluble dans l'alcool ?
par Antoine et Philippe Meyer
A29. Sciences de la vie et Société
par François Gros, François Jacob et Pierre Royer
A30. Anti-manuel de français
par Claude Duneton et Jean-Pierre Pagliano
A31. Cet enfant qui se drogue, c'est le mien *par Jacques Guillon*

A32. Les Femmes, la Pornographie, l'Érotisme
par Marie-Françoise Hans et Gilles Lapouge
A33. Parole d'homme, *par Roger Garaudy*
A34. Nouveau Guide des médicaments, *par le Dr Henri Pradal*
A35. Rue du Prolétaire rouge, *par Nina et Jean Kéhayan*
A36. Main basse sur l'Afrique, *par Jean Ziegler*
A37. Un voyage vers l'Asie, *par Jean-Claude Guillebaud*
A38. Appel aux vivants, *par Roger Garaudy*
A39. Quand vient le souvenir, *par Saul Friedländer*
A40. La Marijuana, *par Solomon H. Snyder*
A41. Un lit à soi, *par Évelyne Le Garrec*
A42. Le lendemain, elle était souriante...
par Simone Signoret
A43. La Volonté de guérir, *par Norman Cousins*
A44. Les Nouvelles Sectes, *par Alain Woodrow*
A45. Cent Ans de chanson française
par Chantal Brunschwig, Louis-Jean Calvet et Jean-Claude Klein
A46. La Malbouffe, *par Stella et Joël de Rosnay*
A47. Médecin de la liberté, *par Paul Milliez*
A48. Un Juif pas très catholique, *par Alexandre Minkowski*
A49. Un voyage en Océanie, *par Jean-Claude Guillebaud*
A50. Au coin de la rue, l'aventure
par Pascal Bruckner et Alain Finkielkraut
A51. John Reed, *par Robert Rosenstone*
A52. Le Tabouret de Piotr, *par Jean Kéhayan*
A53. Le temps qui tue, le temps qui guérit
par le Dr Fernand Attali
A54. La Lumière médicale, *par Norbert Bensaïd*
A55. Californie (Le nouvel âge)
par Sylvie Crossman et Edouard Fenwick
A56. La Politique du mâle, *par Kate Millett*
A57. Contraception, Grossesse, IVG
par Pierrette Bello, Catherine Dolto, Aline Schiffmann
A58. Marthe, *anonyme*
A59. Pour un nouveau-né sans risque
par Alexandre Minkowski
A60. La vie, tu parles, *par Libération*
A61. Les Bons Vins et les Autres, *par Pierre-Marie Doutrelant*
A62. Comment peut-on être breton ?
par Morvan Lebesque
A63. Les Français, *par Theodore Zeldin*
A64. La Naissance d'une famille, *par T. Berry Brazelton*
A65. Hospitalité française, *par Tahar Ben Jelloun*

—

A66. L'Enfant à tout prix
par Geneviève Delaisi de Parseval et Alain Janaud
A67. La Rouge Différence, *par F. Edmonde-Morin*
A68. Regard sur les Françaises, *par Michèle Sarde*
A69. A hurler le soir au fond des collèges
par Claude Duneton avec la collaboration de Frédéric Pagès
A70. L'Avenir en face, *par Alain Minc*
A71. Je t'aime d'amitié, *par la revue « Autrement »*
A72. Couples !, *par la revue « Autrement »*
A73. Le Sanglot de l'homme blanc, *par Pascal Bruckner*
A74. BCBG, le guide du bon chic bon genre
par Thierry Mantoux
A75. Ils partiront dans l'ivresse, *par Lucie Aubrac*
A76. Tant qu'il y aura des profs
par Hervé Hamon et Patrick Rotman
A77. Femmes à 50 ans, *par Michèle Thiriet et Suzanne Képès*
A78. Sky my husband ! Ciel mon mari !, *par Jean-Loup Chiflet*
A79. Tous ensemble, *par François de Closets*
A80. Les Instits. Enquête sur l'école primaire
par Nicole Gauthier, Catherine Guigon et Maurice A. Guillot
A81. Objectif bébé. Une nouvelle science : la bébologie
par la revue « Autrement »
A82. Nous l'avons tant aimée, la Révolution
par Daniel Cohn-Bendit
A83. Enfances, *par Françoise Dolto.*
A84. Orient Extrême, *par Robert Guillain*
A85. Aventurières en crinoline, *par Christel Mouchard*